【鬼醫傳說**全新修訂合集**】

險象環生的
古墓驚魂之旅

鬼剝皮

全集

西秦邪少 著

火烷屍衣·神農地石

一件詭異的火烷屍衣，記載著匪夷所思的奇方異術！當沉埋千年的鬼醫傳說再次面世，將會揭開什麼驚天秘密
陰屍蠱、鬼熄燈、行屍走肉症，如此罕見的奇症該如何診治？
詭異的山間古寨、恐怖的無皮怪人、古怪的煉丹爐、千年不死之人，妖異的表象又暗藏著什麼令人毛骨悚然的陰
屍棺鬼胎、妖蠱蛇毒、腐骨血咒……**奇詭恐怖、險象環生的探險歷程，都在《鬼剝皮》裡精采上演。**

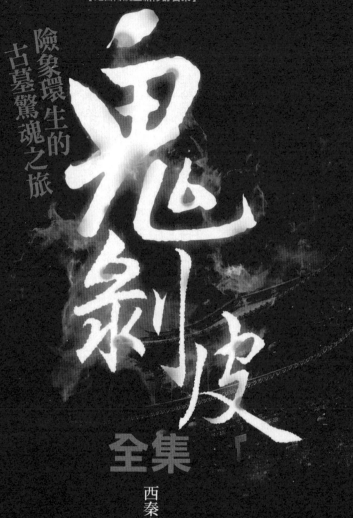

【出版序】

交織奇詭傳說、結合神秘方術的探險小說

《鬼剝皮》打破先例，借用中國傳統醫學為基底，結合各地奇方異術，加上作者天馬行空的想像力，創構出一部遊走於真實與虛幻之間的驚悚探險小說。

無論在亂世舞台上抑或腥風武林中，總是有一類「高人」，默默地藏在幕後，扮演著重要的後援角色。

沒有他們，武功蓋世的英雄們只能壯志未酬，留下一頁喟嘆，長眠在墓塚中；沒有他們，叱吒風雲的魔頭亦要纏綿病榻，屈膝在病魔前。

他們雖然不能左右大局，但一樣支配著人的生死。

古代，我們統稱這些人爲大夫。

醫術精湛的大夫，不僅能夠治療疑難雜症，甚至可以讓人起死回生。他們遣方用藥，雖然平淡無奇，卻可以藥到病除。看似神乎其神，其實掌握的是「天人相應」、「天人合一」的道理。

一個大夫之所以能被稱爲「神醫」，必有過人的智慧，能依照五臟六腑、經絡關節、氣血津液的變化，洞悉人體的病因，再使用中藥、針灸、推拿、按摩、拔罐、氣功、食療等治療手段，使人體達到陰陽調和，進而康復。

●首部與神秘醫術結合的探險奇書

中醫博大精深，歷史上亦曾出現過幾顆亮眼的明星，從伏羲發明針灸，神農嚐百草爲後世子孫立基後，春秋戰國扁鵲更奠定切脈診斷方法，爲中國醫史上的大躍進。到了漢代，更是到達黃金時期，淳于意、張仲景、華佗，都是耳熟能詳的「神醫」代表人物。

儘管爲後人留下大量行醫秘方，他們的身上依然蒙上一層神秘的色彩。又由於中國人始終有「傳子不傳女，傳徒留一手」的觀念，不少配方與精妙高超的醫術便因而失傳。

即便這些奇人軼事爲世人津津樂道，綜觀坊間各類奇幻、冒險小說，卻沒有一部以「醫」爲主題的探險書籍。

本書《鬼剎皮》打破先例，借用中國傳統醫學爲基底，結合各地奇方異術，加上作者天馬行空的想像力，創構出一部遊走於眞實與虛幻之間的驚悚探險小說。跌宕起伏的情節扣人心弦，驚心動魄的故事令人欲罷不能。

抗戰時期，盜墓賊吳三在一隊日本兵脅迫下，從一處古墓中盜得一件奇特的火烷屍衣。吳三的後人憑著屍衣上破譯的奇文，習得鬼醫之術，誰知鬼月陰胎、鬼血妖樹、永恆不死丹……無數上古妖異接踵而來。經歷一系列離奇詭異事件，探索謎底過程中，一段駭人聽聞的驚天秘密逐漸浮現！

千奇百怪的病症，匪夷所思的奇方異術，恐怖駭人的魑魅精怪，深山密林中奇詭的山間古寨……這一切究竟暗藏什麼令人毛骨悚然的陰謀？

●《鬼剎皮》揭開中醫最光怪陸離的一面

一件詭異的火烷屍衣，記載著匪夷所思的奇方異術！當沉埋千年的鬼剎皮再次面世，將會揭開什麼驚天秘密！

陰屍蟲、鬼熄燈、行屍走肉症，如此罕見的奇症該如何診治？

詭異的山間古寨、恐怖的無皮怪人、古怪的煉丹爐、千年不死之人，妖異的表象又暗藏著什麼駭世驚俗的眞象？

《鬼剝皮》是第一部結合神秘醫術的探險小說，書中各類「妖邪」傾巢而出。面臨諸多險症惡疾，肩負醫者使命，不信妖邪的主角吳奇，是否能貫徹理念，以醫術化解一次又一次的危機？當中醫和超自然神靈發生碰撞時，又會產生怎麼樣的火花？

作者西秦邪少，生於江淮腹地，長於名湖之畔。自小酷愛讀書、歷險，想像力天馬行空。現爲京城琉璃廠某古玩鋪二號掌櫃，業餘時間嗜好竊聽故事，遂以成書自娛自樂。作品氛圍神秘刺激，筆法獨特成熟，擁有超高人氣。

本書奇詭恐怖，險象環生，懸念層層，扣人心弦的寫作手法，使讀者闔上書頁時，影像仍然鮮活地浮映於腦海。

【出版序】交織奇詭傳說、結合神秘方術的探險小說

第一卷　古墓奇遇

第4章 神潭……203

馮隊哆嗦了兩下，把光圈移到那東西上，只見上方距離自己不到五米的崖壁上，伸出一個巨大的東西，像極了某種妖獸的腦袋，正齜牙咧嘴著，顯得異常兇悍。

第5章 仙影胎……211

傳聞山中仙人打坐參禪，投影至山石上，山石自此便具備靈氣，日積月累就照著投影的樣子，形成人形山石或洞口，而且隨著歲月和大地靈氣的滋潤，變得越來越大。

第6章 龍紋拓印……217

趙拐迫不及待地伸手取過，雙手顫抖地仔細端看起來，那細緻勁就像古代大臣在檢查自己即將呈奏給帝王的奏摺，生怕忽視一絲不易察覺的疏漏。

第五卷 鬼寨子

第1章 九命貓蚺……225

女屍胸口的衣衫被扯爛，露出一個碩大的洞口，紅艷艷的奪目刺眼，竟然還往外滲出血光，一眼望去就像一個人被活生生地剝去胴體上的皮肉。

第六卷 洞人

第4章 儺面鬼洞……331

這個近似圓形的洞口，內部赫然是一級級的石階。洞口的高度僅有一人高，呈斜切狀直通而下，像是斜置的圓柱體，更像是一條巨大的蟒蛇張著血盆大口，隨時準備吞噬渺小的他們。

第5章 慘烈的屠殺……337

一張張高度扭曲的肢體和驚悚駭人的場景，讓一股濃濃的血腥味不可阻擋地透射出來。眼前一系列畫面看得讓人心裡發毛，可以確定這是一場極為慘烈的屠殺。

第6章 餵丹……345

吳奇只感到舌頭一涼，一個花生米大小的東西被塞進嘴裡，一股辛辣味便湧上腦門。恍惚間，感到那雙毛茸茸的手緊緊捂住他的嘴，強迫他吞下那東西。

第八卷 鬼醫

第1章 中蠱……353

鬼伍正眉頭緊鎖立在一旁，淡淡地道：「那些人沒有騙你們，我們都吃了回籠丹，就算現在放我們走，我們也走不出多遠的！」吳奇雖然不信

第6章 鬼醫密碼……395
最可能的情況是，常天井覺得用特殊的方法磨掉那些字元，再塗上特製的保護層。吳奇的推測無懈可擊，鬼伍聽完略一點頭，接著皺眉沉思起來。

第7章 貓驚屍……403
女屍安詳地閉目，兩片嘴唇微微露出一絲詭異的笑。離奇的是，她的左右臉頰上分別長著幾根手指長的鬍鬚，整張臉看起來就像是貓臉。莫伊一看，立即大驚道：「貓驚屍？」

第8章 開鎖吐丹……411
「鬼門十三針，鬼門十三針！我明白了，我明白究竟是怎麼一回事了！」吳奇像發現新大陸一般，興奮地從銅棺中躍了出來，他這一失態，把鬼伍和莫伊嚇了個夠嗆，以為這小子掉棺材裡中邪了。

尾聲……419
吳奇一看，便覺得一種奇異的感覺撲面而來！俯下身湊近仔細一看，頓時腦門一熱，不敢相信地搖著腦袋：這張臉自己實在太熟悉了，槐樹上的屍骸從臉部輪廓來看，居然和鬼伍一模一樣！

古墓奇遇

棺材內是一具保存完好的濕屍，
身著明代官袍，直挺挺地躺在裡頭。
屍體雖未腐爛，卻發出陣陣惡臭，
在場的幾人差點就要吐出來。
更令人驚愕的是，
這具保存完好的濕屍腦袋竟然不翼而飛！

第1章

古墓屍骸

油燈的燈光一閃，他扭頭一看，險些癱坐地上，一棺之隔的對面，忽然出現一張乾枯的臉，黑洞洞的眼窟正緊盯著他。吳三腦門一熱，冷汗頓時滲出來。

夜靜得嚇人，一座山峰圍繞的山谷中，依稀可見幾道亮光，映照著一群人的身影。十幾個全副武裝的日本兵，押解著一名五花大綁的中國男青年，立在一個黑黝黝的洞口前。

僅是藉著火把的亮光，還望不到洞口的底，仔細一聞，除了炸彈的火藥味，竟還穿陣陣奇異味道。

此時，所有的日本兵都端著上了刺刀的三八大蓋，警覺地盯著洞口。

「太君，沒錯啦！東西應該就在這墓裡，要進去開棺材才拿得到！」一個滿嘴黃牙的漢奸狗腿子一哈腰，卑躬屈膝地對著面前的日本軍官道：「吳三是當地出了名的把式，太君可以放一百個心。」

聽了黃牙的保證，松田小隊長滿意地點了點頭，一抹嘴角的小鬍子，操著生硬的漢語道：「支那人的醫術很高竿，皇軍拿到東西，你大大有賞！」邊說邊豎著大拇指在黃牙面前晃了晃，接著對押解吳三的日本兵一揮手。

日本兵得令，將吳三鬆綁，松田上前拍了拍他的肩膀，「你這盜墓的，和皇軍合作，好處大大的有！和皇軍作對，統統死啦死啦！」邊說邊做了個殺頭的手勢，接著手一揮，一旁的日本兵便順著洞坑將吳三推了進去。

幸好有得鬆軟的泥土墊底，吳三跌落四五米，才不至於摔斷手腳。他一口吐掉嗆入口中的泥土穢水，忿恨地罵了兩句：「狗娘養的小鬼子！」

忿恨，是發自內心的！他不是胸懷天下的仁人志士，更不是憂國憂民的文人雅士，只是個賊，一個在亂世中靠偷死人財物生存的賊。可當他親眼見識小日本鬼子製造的恐怖屠戮後，才知道自己和這幫喪心病狂的人比起來，不過是個菜頭。同時在血流成河的屠村行動中，深刻領會到什麼叫做國仇家恨。

吳三剛爬起身，只見一盞燈火從洞頂傳下來，黃牙一邊放下綁著煤油燈的繩索，一邊道：「吳三，你看那些和皇軍作對的，哪個有好下場？你也是個聰明人，好好跟著皇軍，包你以後吃香喝辣的，人總要識時務的嘛！」火光映照在那張不知廉恥的嘴臉上，透射出令人憎惡的狡黠。

說話的同時，兩名荷槍實彈的日本兵也跟著攀了下來，甩給吳三一把小鐵鍬，接著用槍托狠狠地頂了頂吳三的後腰，嘰哩呱啦地罵了一通，逼著他繼續往深處探。

吳三一邊在心裡罵，一邊不得不提著燈盞，小心翼翼地彎腰探進了古墓的墓道。那兩名日本兵遠遠地跟著，始終不敢靠得太近。

沒走多遠，吳三已經進了墓室。

燈盞的亮光隱約照出墓室內的情形，除了亂七八糟堆放的石雕和瓶瓶罐罐外，最醒目的便是墓室正中位置的一具石棺。

吳三對發塚開棺這一套輕車熟路，小鬼子要找的東西肯定在石棺內，他不知道是什麼，但一想起松田如此重視，必是垂涎已久。

想到這，吳三顯得極不甘心，怎麼說也是咱老祖宗傳下來的東西，怎能讓這幫強盜搶奪了去？

前方是一口孤零零的石棺，表面並不平整，看得出原本打磨就不夠精細，再加上不知歷經多少年歲月侵蝕，使它老舊而詭異，在昏暗忽閃的油燈下讓人發怵。

兩名日本兵揪住吳三，強行推到石棺處，接著後退了好幾大步，拉緊槍栓瞄準石棺。吳三被推搡得一頭撞在石棺上，鮮血順著額頭流淌下來，滴在石棺上，然後徐徐地滲進接縫裡。

「支那人！快點幹活，死啦死啦地！」四周靜謐得嚇人，不時傳來陣陣古怪聲響，這樣的場合，連平日殺人如麻的劊子手也感到恐懼。一名日本兵忍不住，對著吳三做了個捅刺刀的動作，惡狠狠地催促著他。

吳三心裡依舊痛罵，恨恨咬了咬牙，用袖子抹了抹額頭，接著提起掉落在地上的油燈掃了四周一眼。

只見空蕩蕩的墓室裡，胡亂散落著一些破舊的罐子瓷片。

吳三是個盜墓賊，墓室對他來說司空見慣，不過，這次不同，從他被推進來開始，便覺得此處透著古怪。

墓室規格齊整，憑經驗，可以看出它的年代異常久遠，至少有幾百年光景。奇怪是眼前這具石棺，不應放在這樣的墓室裡。因爲從表面上看，年代似乎更久遠，就好像不屬於這裡一般。

石棺的表面還刻著一些古怪的圖案，卻因爲年代久遠，長滿了黴菌一樣的綠色絨毛，無法看清到底是什麼。

吳三覺得詭異，但又不得不硬著頭皮上，只好提起鐵鍬，試探地敲打石棺蓋，做開棺的準備。

油燈的燈光一閃，他扭頭一看，險些癱坐地上，一棺之隔的對面，忽然出現一張乾枯的臉，黑洞洞的眼窟正緊盯著他。

吳三腦門一熱，冷汗頓時滲出來。墓室裡不聲不響地多出來一個人，即便是久經沙場的他，也忍不住大叫一聲。

兩個日本兵見狀，罵罵咧咧地操起大槍防護。

這張高度扭曲變形的臉孔，僅有薄薄一層枯黃發黑的皮，緊緊地裹在骷髏上。

由於離吳三實在太近，嚇得趔趄坐到地上，心裡直發怵。

再看那張臉的主人，渾身被幾隻血紅色的細手牢牢纏住，使得他以仰首跪立的姿態，緊縛在石棺的另一側。

更令人驚駭的是，屍骸雖然面目全非，卻不像是腐爛所致，而是被吸乾血肉一般的褶皺收縮狀態。

那些血手的五指就像一根根吸血管，正貪婪地吸吮著他。

「不好！難道是……」吳三心頭猛地竄過一個念頭，臉色頓時變了，手上的動作也停下來。

此時，石棺內突然傳來陣陣輕響，似乎有東西在裡面掙扎著想出來。

第2章

火烷屍衣

吳三糊裡糊塗撿回一條命，還在暗自納悶，不經意發現屍骸身上穿著一件奇異的衣物。儘管屍骸幾乎化成灰燼，衣物卻完好無損，不時還迸出幾粒火星。

吳三下意識地往後退一大步，兩名日本兵也發現動靜，慌亂地開了兩槍。子彈射在冰冷的石棺上，激起點點火星，刺耳的槍聲在墓室裡迴盪著，如鬼魅般縈繞，許久才散去。

留在上面的日本兵嘰哩呱啦說了一堆，黃牙和另外兩名日本兵也跟著攀下來，顯然也是被脅迫的。

六個人擠在擁堵的墓室裡，圍著一具棺材，誰也不敢動手。

「你們兩個，棺材打開，幹活！」日本兵不耐煩了，推著吳三和黃牙，刺刀直接頂到腰眼上。

吳三見黃牙嚇得幾乎要尿褲子，心裡不禁升起一絲快意。心道，他娘的要死一起死，我吳三一條賤命，換四條小鬼子和一個漢奸狗腿子的命，橫豎都值得！當下便決定豁出去，上前奮力撬開石棺棺蓋。

棺蓋剛剛被撬開，一股黑霧便順著縫隙瀰散出來，剎那間，酸腐嗆人的氣味瀰漫整個墓室。

吳三捂住口鼻，壯著膽子往棺內一看，只見一具綠色的屍骸，蜷縮在棺內，身上纏滿那種紅色怪手。

屍體並沒有腐爛，還可以看出人形，只是通體綠油油的。

吳三還在發怵，突然聽到耳邊一聲撕心裂肺的慘叫。黃牙正驚恐地睜大雙眼，發瘋似地往胸前亂抓。

沒多久，他的皮肉開始收縮，整張臉慢慢塌陷下去，像被硬生生抽去了血肉。吳三還沒明白怎麼回事，只見幾隻蛇一般的紅色怪手，疾速朝其他幾名日本兵摸過去，片刻便纏上他們。

他們想逃已經晚了，觸角尖刀般的指尖早就鑽入胸腔，貪婪地吸食起來。墓室裡充斥著撕心裂肺的慘叫，刹那間血污一片。

日本兵慌亂地放了幾槍，卻絲毫不起作用，很快也像黃牙一樣，被掏空內臟。

「狗娘養的小鬼子！你們也有今天！」吳三先是一陣驚恐，接著暢快地罵了一聲，才仔細去看是什麼東西。

原來，紅色怪手正是山裡人傳說的鬼手血藤，經常潛居在陰暗的山岩縫中，伺機攻擊各類小動物，吸食牠們的肉體作爲養料。

剛想到這裡，吳三忽然覺得腳踝一緊，身子頓時失去平衡，一股強大的力量扯著他往著棺內而去，同時感到腿部一陣冰涼。

向下一看，幾隻血手正緊緊揪住他的腳踝，並順著褲腿往裡鑽，剛反應過來，幾股鑽心的疼痛便從大腿根部傳遞過來。他痛得慘叫起來，感覺自己的血肉和靈魂慢慢被抽離，短短幾秒鐘，雙腿已經麻痹沒有知覺。

毫無反抗之力的他，被硬生生地拖進石棺內，下面那具綠色屍骸的嘴裡不住冒著黑氣，眼珠子突然變得鮮紅。

「不好！屍變！」

吳三大駭，僅存的求生意識使他趕緊用手緊緊握住棺沿，拼全力與鬼手血藤對抗，疼痛和恐懼滲出的汗水很快濕了他全身。

綠色的屍骸猛地坐起身，幾根鬼手血藤嗖地就纏了上來，像捆牲口一樣將他牢牢捆住。接著，尖刀般的血手猛地一收縮，吳三整張臉幾乎就貼到屍骸的臉上，一陣酸腐的黑氣嗆得他幾乎要窒息。

很快，一陣奇癢遍佈全身，吳三不知道是不是中了黑色屍氣的緣故，只感覺身上像千萬條松毛蟲在爬動一般。既知已無生路，他反倒泰然起來，轉頭望了望那幾具已經扭曲變形的屍體，心道，我吳三盜墓無數，死在墓裡也算是報應。臨死之前還能拉幾個十惡不赦的小鬼子墊背，怎麼也值了。只是這樣死去未免難受，不如來個痛快！

主意已定，他使出最後的氣力，舉起煤油燈盞，砸在石棺上。火撲通一下便燎了起來，迅速蔓延。

鬼血蛇藤就是忌諱他手上的燈火，才會最後一個攻擊他，當下火光四起，便逃命似地縮回去。

綠色屍骸被燒得張大嘴巴，唧唧慘叫掙扎，伴著陣陣劈哩啪啦的聲響。

吳三掙脫鬼手血藤，踉蹌跌出石棺外。灼熱的火光烤在身上，鑽心的奇癢竟減緩不少。他喘一陣粗氣，從棺蓋上挪開身子，往棺內一探。火勢已經慢慢減弱，屍骸和鬼血蛇藤幾乎燒成焦炭。

吳三糊裡糊塗撿回一條命，心裡還暗自納悶，不經意間卻發現屍骸身上穿著一件奇異的衣物。

儘管屍骸幾乎化成灰燼，衣物卻完好無損，不時還迸出幾粒火星。

吳三大奇，伸手取過那件衣物，略一抖動，竟是光亮如新，完好無損，就像在火中進行洗禮。

火光一盡，一股刺鼻的怪味順著棺底透上來。

吳三感到鼻子、喉嚨一陣疼痛，身上的奇癢便越加厲害，低頭一看，胸口處竟緩緩長出許多恐怖的綠毛。

陣陣毒煙沿著著盜洞蔓延出去，很快，上面也傳來陣陣慌亂的槍聲和慘叫聲，不久又恢復了安靜。吳三知道這幫小鬼子算是徹底栽了，當下一激動，屍毒竟開始發作了。

不過片刻，他七竅都流出了鮮血，癢得幾乎要自殺。不由暗想看來這回是死定了，但這寶貝東西怎麼也不能被小鬼子得了去，藏起來等人發現，或許還能落個好名聲。

吳三邊想邊伸手將那件神衣塞入自己的胸口。奇怪的是，當它緊貼著自己身子的時候，身上的奇癢居然消減不少。

難道這是所謂的迴光返照嗎？

吳三意識漸漸模糊，朦朧之間，看到石棺上若隱若現的圖案，猛然一激靈，使勁掙扎叫道：「原來是這樣！我明白了，我明白了！」

第3章

六壬奇方

吳三一生跌宕傳奇，無奈膝下無人，臨終時他用顫抖的手，將這本同時帶給他榮耀和坎坷的《六壬奇方》塞到他哥哥的孫子——吳奇手中。

該是吳三命大，這回並未要了他的命，那件奇特的衣物不但救了他，還改變他今後的人生。

吳三昏迷兩天後，被一位採藥的老道發現，便背著他回深山之中，救治調養。當然，那件奇特的衣物也被帶回去。

據老道所言，這件衣物名叫火烷屍衣，乃特殊材質所製，非但遇火不化，且逢火必淨，是傳說中的奇物。火烷屍衣上滿佈文字，記載的皆爲醫藥命理之術，不光文字晦澀，內容也極爲高深莫測。

吳三是個草莽漢子，字都識不全，更別提研習會通了。爲了答謝救命之恩，他將火烷屍衣拱手相贈。

那老道博古通今，稍加研習之後，大爲驚歎，此後足不出戶，日夜研習，以火烷屍衣上的記載爲依託，著成《六壬奇方》一書。他收吳三爲徒，教授醫藥之術，再不許他做倒斗的營生。

三年後，吳三盡習《六壬奇方》，並得老道一言：火烷屍衣乃天鑄，蘊含絕密天機，你今後行走江湖，諸多不便，爲師攜它歸隱深山，自此世上再無此物。《六壬奇方》中秘術，皆從火烷屍衣而來，若使用得當，非但能扶弱濟世，也可助你榮升騰達！

從此，老道再無蹤跡。

那時世道不平，戰爭頻仍。吳三憑著老道傳授的醫術，行走大山中的村落，懸壺濟世，廣施善緣，漸漸有些名氣。加上他日夜研習《六壬奇方》，治好不少疑難雜症，一時求醫問藥的人絡繹不絕，甚至有百里之外慕名而來的。

新中國建立後，他在老家開設醫行，專司針灸推拿、民間奇方，同時兼營中藥生意，多年後存下一些家底。

然而樹大招風，文革時期吳三被翻出過往的底細，一時間盜墓賊、賣狗屁膏藥的江湖騙子、資產階級暴發戶等一系列頭銜接踵而來，甚至還被冠名吳老三，成了戴高帽挨批鬥的對象。

治病救人的吳三雖沒丟失性命，心卻死了，自此不願再讓下一代修習醫術，甚至一氣之下要燒毀《六壬奇方》，幸虧最後沒下得了決心才得以保全。這本奇書也因此被擺放在陰暗的衣櫥裡，度過多年時光。

相對於那些年死在牛棚裡的人，吳三無疑是幸運的，他挺過那段非常時期，嗅到改革開放的春風，最後得到平反，被尊稱爲老神仙，並參加那場轟轟烈烈的「神仙會」，受到極高的禮遇。

吳三一生跌宕傳奇，無奈膝下無人，臨終時他用顫抖的手，將這本同時帶給他榮耀和坎坷的《六壬奇方》塞到他哥哥的孫子——吳奇手中。

當吳奇手捧著一本泛著濃濃中藥味和陳腐味的書冊時，已經是四十年後的事情。和吳三不同，吳奇一家屬於循規蹈矩型的，就吳奇這小子不安分。不知道是遺傳三叔公的秉性，還是被那本奇門醫書蠱惑，自接觸那日起，他便沉迷其中難以自拔，最終選擇走上三叔公的中醫老路。

隨著改革開放和新價值觀的形成，當時西醫已經非常風行，中醫反倒成了狗皮膏藥、江湖郎中的代名詞。只有在廣大偏遠的山村，這些所謂的「江湖郎中」才能展現價值。

雖然上山下鄉的風潮才結束沒多久，吳奇卻自願踏上這條老路，即便家裡相當不贊同，他仍十分堅決。最後家人終於屈服，抱著他絕對待不了多久就會回家的想法，隨他而去。

其實，這一切並不是偶然的，在吳奇心目中，三叔公簡直就是華佗再世，似乎沒有什麼怪症難得了他。能夠親手得到三叔公的奇書，更讓他孜孜不倦。

吳三臨終前只留了一個「藥」字，沒人猜得出具有什麼寓意，也許對他來說，便代表他的一生。

吳三行醫半生，似乎預見自己隨時會死亡，早早便看中一塊地，作爲他死後棲身之所。他高價買下方圓三里的地方，將所有的槐樹砍掉，並告誡家人，定期來墓地察看，一旦發現槐樹苗就要立即除掉。

家人不明其故，但在吳三慎重嚴厲的告誡下，只得照辦。

最後，吳三以九十高齡壽終正寢。

在吳奇的記憶中，三叔公的葬制極爲奇特的，平常人下葬用的棺材都是木頭，他則是高純度的銅。更離奇的是，這口棺材在他叔公壯年時就已經開始打造，歷時三年完成。

銅棺周身光亮照人，棺面上刻著一組怪異的圖案，棺蓋與棺體的結合處佈滿鎖扣和銅環，使整具銅棺看起來就像個巨大的銅製密碼盒。

吳奇本以爲，三叔公是盜墓賊出身，一定擔心自己的墓被掘的命運，才採用這種奇特的棺材。後來卻從一個卜字道人那裡得知，那種圖案並不是簡單的裝飾，而是一種叫乾龍軋屍陣的陣法！

唯一的作用，就是用來鎮屍，應對各種屍變！

吳奇聽了大吃一驚，同也感到無比困惑，難道三叔公早在壯年時，就預見自己死後會屍變？

這天，吳奇正捧著那本《六壬奇方》在燈下研習，忽然一陣急促的敲門聲傳來：「吳大夫，快……快救人啊！」

門外嘈雜一片，吳奇開門嚇了一跳，門外足足站了十幾個村民，手持著火把、扁擔、繩索。有的村民還傷痕累累，這陣仗哪像是來求醫的，倒像是來打群架的。

「怎麼了？怎麼了？」吳奇大奇，問道。來山村這麼多天，整天只醫治些跌打損傷，這回這麼大動靜，一時還真讓他有點小興奮。

「吳大夫！二柱子著了魔，您快去瞅瞅，我把所有人都叫上了！」生產隊的王隊長喘著氣說。

因爲話說得急，吳奇聽得有些稀裡糊塗，王隊長只好又解釋了一遍，才大概明白。原來是村民張二柱上了山，回來後睡下還好好的，半夜媳婦起身給孩子蓋被子，一看身旁的丈夫差點嚇暈。

只見張二柱渾身皮膚泛出艷綠色，像是長了一層苔蘚，自己卻渾然不知，呼嚕打得震天響。

到了白天膚色又恢復正常，照例上山下地，沒什麼異常，一連幾天都無恙，他媳婦就沒當回事，以爲睡懵了看花眼。

豈料沒過幾天，張二柱就像犯了失心瘋，深更半夜把自己的媳婦孩子嚇得哇哇哭叫，整個村子都能聽見。

犯了瘋的張二柱力氣極大，將上前幫忙的鄰居一甩就是一丈開外，沒人能治得了。李隊長叫喊幾人先穩住他，同時不忘叫上吳奇這位口碑還算不錯的郎中。

「往年也鬧過這事，都是讓鬼給附了，請個跳大神的也就解決。吳大夫，你去跳個大神，把那東西請走就沒事了！」

吳奇一聽差點暈倒，心裡直叫冤：各位村民同志，我是大夫，不是茅山道士，醫術和迷信完全是對立的！敢情自己的推拿針灸手藝全讓這幫村民傳成驅鬼驅邪的妖術了？

不過，眼下治病救人要緊，吳奇不多想，當下背起藥箱子和王隊長一起奔向張二柱家。張二柱家門口早已聚了一群人，都是被吵得沒法睡覺，過來看熱鬧的，王隊長見狀一個個給轟了回去。

此時，張二柱正光著大膀子，雙手張開被捆在一根扁擔上，四個勞力將扁擔卡在門槽上，分別按住兩端。

張二柱雙眼露凶光，嘴裡叼著木柴，像嚼鍋巴似的咯吱作響，還奮力掙扎，力度大得嚇人，幾人就要支撐不住。

「都給我按住！」王隊長一聲令下，接著轉頭對吳奇道：「吳大夫，你趕緊想個辦法，要雞血狗血紅綢子什麼的就說一聲，我讓人去準備！」

吳奇一聽哭笑不得，王隊長居然還念叨著跳大神的事，自己堂堂郎中，硬是和江湖騙子攪和一起，實在感覺委屈。

撞客、鬼附身這類說法已經不合時宜了，從張二柱的症狀來看，更像是羊癲瘋發作。不過，印象中，羊癲瘋發作是雙眼上翻、口吐白沫，意識不受控制。眼前這個張二柱似乎很清醒，雙眼血紅，目露凶光，像盯著八輩子的仇人。

略一詢問，才得知他身體一向健康，沒有羊癲瘋的病例，也沒有家族遺傳史。而且他的症狀也的確和普通的抽搐不同，問題似乎沒有那麼簡單。

第4章

銀針刺穴

張二柱吃幾針後，原本憋得發青的臉一下子變得煞白，渾身像遭受電擊一般劇烈抖動，口中不住地哀號，聲音響徹整個村裡，極為淒厲恐怖，即使在青天白日裡都教人忍不住哆嗦。

吳奇平日給人治治傷風感冒、跌打損傷，遇上刁難點的頂多是蟲咬中毒，這回冷不防碰上怪病，一時還眞不知從何下手。

張二柱還在那裡鬧騰，衆人又眼巴巴地望著自己，吳奇索性死馬當活馬醫，按照抑制羊癲瘋的法子，控制住張二柱的病情，讓他先安靜下來，免得傷及無辜。想著，吳奇便取出銀針匣。

這可是吳三叔公傳下來的，通常針到病除，不知道這回可有神效？

一般來說，人一旦生病，淺則在絡，深則入臟入腦，銀針刺穴的目的就是要打通經絡，使血氣順暢。羊癲瘋則是由督脈氣阻滯、頭中氣亂所致。督脈通絡於腦，腦爲元神之府，因此必先通其督脈，活絡元神。

吳奇讓衆人將張二柱子扶起，牢牢捆縛在綁牲口的木樁上，連續在大椎、內府、百合三穴下三針。

沒一會工夫，張二柱的腦袋便慢慢頹下去，掙扎的力度明顯減小，意識似乎有所恢復。吳奇略感驚喜，趕緊趁熱打鐵，分別又在長強、腰俞、命門三穴刺下，作爲鞏固。

豈料三針剛下，張二柱像遭了電擊一般，身體僵直後又抽搐起來，雙眼一下子睜到極限，惡毒地盯著他。

吳奇腦門一熱，心裡當即道聲壞了。

突然，張二柱不知哪來的氣力，「咯噔」一聲，猛地掙斷捆縛的扁擔，雙手高舉，就要撲向吳奇。

吳奇剛反應過來，只覺得脖子一緊，一口氣當即堵在胸口再也出不去。張二柱力氣大得出奇，一雙手像鐵鉗般死死卡住他的脖子，幾乎拿出玩命的態勢。

吳奇被這一雙手牢牢卡住，沒法喘氣也沒法掙脫，憋得滿臉通紅，幾乎要窒息。眾人眼看情況不妙，抱胳膊、掰手指什麼招都用上了，才把吳奇從張二柱那大手掌中掙脫出來。

吳奇嚇得不輕，脖子幾乎快要斷裂，倚著牲口棚的牆根直喘氣，心裡卻是迷惑不解。自己的針灸師從三叔公，不可能有什麼偏差，而且督脈導氣的想法也正確，為什麼會出現如此嚴重的結果？難道真的是鬼上身？張二柱鬧撞客了？

張二柱倒也能折騰，七八個壯爺們圍著轉，仍是控制不住他。最後沒法，一個個玩起疊羅漢，費了半天勁才又把他綁回老樹上，渾身用麻繩捆得像木乃伊。

即便這樣，張二柱還是不認分地掙扎，嘴裡一個勁叫罵。

王隊長頭都大了，索性用塊汗巾往他嘴裡一塞，又給他加上幾十圈麻繩，見再沒有掙脫的可能，才招呼眾人各自回家，等天亮後再做打算。

吳奇雖然驚魂未定，到家後仍刻不容緩地翻出《六壬奇方》，對照張二柱的症狀。他對自己的針灸術非常有信心，督脈通氣之法，就算不能一下子根治奇症，起碼不會引發如此嚴重的後果，到底哪裡出了差錯？

吳三在世時，吳奇並沒有機會接觸和研究《六壬奇方》，那是吳三臨終時才傳予他的。這是一本深奧難懂的書，篇幅雖不長，所述內容卻頗爲廣闊。名爲奇方，實則蘊含氣理、藥理、奇症、異相、異方等多種見解。吳奇盡心研究幾年，也不過是在皮毛理解的基礎上有些增長罷了。

張二柱的病情，按照書上的理解，應屬氣理範疇。《六壬奇方》上記載：「氣阻則六脈不通，督脈通腦，督脈阻滯則神亂。神亂皆由陰陽起，獨陰不生、獨陽不長，陰陽失衡皆亂，陰陽平衡去疾……」

吳奇翻閱幾章，盡是些理論的東西，並不像《本草綱目》那般，詳盡到何方醫何病的程度，因此理解起來困難許多，不是一天兩天工夫就能大徹大悟。

今日連嚇帶累的，折騰得有些虛脫，沒翻幾下，睏意頓時襲來，吳奇抱著那本醫書，迷迷糊糊睡著了。

醒來已是第二天日上三竿之時，吳奇顧不上吃飯，拔腿就往張二柱家裡跑。張二杜依舊被綁在老樹下，四周圍著一群村民，他的老婆孩子哭得哇哇叫，村裡一群婦女勸慰著。

一見吳奇到來，人群中有人打了招呼，緊接著王隊長的外甥劉三迎上來。

吳奇左右環顧，急問道：「你舅哪去了？今天我再試幾針，不行的話就送他上縣裡的醫院，不查查病因是治不了的！」

劉三一聽即道：「送什麼醫院啊？張二杜這樣，誰敢帶他翻山越嶺？路上出了亂子誰負責？」說完又胸有成竹地道：「舅舅今天去山那邊的謝家集，請牛道人過來，張二杜這是鬼上身，不請走那東西是不行的。」

吳奇苦笑一聲，他是受過正規教育的人，怪力亂神這類東西在他腦海中自然沒有生存的空間。先前聽過謝家集的龍山有一位牛老道，被村民吹捧得神乎其技，似乎有些本事，一遇到奇症異狀，村民首先想到的就是他。

他不屑地搖頭，劉三卻一本正經地道：「唉！吳大夫，你可不能不信邪。二杜的毛病來得有些古怪，不請道士怕是治不了，雖然現在是新時代，但還是不能不信邪啊！」

這話著實刺激到吳奇，新時代已經到來，怪力亂神的思想竟然還左右著這幫淳樸的村民，實在是醫者之恥！

吳奇略一思索，就招呼著幾人將捆在樹上的張二柱解下來，他要按照昨天的法子再次試試。

衆人一聽面面相覷，昨天的一切還歷歷在目，莫非這小吳大夫也瘋了？

吳奇心裡卻有他想，昨夜翻閱《六壬奇方》開了點小竅，銀針刺穴是以陰離草入的藥，是屬陰的藥物。張二柱吃針後病情加重，可能正是書上所述，陰陽失衡而亂，今天若以陽火攻之，興許有奇效。

吳奇沒有十足的把握，但眼下只能病急亂施醫，要眞是鬧了撞客，頂多是自己多年的唯物主義觀在今天崩潰。

閒話少說，吳奇三兩下挽起袖子，取出針匣，以純陽藥物——雄黃酒入藥，直取大椎穴。一針下去，張二柱眉頭一舒，原本目露凶光的表情似乎有所緩解，身子也不那麼僵直。

但有了上次的教訓，吳奇不敢大意，讓人將張二柱四肢捆結實，才又在陶道、脾俞、腎俞、肺俞四穴下針。

張二柱吃幾針後，原本憋得發青的臉一下子變得煞白，渾身軟趴趴地就要攤下來。許久，只見他眼珠子一翻，渾身像遭受電擊一般劇烈抖動，口中不住地哀號，聲音響徹整個村裡，極爲淒厲恐怖，即使在青天白日裡都教人忍不住哆嗦。看到他這副慘樣，媳婦兒子跟著哭鬧得更厲害。

這一下，吳奇心裡也沒了底，張二柱病情如此不穩定，再折騰下去，只怕不死也得殘廢。醫治無方倒不算什麼丟臉的事，但若是醫死了人，自己在方圓之內恐怕就無法立足。因此，他有些拿不準下一步到底該繼續還是就此放棄。

就在他猶豫不定的時候，張二柱的腦袋突然往前一仰，嘴巴大張，渾身不住地顫抖。

吳奇腦門一熱，見他嘴巴越張越大，很快到了極限，心道壞了，張二柱這一口氣接不上來恐怕就歸位了，草菅人命的罪行看來自己是背定了。

但接下來的一幕讓他和眾人大感驚愕，張二柱打了一個大飽嗝，接著一陣乾嘔，竟吐出一條酒杯粗的黑色長蛇！

第5章

鬼子嶂

那蛇渾身紅艷艷，還冒著縷縷青煙，在昏暗的光線下就像一只燒紅的鐵塊，被牠爬過的綠草立即變得枯黃，接著像被焚毀一般化成草灰。

黑蛇從張二柱的口中鑽出，就像能飛一般，蜿蜒飄浮在空中。沒多久，身軀便膨脹起來，化作陣陣黑煙，向四周散去，漸漸沒了蹤影。衆人目瞪口呆，膽小的婦女和孩子們立即嚇得失聲哭叫。

吳奇更是驚得合不攏嘴，完全沒想到，自己的寥寥幾針竟然從張二柱體內逼出這個東西。張二柱的情形倒讓人放心不少，只見他撫著胸口，解脫般地喘著氣，莫名其妙地望著驚駭的衆人，一個勁地叫餓。

吳奇鬆了一口氣，能感覺到餓是好事，好胃口也是生命力的表現，看來三叔公遺留給他的那本《六壬奇方》當眞有兩下子。

張二柱恢復神志，就如餓死鬼投胎，兩口一個饅頭，不一會便把送上來的饅頭都吃光，接著才打著飽嗝在衆人的盤問下道出自己的經歷。

原來，他是在山上採藥時出的事。山區中草藥資源豐富，一直是本地人業餘創收的首選項目，張二柱和鄰村的兩名村民去採集一種叫做鬼杏紅的中藥。

這種中藥只有鬼子嶂才有。鬼子嶂，是當地出名的邪門地方，經常發生山民無故失蹤的事情，自古就有妖怪的傳說，是當地的禁區，人們極爲忌憚。

中藥販子出很高的價格收購極爲稀有的鬼杏子，對於臉朝黃土背朝天的農民來說，誘惑力極大，三人便鋌而走險。

幾人冒險入深山，一切還算順利，直到夕陽西下，背著沉甸甸的藥筐返回時，突然聽到身後的草叢發出異常的動靜，就像有人竊竊私語一般。張二柱等人聽過傳說，知道不太可能在這裡遇到其他人，心裡有些發怵，想趕緊離開，但那古怪聲越來越大，好像有東西正靠近他們。幾人只得壯著膽子，小心地防護，用藥鋤掀開掩蓋的草叢。

此時已近黃昏，加上密林遮蔽，光線不良，掀開草叢只勉強看到一塊倒塌的石碑。幾人一致判斷這是一塊墓碑，頓時又驚又怕。

墓碑有字的一方朝下，沒法看出寫的是什麼，幾人也沒心思知道，方才的詭異情形和山裡的古怪傳說，讓他們感到害怕，只想立即開溜。

就在這時，石碑後的草叢傳來一陣「滋滋」聲響，幾人循聲搜尋，突然一隻赤紅色的大蛇，張嘴吐信地從草叢中鑽出來。

那蛇渾身紅艷艷，還冒著縷縷青煙，在昏暗的光線下就像一只燒紅的鐵塊，被牠爬過的綠草立即變得枯黃，接著像被焚毀一般化成草灰。

幾人看到如此怪異的景象，嚇得差點尿了褲子，但誰也不敢輕舉妄動，只好握緊手中的藥鋤與牠對峙著。

大蛇只在原地徘徊幾下，就竄前發動攻擊，張二柱反應快，立刻操起手中的藥鋤就是正中蛇頭。

那蛇吃痛趕忙縮回腦袋，掉轉方向，盤起了身子做防禦狀，似乎有逃走的意思。幾人見此便懈怠起來，不料，那蛇突然一張嘴，朝著幾人的面門位置猛地吐出一道黑煙。

黑煙充斥一股酸腐的屍臭，幾人只感到喉頭和胸口一陣冰涼麻痛，像被灌進一大碗高純度烈酒，接著又感到渾身奇冷，如同掉進冰窖一般，當下嗆得劇烈地咳了起來。當他們連滾帶爬，勉強遠離鬼煙時，黑蛇已經不見蹤跡。

當晚，張二杜就發了病，從他吐出黑蛇的情形來看，八成中了怪蛇的招！

此時，人群中有人發出疑問：既然三人一起中了蛇毒，爲什麼只有張二杜一人犯了瘋，難道另外兩人體質特殊嗎？

疑問一出，衆人面面相覷，誰也說不出個所以然。就在這時，人群中傳來一個聲音：「他陽氣弱，赤鬼火煉的陰毒覓上他，他就躲不了！」聲音蒼老沙啞，卻鏗鏘有力，頗有震懾力。

吳奇扭頭一看，只見人群中走出一個道士模樣的人，身後緊跟著一位長髮男青年，王隊長也在後面呼呼喘著氣。

看模樣，這老道應該就是王隊長請來跳大神的大仙。

吳奇暗自偷樂，除四舊、剷除封建迷信的風潮剛過沒多久，這年頭道士是稀奇貨，只有山裡勉強能揪出一個半個來。這回給張二柱祛了毛病，也算幫這群村民上一課，今後牛鬼蛇神別想奪去自己的鋒頭。

老道圍著張二柱轉了一圈，撫鬚道：「你居所位居地底，隱晦不透光，門前多槐柳，陰氣難出陽氣難進，造就你易病之體，另外兩人終年吸食麻黃煙，體內陽氣聚集，比你更能抵擋陰毒。他二人疾在體表，而你已入腦入髓！銀針探穴雖然解了你一時之痛，但治標不治本，遺病猶在！」

那老道說完，轉過身繼續道：「沒想到村中竟有奇人，以陽火之法驅陰毒，不知是哪位高人，能否出來讓老道我開開眼界！」

原本以為老道只會說些怪力亂神的話，沒料到幾下便點出病因所在，而且看破自己的技法，吳奇不禁暗暗稱奇，當下更加仔細地打量眼前二人。

這老道看不出究竟有多大年紀，雖然鬚髮都已經白了，卻紅光滿面，臉上的皮膚粉嫩得像嬰兒，而且精神爽朗，步伐穩健，聲如洪鐘，有種世外高人的氣派。他身後的男子則穿著一襲黑色賈尼裝，背著半舊的檀木箱子，長髮蓋住一半臉。

吳奇仔細再看，不由吃了一驚。男子的膚色極為特殊，無論是未遮掩的半張臉還是裸露的手臂，都呈現出奇特的赤紅色，就好像沒有皮一般。

張二柱本來已經鬆了一口氣，聽老道這麼一說，又不踏實起來，他媳婦又哭叫著向老道求救。那老道掐指一算，目光掃了四周一眼，停留在吳奇身上。

「是你下的針？你年紀輕輕，如何習得助陽驅陰的法子？」老道圍著吳奇轉一圈，略有深意地望著他，帶著一絲欣賞的味道。

第6章

鬼道子

吳奇也納悶，不知他在玩什麼花樣，雖然這人看起來也算慈眉善目，但自己對牛鬼蛇神之流一向頗為排斥，無論怎麼看對方，都不覺得是個善類。

吳奇對裝神弄鬼之流本來沒什麼好印象，但聽老道剛才的分析，恰恰符合《六壬奇方》的陰陽氣理之說，頓時興起好奇之心。

即便如此，他還是認爲，既身爲醫者，不僅要治病救人，還得驅除人們腦中的封建迷信思想，村民受道士蠱惑不淺，不殺殺他的威風實在不行！

「這是我家祖傳的針法，也僅僅能解一時之急而已，想要徹底根除，還得費不少周折！」

吳奇說完，那老道呵呵一笑，也不辯解，當下道：「那我們鬥鬥法吧，看是你這神醫的技法高明，還是我老道的三腳貓伎倆厲害，切磋一下如何？」

雖然眼下是治病救人要緊，但一對上老道那挑釁般的眼神，吳奇便氣不過，切齒暗道，今天我吳奇不拿出點看家本事，實在枉爲醫者！

決心一下，吳奇即道：「好！你說切磋什麼？只要不是歪門邪道，儘管揀最拿手的來吧，別說我不尊重老人！」

他摩拳擦掌，心道這可是你這老傢伙自找的，今天我非得在衆目睽睽之下滅你威風不可，看你今後怎麼用那一套歪門邪道去愚弄鄉民。

老道爽朗一笑，又道：「既是賭局，總要下點籌碼吧？你拿什麼做籌碼？」

吳奇聽了一驚，老道這時候提籌碼，該不會是衝著那本《六壬奇方》來的吧？

老傢伙看起來老奸巨猾的，不得不防啊！可是，印象中這本書一直被自己珍藏著，外人連邊都沒摸上一回，這老道又怎麼可能知道！

見吳奇有些遲疑，老道又道：「要不這樣吧，今天鄉民們都在場，能給我倆做個見證，你我二人以針灸之術鬥法，定出勝負後，輸方滿足勝方一個條件即可！」

吳奇一怔，越覺得老道居心叵測，當下皺眉思索，該怎麼應對這局面。豈料，老道的話一出，便有人開始起鬨，鄉下人本來就沒什麼娛樂，道士和醫生鬥法可是個新鮮事，怎麼也得見識一回。不過，有的人也知道這老道性格乖張，眼下火燒眉毛，居然還有心情鬥法？但眾人皆敢怒不敢言，便閉上嘴巴。

鬨一起，吳奇想不答應都不行，當下一咬牙，發狠道：「好！就按你說的辦，切磋技法咱就互不相讓，你拿出你的眞本事來吧！」

「好！那咱們一言爲定，就從醫治這位老鄉開始吧，你能找出病因就算你贏！」老道大手一揚，做了個請的動作，笑看吳奇下一步動作。

吳奇當場傻眼，找病因？這可是趕鴨子上架。自己連蒙帶撞，好不容易才讓張二柱清醒過來，要是知道病因，直接對症下藥，還用得著在這囉嗦嗎？

本以爲老道要比什麼神針探穴、導氣歸虛之類的本事，誰料竟然耍此陰招。眾目睽睽之下，吳奇急得額頭直冒汗，由於考慮到張二柱的安危，不敢盲目下針，才會如此不知所措。

老道略顯得意地一笑，轉頭朝赤膚男青年點頭，喚他取出一根銀針，伸手扎在張二柱的後頸上。

張二柱腦袋一懵，很快就眼皮開始打架，昏睡過去。

衆人不知其意，老道卻不慌忙，要了條長凳，端坐在一旁等。

吳奇也納悶，不知他在玩什麼花樣，雖然這人看起來也算慈眉善目，但自己對牛鬼蛇神之流一向頗爲排斥，無論怎麼看對方，都不覺得是個善類。

忽然，人群中發出一聲驚呼，所有人的目光隨之轉向張二柱躺倒的方向，並驚愕地往後退了好幾步。

吳奇伸出腦袋一看，張二柱的身上，不知何時長出一層綠色黴斑的東西，而且還在蔓延，很快就覆蓋全身，綠烏烏的極爲嚇人，好像得了古怪的皮膚病。

吳奇見此情形，更是一陣哆嗦，猛然想起三叔公的經歷，記得當時穿著火烷屍衣的，正是一具渾身綠色的屍骸！

許久，老道迅速拔出銀針，張二柱身上的綠色便慢慢淡化散去。隨即他醒來，一個勁地打著哆嗦叫冷，四肢緊緊蜷縮著，似乎恨不得立刻找個被窩鑽進去。

「我用銀針激出他體內的寒氣，無奈化骨屍毒已經深入他的骨髓，怕是極難驅除啊！」

眼看張二杜被來回折騰成那副模樣，再聽老道這番話，他媳婦再也熬不住，抱著老道的腿開始嚎啕大哭，懇請救命。

這一鬧，連四周圍觀的人都動了惻隱之心，老婦人、大姑娘、小媳婦的，都一個勁地抹眼淚，哀求老道，一下子都把希望寄託到老道身上。

吳奇一看這陣勢，心裡不是滋味，看來自己涉世未深，還不是老狐狸的對手，心裡暗自罵道，我要是有當年三叔公一半的本事，哪有你這牛鼻子老道妖言惑眾的份兒！

豈料，老道只是撫了撫鬚，一本正經地說，治病救人是他份內事情，但光憑他師徒二人力量不夠，必須有個懂針灸醫術的人協助才行。

這話顯然針對吳奇，張二杜媳婦轉身就抱住他的腿哭叫，眾人求助的方向也轉向他，弄得吳奇好不尷尬。

更有甚者開始起鬨，說什麼吳大夫人品高尚，要是醫好這怪疾，乾脆就將二杜的外甥女介紹給他，那可是村裡的一朵花。

吳奇一聽差點沒撞牆，無奈職責所在，只得皺著眉頭，勉為其難地說：「好！只要能治好他，我可以配合，你需要我做些什麼？」

老道竊喜，眉頭一揚，說道：「我牛老道的法門傳內不傳外，你得先拜我為師才可以！」

吳吳奇一聽幾乎暈倒，對他而言，掃除迷信、根除牛鬼蛇神思想和行醫救人同等重要，今天公然愚昧眾人的老道居然要自己拜他為師，無論如何也沒法答應！

他使勁地搖頭，眾人根本沒給他反駁的機會，立刻簇擁著上前。

「吳大夫，無論如何你都得幫忙，村裡人一直當你是半尊菩薩，這事你可推託不了！」

「吳大夫，拜個師不過是頭點的事情，你就當彎腰撿草票唄！」

「要不！誰捎個信把二柱的外甥女請回來，讓她出面求……」

吳奇幾乎想一頭撞死，這回可是一百張嘴也說不清，恍神間，幾個身強力壯的漢子已經將他拽到牛老道面前，按著他叩頭。

第7章

赤鬼火煉

棺材內是一具保存完好的濕屍，身著明代官袍，直挺挺地躺在裡頭。屍體雖未腐爛，卻發出陣陣惡臭，在場的幾人差點就要吐出來。更令人驚愕的是，這具保存完好的濕屍腦袋竟然不翼而飛！

吳奇哭笑不得，此刻也沒其他辦法，畢竟眼下治病救人最重要，大不了救完人再和他斷絕關係。何況長者爲尊，這屈膝倒也不算太委屈。

於是，在全村人的見證下，吳奇被衆人按著，勉強給牛老道行三個禮，敬了茶，算是完成拜師。牛老道滿意地點頭，吩咐一旁的紅臉青年取出紅色藥丸，掰開吳奇的嘴巴塞進去。

紅色藥丸的味道極其怪異，剛入口，一股辛辣晦澀的味道立即麻得嘴巴幾乎脫掉。吳奇剛準備吐出，紅臉青年迅速伸手捂住他的嘴，朝後背猛地一拍，強迫他吞下去。

吳奇實在忍不住，捧起敬茶的茶盞，咕咚咕咚地喝個乾淨，嘴巴依舊麻澀得毫無知覺。老道說這是他這一門的規矩，入他的門必須服食這種丹丸。吳奇有些擔憂，心道該不會怕自己不服，搞什麼蠱毒做爲控制吧？

眼看二柱的病情已經在火燒眉毛的份上了，牛老道卻一點也不急，非得讓村民張羅著擺幾桌酒席，再搞個什麼隆重點的拜師儀式。

老道生怕別人不知他收徒弟似的，當天下午，全村人都被叫來。席間杯盞交碰，一個個喝得臉紅脖子粗，不知道的還以爲是辦喜事，估計都把張二柱的事情拋到九霄雲外去。

當然最鬱悶的要數吳奇，自己是堅定的唯物主義者，就這麼強買強賣成了牛鬼蛇神的關門弟子，張二柱犯抽風，難道整村的村民都集體抽風嗎？一聽到村民說什麼吳大夫拜名師，前途一片光明之類的話語，他就恨不得找個地縫鑽進去。

整個拜師儀式時間也真夠長，一直折騰到日頭斜到半邊天還不結束。吳奇實在等不及了，幾次催促著什麼時候救人，怎麼救？牛老道即刻以師長的身份訓斥，你小子目無尊長，怎麼救人我自有分寸，有你表現的時候！

一夥人又喝到日過西山，牛老道這才發話，現在酒飽飯足，也該幹正事。今晚就去取藥引子給張二柱入藥，需要十幾個壯勞力幫忙。

此話一出，頓時呼聲一片，所謂酒壯慫人膽，很快十來個壯小夥子便由劉三帶隊，按著牛老道的吩咐，帶上粗扁擔、鐵鍬、撬桿、繩索等傢伙，鬥志昂揚地往後山方向奔去。

走了一陣子，衆人開始覺得不大對勁，當他們終於發現自己前往的正是鬼子嶂時，瞬間炸開了窩，酒也立馬醒得差不多。

劉三是個老滑頭，見狀趕忙提出經濟利誘（劉三是村裡中草藥的買賣中盤商），加上牛老道當下發給每人一顆淡紅色的小藥丸，說吃了不但可以百毒不侵，還能補腎壯陽，才放心卯足勁，吞了藥丸繼續上路。

吳奇認爲，牛老道和劉三一樣滑頭，倒是那個赤膚小子，從見到他到現在，還沒聽他說過一句話，只知道名字叫做鬼伍，酒席上自己給這位師兄敬酒，也沒討來笑臉，似乎就是一具經過馴化的行屍走肉。

鬼伍極爲靈敏，由他領隊帶路，一行人很快就尋到張二柱出事的地方。夜幕降臨，幾人打起火把，扒開草叢一看，果然有塊倒塌斷裂的石碑壓在草叢中，無字的碑面朝上，情形和張二柱描述的一樣。

荒山密林中，即便是夏夜，也寒氣逼人，甚至不見一隻蚊蟲，眞正稱得上是死地，加上斷碑倒塌，更有說不出的怪異。

衆人一見此景，都倒吸一口涼氣，握著手中的傢伙，倒退好幾步。

鬼伍倒是不含糊，一把捲起袖子，露出赤紅的雙臂，獨自上前將那石碑立起來。石碑足有一丈多高，厚實異常，其重量可想而知。

藉著火光一看，石碑倒地的一面，除了因爲潮濕而長滿的菌絲外，竟空空如也，沒有任何刻文。

「無字碑？」牛老道眉頭一揚，撫鬚思索片刻，拿出魯班尺在四周一通丈量，畫出了一片區域。接著又沉思片刻，突然猛一揮手，指著碑後長滿草的一塊坡頭大叫一聲，「挖！」

話一出，衆人的酒這下是全醒，變成冷汗直出了。有張二柱的例子在前，誰敢胡來？現在要他們玩命，當下都是一百個不情願。

牛老道氣得大罵，劉三趁機也給他們來點激將法。

「你們都吃了九華玉露丸，百毒不侵的，怕個鳥啊！」

「是爺們就痛快點，誰表現好，回頭表揚，當榜樣模範！」

說著，劉三壯著膽子帶頭上前挖第一鍬。

衆人這才鼓起勁，揣著鐵鍬，一陣埋頭狠挖。不一會，就聽得「咯噔」一聲，鐵鍬觸到一個方形石塊。繼續挖，東西露出眞面目，衆人一看立即吃了一驚，居然是一副石棺。

吳奇感到迷惑不解，不是來找藥引子，怎麼盜起墓來？難道棺材裡有什麼良方？

「開棺！子時之前必須拿到，不然那漢子的小命可就……」牛老道一聲令下，轉頭又對吳奇道：「準備取物，開棺不要超過一口氣的工夫，棺蓋要往上抬高到一尺以上的高度再往旁邊抽，千萬不要對著棺材出氣！」

眾人心道，這狗屁規矩還眞多，但老道發話了，他們不敢怠慢，只好屏住呼吸，按他的話去做。

只聽得「咯吱」一聲，棺蓋鬆動開來，頓時一陣黑氣湧起，向四周擴散開來。開棺的幾人差點被薰得暈倒，又聽老道一聲喝斥，才屏住呼吸，將棺蓋高高抬起來。

黑氣很快散盡，棺內的情形一覽無遺。

那是一具保存完好的濕屍，身著明代官袍，直挺挺地躺在裡頭。屍體雖未腐爛，卻發出陣陣惡臭，在場的幾人差點就要吐出來。更令人驚愕的是，這具保存完好的濕屍腦袋竟然不翼而飛！

「都憋住，千萬別出氣，徒弟，你快動手，東西在他的玉枕裡，快連著玉枕一起拿出來！」牛老道眉頭緊皺，督促著吳奇道。

吳奇雖看過一些怪異病症，卻頭一回見識百年未腐的濕屍，心中自然又驚又奇。看師父嚴肅的樣子，當下不敢怠慢，立即壯著膽子，伸手去取。

還好這東西沒有頭，玉枕直接暴露在外，否則讓自己掰開他的腦袋去拿，那可是萬萬不敢。

牛老道伸手接過，大叫一聲，「落！」

眾人如釋重負地將棺蓋落回原位，再也憋不住氣，頃刻間「哇」聲一片，幾乎把中午吃的酒菜全都吐乾。

牛老道對著鬼伍揮手，鬼伍迅速從檀木箱子中取出一只半舊的銅香爐，捧著一把穀殼狀的東西放進去。

牛老道打開玉枕，只見裡面塞滿一個個鴿子蛋大小的黃色圓塊，樣貌醜陋，不知道是什麼東西，還有一個雕刻著異紋的白色石盒。

牛老道快速取出其中一顆，用力攢在手中，碾碎成灰，灑在銅香爐的穀殼上，然後打火點著。瞬間，一陣奇異的香味瀰漫開來。

將銅香爐放在石碑處，他又吩咐眾人就著四周的草叢隱藏好，靜候變動。

銅香爐中的穀殼燃燒起來，劈啪作響，一縷淡黃色煙霧騰空而起，瀰漫開去。這香味極為宜人，吳奇聞了，直覺得精神抖擻，但他懂得醫術，料定棺材裡取出的不是什麼尋常的東西，當下囑咐眾人小心。

不一會，草叢裡突然傳來一陣騷動，伴著「滋滋」的聲響，而後密叢中閃爍幾道異光，徐徐向這邊靠近。

牛老道也變得緊張起來，朝眾人一揮手，示意他們退後。鬼伍則從腰間抽出一把尺餘長的黑柄鋼刀，小心地往前。

突然，草叢中傳來一陣類似野貓叫的聲音，接著「唧」的一聲，竄出一條赤紅色的大蛇。

第8章

龍紋秘盒

仔細一看，盒子是以漢白玉雕刻而成，繡著精緻的雙龍戲珠紋，用一把名貴的連城鎖牢牢鎖住。可能是年代已久，整體呈現米白色。

大蛇渾身赤紅，在夜色中發著光，看起來就像一根燒得通紅的細鐵柱。牠高昂著腦袋，貪婪地吸取帶著香氣的濃煙。

眾人都聽過張二柱中毒的經歷，知道這怪蛇的厲害，現在親眼見到，更是嚇得魂不附體，不禁連滾帶爬地往後退一大截，握著傢伙的手也止不住抖動起來。

其實，牛老道方才給眾人服下的九華玉露丸，不過是以茱花釀製的醒酒藥物，只能做爲精神慰藉。於是，他忙叫所有人遠離怪蛇，並伸手遞給吳奇一塊手掌大小的奇怪黑石。

「有這東西護著，赤鬼火煉必不敢輕易傷你，自己照顧自己！」牛老道邊說話，邊和鬼伍排好陣形，眼看將有一場惡戰。

鬼伍一把扯掉上衣，裸露出赤紅的上半身，他身形精瘦，肌肉虯集緊繃，左手臂綁著一只袖箭盒。在火光照耀下，赫然可見後背紋著一個奇怪的圖案，沿著後背脊椎一直往下。興許是打小就紋上去，隨著身形的生長，圖案有些變形，看起來就像一座古剎，又像是高聳的墳塋。

吳奇、牛老道、鬼伍三人站成品字形，將怪蛇圍在中間。怪蛇高聳著三角腦袋，吐著信子，警覺地盯著幾人，似乎在尋找著突破口。

牛老道的道行理當深不可測，鬼伍看起來也不好對付，最軟的柿子莫過於吳奇。怪蛇卻不敢輕舉妄動，吳奇知道是那黑色怪石起的作用。

銅香爐中的火焰漸漸熄滅，香氣也逐漸變淡，怪蛇有些按捺不住，挑釁般地望了望幾人。牛老道一邊注視著怪蛇，一邊警告吳奇，「小心牠的黑陰之氣，這東西就愛拿那傷人！」

話剛說完，怪蛇循聲猛地一伸腦袋，張大嘴巴對著牛老道噴出一口黑煙，情形和張二柱描述的一模一樣。

鬼伍動作極快，一陣風似的擋住毒煙，怪蛇的動作也極快，趁著毒霧襲擾的瞬間，縱身飛躍起來。

只見一道火線朝著鬼伍撲上去，落在他身上立即纏繞起來。

怪蛇在他身上迅速裹上十幾圈，然後緊勒起來。一陣「咯吱咯吱」的聲響傳出，辨不清到底是蛇骨還是鬼伍的骨頭擠壓發出的。

眾人一下子驚呆了，吳奇也是大駭，當下抄起傢伙準備上去幫忙，不料被牛老道一把拉住，「不要動，現在還不是時候！得看這小子了！」

鬼伍的身軀軟得像掛麵一般，被大蛇狠命一裹，幾乎變了形。這是蛇類捕食最常用的方法，用身子牢牢纏住獵物，直到獵物停止呼吸爲止。吳奇爲他捏一把汗，要是一般人只怕早就筋骨盡斷，一命嗚呼了。

怪蛇似乎志在必得，又盤繞幾圈，高高地聳起腦袋，接著張開血盆大口，將鬼伍的腦袋吞入口中。鬼伍好像沒有知覺，直挺挺地任由怪蛇吞噬著他的腦袋，眼看就要成為對方的夜宵了。

吳奇驚愕地把目光投向牛老道，卻發現他躊躇滿志，好像勝券在握，完全沒有擔憂的樣子。

鬼伍整個腦袋已經進入蛇的口中，換成是誰早憋死了。就在這時，他猛地挺直身子，原本縮骨軟化的身形突然一下子膨脹起來。

他疾速伸手握住怪蛇的上顎，猛力向上撕，握著黑柄匕首的手橫著就是一下。只見寒光一閃，大蛇怪叫一聲，上顎立即和身子分了家。

這一招乾淨俐落，絲毫不拖泥帶水，所有人看了都忍不住驚叫出聲。

等怪蛇反應過來時，半個腦袋已經沒了，發出慘叫聲，將半吞進去的鬼伍又吐了出來。鬼伍就地一個翻滾靈巧地遠離怪蛇。

怪蛇沒了上顎，想咬咬不成，想纏又找不到目標，在這山中橫行多時，牠哪裡吃過這樣的虧，當下又怒又急，不住地拍打地面，胡亂地吐著黑氣。一番折騰過後，身上原本泛著的光芒慢慢淡了下去。

牛老道叫聲不好，趕忙朝鬼伍使個眼色，鬼伍迅速領會，上前揪住蛇身。怪蛇悲憤交加，見人上前，便拼命纏住。

鬼伍一隻手狠命地掐住牠的脖子，另一隻手快速丈量，定在一個位置，手起刀落，便掏出一塊核桃般大小的桃紅色石球。接著又迅速刨開蛇肚，用血淋淋的手取出蛇膽，塞進自己的嘴裡，嚥了下去。

吳奇從沒見過如此兇悍之人，看得目瞪口呆。

怪蛇經這一折騰，動作漸漸緩下來，很快便沒了氣息。眾人看牠已經斷了氣，才壯著膽子上前。這時，牛老道吩咐大夥將大蛇和那棺材一併燒毀。

不一會，火光沖天，總算給眾人驅走一些寒意。

回到村莊，牛老道吩咐吳奇用那塊黑色怪石，將巨蛇腹中取出的石球研磨成粉末，加熱後煲湯給張二柱飲用。

吳奇不懂其中緣由，牛老道告訴他，黑色的怪石叫定魂石，是沉積在地下，經過上萬年才形成的寶物，具有極強的驅邪作用。巨蛇腹中的桃色石球則叫靈蛇珠，是蛇體內純陽之火煉製而成的，能為牠驅除自身的陰寒之毒。唯有用靈蛇珠入藥才能徹底根除張二柱體內之毒，不過，必須活蛇取珠方有效。至於鴿子蛋一樣的卵石，則是一味特殊的藥物，叫沉香丸，放在棺內可以保持屍體不腐。赤鬼火煉這種蛇嗅覺異常敏銳，因爲覬覦藥丸的香氣，才會被吸引過去。

後來吳奇才明白，所謂的靈蛇珠不過是蛇體內的一種結石，可能那種蛇有異食習性，天長日久才會形成結石。這種結石一般多孔，吸附力強，加之成分複雜，富含多種稀有礦物質，因而有極佳的解毒能力。

張二柱服用靈蛇珠粉末熬的湯後，當天夜裡身上就長出一層烏油油的鱗片，上面還長滿綠毛。到了下半夜，鱗片開始漸漸脫落，次日清晨，已經在床上積了厚厚一層，說不出的噁心。不過，藥效的確獨特，幾劑湯藥喝完後，張二柱便再沒犯過瘋病，應該是痊癒了。

經過這次行動，吳奇對鬼伍驚羨不已，對牛老道的態度也有很大的改觀。牛老道醫術修爲高深，不似其他裝神弄鬼、招搖撞騙的道人，雖然性格怪了些，倒也還能接受。

後來透過了解，他知道牛老道原名牛紫陽，已經逾百歲高齡，年輕時曾參加學生運動，還當過兵打過仗，後來是遇上山野高人，才拜名師修行。

牛老道精通風水、命理、醫藥、茅山等多種異術奇術，卻在那場掃除一切牛鬼蛇神的運動中，被整得很慘，天天挨批鬥，差點折騰掉老命，自此便隱居謝家集的山野中。因爲這一帶多毒蟲異蛇，牛老道的醫術撿回了不少人的性命，在當地很有威望。

大概是牛人有牛脾氣的緣故，這老道乖張得很，治病救人明明用的是高深的醫術，卻向人們灌輸那些驅鬼送神的法兒。在吳奇看來，就是這些年挨鬥挨得心理不爽，有意來給自己取得心理平衡。

吳奇拜上這樣的師父，日子自然好過不到哪裡去，每天光聞味辨別各類藥草，就讓他的鼻子差點廢掉。再不就是那些堆積成厚厚一遝的破爛書籍，什麼《戒子方》啦、《金醫要術》啦、《青衣經》啦……不僅要往吳奇的腦袋裡塞，還必須得融會貫通，否則家法伺候。

牛老道的乖張還表現在另一方面，他從不輕易收徒弟，即便收了，也只在一起研習兩年，兩年一過，任你是天皇老子，照例揮以衣袖。

大半年下來，吳奇被折騰得險些背過氣，有時還會偷想，鬼伍那紅臉小子該不會就是硬生生被折磨成這樣子的，擔心再這麼下去，自己就要跟他一個德性了。

幸好，這種日子終於到頭了。

一天，牛老道把二人叫到身旁，說了幾句「師父領進門，修習在個人」之類的話，接著捧出一個白色的石盒，交給二人保管。

吳奇倒沒有什麼解脫感，反而困惑不解。看一眼白色盒子，感到更加驚愕。

這不是上回從玉枕裡掏出來的玩意兒嗎？記得當時還和一塊塊鴿子蛋一樣的沉香丸放在一起。

仔細一看，盒子是以漢白玉雕刻而成，繡著精緻的雙龍戲珠紋，用一把名貴的連城鎖牢牢鎖住。可能是年代已久，整體呈現米白色，兩條盤龍翱翔在祥雲中，栩栩如生，龍眼處以血色玉沁表現，爲它平添了幾分詭異。

可以很肯定地說，在中國古代，以龍紋飾面的物件，多數都是皇室內部所有。吳奇和牛老道相處了大半年，沒料到老狐狸竟然私藏這件寶物，看來這兩年苦沒算白吃，好歹得了件寶物。

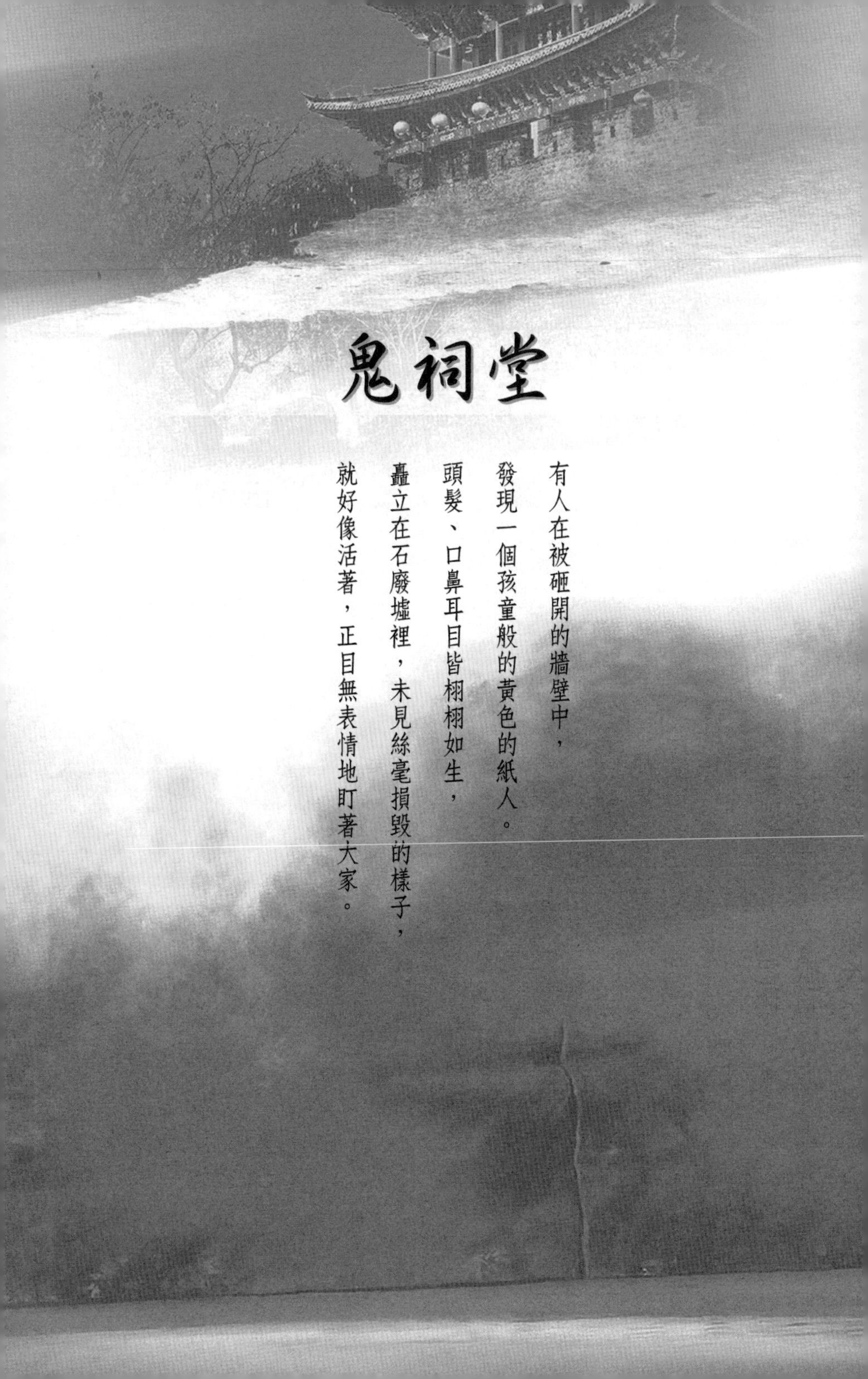

鬼祠堂

有人在被砸開的牆壁中，
發現一個孩童般的黃色的紙人。
頭髮、口鼻耳目皆栩栩如生，
矗立在石廢墟裡，未見絲毫損毀的樣子，
就好像活著，正目無表情地盯著大家。

第1章

怪病

再仔細一看，他又發現，毛豆耳垂下的那道劃痕，繞過整個耳根，竟然通向耳朵，好像是什麼東西有意為之而形成的。

平心而論，牛老道除了治學、授業方面過於嚴格外，其他都很不錯，莫名其妙就要分道揚鑣，吳奇心裡還挺不是個滋味的。

鬼伍似乎明白老道的心情，一直面無表情地聽著，似乎一切都在他的預料之中。吳奇則是忍不住拿出求學的一貫態度，刨根問底。

「期限已到，我不能違背輪迴之道，告訴你們。這龍紋密盒你們妥善保管，緣分未到，千萬不要打開它！切記啊切記！」牛老道拿出少有的慈愛表情，撫著吳奇的腦袋，正式地將龍紋密盒授予他。

牛老道獨自隱居山野，自此再無音訊。

沒有師父，吳奇的日子好過不少，不過，倒也不忘本，每日依舊刻苦研習師父留下來的醫書，從未間斷，名氣也跟著醫術一起大爲見長。

像這種窮鄉僻壤，怪病並不多見，吳奇和鬼伍除了和傷風咳嗽、跌打損傷的病人打交道，大部分時間不是自己研習，就是上山採集藥草，兼職藥草販賣。

山溝裡窮得叮噹響，一般人傷風感冒之類的小病，挺一挺也就過去，碰上嚴重點的，也只能牽羊送牛，無奈吳奇還不夠黑，所以只能受此窮。

怪病不多見，不等於遇不上，這天，吳奇和鬼伍正就著穿堂風在屋內乘涼，突然見一村民火燒屁股般地急匆匆趕來，連門都來不及敲，直接闖了進來，上氣不接下氣地道：「吳……吳大夫，救……救人啊！」

吳奇一見來人，竟然是鄰村趙家屯子的來寶。十多天前，這傢伙蓋房子不小心扭傷腳踝，被吳奇兩劑黑絮膏搞定，從剛才跑步的樣子來看，應該恢復得相當不錯，只是這大熱天正午的，有什麼這樣緊急的情況嗎？

「別急，什麼事，慢慢說！」吳奇招呼他坐下，鎮定地問。

來寶端起桌子上的水壺，一口氣將裡面的水喝個精光，總算緩了口氣過來，才一抹嘴巴道：「我們村的兩小子都出了事，古怪得很，你趕緊去看看吧！」

吳奇一怔，當下不敢怠慢，於是和鬼伍相視點頭，快速準備好一切，馬不停蹄地往趙家屯子趕去。

趙家屯子並不遠，翻過一座小山就到了，三人頂著烈日到達時，幾乎都快中暑了。一進門，便看見一名七八歲模樣的小男孩，躺在臨窗的涼席上，昏昏欲睡，時不時還打個寒顫，磨著牙不知道在說些什麼，一副精神恍惚的樣子。

「孩子這樣多長時間了？」吳奇給小男孩探了探脈搏，又快速地檢查全身，轉頭問向一旁的父母。

小男孩的父親回道：「早上的事了，我們下田時毛豆還好好的，中午從田裡回來，就看到他躺在地上，把我們嚇壞了，才趕緊讓來寶叫你們來！」

「二當家的孩子也鬧毛病，要不先讓鬼伍大夫過去看看！」來寶一邊用衣領搧著風，一邊徵求吳奇二人的意見。

吳奇點頭對鬼伍道：「這邊交給我，你先去那邊看看情況吧！」沒等說完，鬼伍和來寶二人已經應了一聲，奪門而出。

吳奇又仔細地檢查一遍，尋找毛豆的病因，如此往返進行幾下，竟未發現任何異常。此時正值盛夏，又是農忙季節，村裡人下田幹活，孩子要嘛關在家裡，要嘛和一群小孩成天光著腳丫子滿地亂跑，上山下河捕鳥撈蝦掏鳥蛋。

要說烈日之下，小孩子玩耍中暑或者被毒蛇毒蟲咬傷都很常見，但奇怪的是，毛豆無論氣色、呼吸、體溫都極其正常，不但身上沒有任何傷口，連生病會表現出來的脈象紊亂現像也沒有。既不像中暑，也不像是食物中毒或遭蟲蛇咬傷。

正常情況下，人體表現出病態特徵，排除罕見的疑難雜症，只要是疾在體內，合格的中醫經過望、聞、聽、切幾個環節，基本就能診斷出來。

但是從毛豆目前的狀況看，症狀並不明顯，僅僅是有些精神恍惚而已。

另外，外界元素的侵害，也會導致人體出現特殊的癔症型病態，這種情況一般是邪風入腦，也就是人們說的鬼上身。

但對於抵抗力較弱的兒童來說，卻要另做處理。特別是年幼的兒童，靈魂不穩定，如果遇到驚嚇或者接觸邪物，很容易出竅，這時候就需要長輩喊魂，引導靈魂再回到他身上，病自然就會好。

只是，鬼上身通常會伴隨著高燒，及全身性的症狀，而不僅僅是局部的精神失常，更何況毛豆根本沒有高燒。

吳奇暗自稱奇，他不是遇到解釋不了的事情就往鬼神方向靠的人，雖然已拜牛道人爲師，但僅限於醫術求習，和封建迷信的立場仍是對立的。

先前村民說，張二柱是邪陰入體、鬼附身，鬧得那麼凶，最後還不是靠醫藥才治好？事過不久，今天又遇到如此棘手的問題，難道自己醫術這方面還不稱職？

吳奇不信邪，詳細詢問毛豆患病的前前後後，再仔細診斷，連辮子遮蓋的後腦勺都不放過。

果然，很快就發現毛豆身上有處極不易察覺的異常。

他的右耳耳垂以下，一直到腮幫的位置，有道淺淺的劃痕。再細心比較，相對於左腮而言，右腮有輕微的腫脹。

右頰的腮腺部位，四周泛出猩紅，零碎如鋸齒般呈環狀排列，這是發炎的現象，說明腫脹很快就有增大的趨勢，可能會蔓延至耳根、牙齦、頜下。

吳奇初步判定可能是「痄腮」。

「痄腮」就是腮腺炎，當地人稱「蛤蟆瘟」，春秋季節多發於兒童身上，是一種很常見的小毛病。

以食醋和墨汁一比一配好，用毛筆蘸塗於患處，每天塗上五六次，一般二三天腮部腫脹自消。除此之外還有很多藥方，都能藥到病除。

雖然心裡有個底，吳奇卻也不敢大意，因爲「蛤蟆瘟」初期並不會導致精神異常，這只是症狀的體現，估計病根根本就不在這裡。

再仔細一看，他又發現，毛豆耳垂下的那道劃痕，繞過整個耳根，竟然通向耳朵，好像是什麼東西有意爲之而形成的。

「你們家有貓嗎？捉一隻貓來，再掰幾顆大蒜，準備一只碗一雙筷子！」吳奇定神，對一旁焦急的夫婦道。

兩口子不知道吳大夫要這些做什麼，但從他的表情看來，便知道自己的孩子有救了，當下不敢遲疑，很快將東西備齊。

吳奇抓過貓，掰開一只大蒜，擠出蒜汁，往著貓鼻子上使勁地擦。那貓一陣掙扎，喵了幾聲便開始撒尿。

他吩咐孩子父親用碗接了小半碗，將貓尿端放在床頭，自己再用筷子蘸取少許，小心地滴在毛豆的右耳洞裡。

隨著幾滴貓尿滴入，毛豆便躁動不安起來，不停地抓頭撓腮，雙腳亂蹬著就想起來。吳奇吩咐毛豆父母按住他的雙腳和身子，自己則負責穩住他的頭部，右耳朝上，緊緊盯著他右耳的變化。

小孩子沒有多大力氣，被人按住便沒法再掙扎，漸漸安穩下來。就在這時，毛豆突然甩了甩腦袋，一隻黑色的蟲子，從他的右耳耳洞裡爬出來。

蟲子一爬出，毛豆渾身一軟，接著便放聲大哭，叫嚷著就撲向自己母親的懷抱，顯然意識已經恢復。

吳奇長舒一口氣，用筷子夾起那隻蟲子，放到眼前一看，便對那夫婦道：「就是這東西搞的鬼，牠爬到毛豆的耳洞裡作怪，現在已經沒事了！」

毛豆的父母上前道謝，還沒鬆上一口氣，吳奇又皺起眉頭，吃驚地說：「這東西竟然不是蟲子，是守宮的尾巴！」

第2章

鬼熄燈

短短兩天，天賜已經被這怪病折騰得不成模樣，眼窩深陷，整張臉像被碾壓過一般，嚴重變形，皮膚也開始乾枯，佈滿了褶皺，一個剛滿十歲的孩子現在看起來就像個瀕死的老人。

那對夫婦本來放下的心又懸了起來，頓時陷入恐慌中。守宮就是壁虎，夏日很常見，喜歡躲在陰暗的角落裡，伺機捕捉蚊子蒼蠅等小昆蟲。

在山村恐怖的傳言中，某些成精的壁虎會在人熟睡之際，奮力將尾巴鑽入人的耳朵裡，直到尾巴斷掉才甘休。遺棄在人耳朵裡的斷尾，很快會生成新的壁虎，進而爬進人腦中，在裡頭繁衍生息，並且啃食人的腦漿。

在吳奇看來純屬扯蛋，首先要從耳朵爬進人腦就不可能，更別說什麼斷尾生壁虎。雖然毛豆的事情有些妖異，但不至於誇張到如傳言所說。

吳奇安撫夫婦二人，接著用棉球清洗毛豆的耳朵，又給他爹娘開個方子，用陳皮、花生仁、粳米、車前子、蜂蜜連著那隻壁虎的斷尾，外敷內用，只要做好消炎處理，就不會有什麼問題。

他利索地忙完一切，在毛豆爹娘的千恩萬謝聲中，馬不停蹄地又奔往另一戶，趙二流家去。

趙二流就是來寶口中的二當家，此人是村裡的治保主任，地位僅次於村長，也是有名的富戶，當下鬧病的正是趙二流的獨生子趙天賜。

眼看獨苗出了事，這可急壞趙二流，一家人又是哭天喊地，又是燒香求神的，好不熱鬧。幸好趙二流還沒亂了陣腳，只不住地擦著額頭上的汗，時不時擠上前，詢問正在給天賜醫治的鬼伍。

天賜正發著高燒，昏迷不醒，吳奇趕到趙家時，鬼伍已經給他診斷出病因，眼下正在進行醫治。

從鬼伍眉頭緊鎖的表情不難想像，天賜的情況顯然比毛豆嚴重得多。

「怎麼樣了？什麼情況？」吳奇小心翼翼地問著正在認眞下針的鬼伍，同時望了躺在床上的天賜一眼，一看當即嚇了一跳。

床上躺著的人，渾身皮膚發紅，而且乾皺捲曲如老樹皮，整張臉也塌陷下去，幾乎連五官都難以辨清，就像一位形容枯槁的老人。

有種被稱做早衰症的怪病，會表現出相類似的症狀，患者明明年紀很輕，卻出現老人才有的體貌。這種病非常罕見，而且患者一般多爲面部表現衰老，像眼前天賜這種全身出現衰老的情形，實在太少見了。

「怎麼會這樣？你看了有什麼問題嗎？」吳奇向鬼伍表述自己的懷疑。

一旁的趙二流趕忙湊上前，急切地想知道結果。

鬼伍道：「不像是你說的那種，我問了他的病史，是幾天內就變成這樣子的，而且從脈象和眼神來看，應該受到不小的驚嚇，臟氣混亂，元神浮動不穩，好像還中了毒！」

趙二流連忙道：「那……我家天賜不會有什麼事兒，唉！碰到這種事情，眞是家門不幸，兩位的醫術是咱十里八鄉都知道的，你們可得多費點心思，救救我家天賜啊！」

天賜的娘見狀，趕忙上前，一把鼻涕一把淚地道：「是啊！兩位大夫，我們實在沒辦法了，過幾天就是孩子的十歲生日，我們就這一個孩子，要眞有個三長兩短的，我也沒法活了……」邊說邊拉住吳奇的手，就要下跪。

「哎呀！妳現在說這些喪氣話幹什麼？還不趕緊跟大夫們說說孩子的病情！」趙二流狠狠地朝她喝了一句，轉頭對吳奇二人道：「婦道人家，就老搞這麼個喪氣勁，不用理她！」

「不用你說，我們也會盡力的！」吳奇對趙二流回一句。

鬼伍認眞地下完針，然後對吳奇表述天賜的情況。

和毛豆一樣，天賜發病也極其突然，沒有任何的預兆。

趙家屯子是個很大的自然村，大小十幾個生產隊，趙二流這個治保主任整天走東竄西的，忙得也顧不上孩子。天賜從小嬌生慣養，他娘根本管不住他，又仗著家境好，年紀又稍長，儼然是村中的孩子王，成天跑東跑西，什麼地方都敢去，什麼婁子都敢捅。

他得這怪病的時間還不長，也就兩天前，家人突然發現一向興致高昂的他變得神情呆滯，成天精神不振，而且還發燒。

原本以爲是普通的傷風，趕緊去看了村裡的大夫，抓些感冒藥給他服下。不料，天賜的燒白天剛退，晚上卻又燒起來，而且一個勁地說胡話，一會說看到很多人在墳地裡挖棺材，用棺材板在打轎子，一會又說有大家抬著花轎往樹上爬。

這下可把一家人嚇破膽了，趙二流想再叫大夫，趙家老爺子和老太太卻說這不是生病，而是讓妖魔鬼怪覓上了。

趙二流拗不過二老，加上心裡實在沒底，便按老人家的意思把巫公神婆都請來。大門後院穿堂跑，折騰老半天，結果天賜的病情越拖越嚴重，不久便昏迷不醒，還時不時歇斯底里地獰笑幾聲，把在場的人幾乎都嚇個半死。

短短兩天，天賜已經被這怪病折騰得不成模樣，眼窩深陷，整張臉像被碾壓過一般，嚴重變形，皮膚也開始乾枯，佈滿了褶皺，一個剛滿十歲的孩子現在看起來就像個瀕死的老人。

巫公神婆無計可施，胡說什麼你家公子夢見棺材，是富貴的預兆，預示趙二當家的很快就要升官發財。

趙二流可不好唬弄，寶貝兒子生病已經讓他頭大了，一聽火氣全上來，舉著大掃把，就將這幫裝神弄鬼的趕出門，才趕緊讓外甥來寶叫來吳奇他們。

「孩子出事之前，有沒有去過哪些容易沾來晦氣的地方？」鬼伍轉頭問道，又怕趙二流不明白，還特地強調一下，「比如墳地，或者多年不住人的老宅子？」

趙二流抓著後腦勺，仔細回憶事情的前前後後，無奈地搖了搖頭，回道：「哎喲！我還眞不清楚，平日我爲村裡的事跑斷腿，總不能弄條繩子把小孩捆在腰帶上吧。這幫孩子玩起來野得沒邊，還眞不知道他們去過哪些地方。怎麼？我家天賜當眞招了什麼晦氣？」

吳奇聽了道：「不是招了晦氣，而是中了奇毒，那些地方比起他處，更容易招惹和隱藏一些罕見的毒物，天賜可能被什麼毒物咬傷。」

就在這時，原本昏睡不醒的天賜突然艱難地扭動脖子，「哇」一聲，吐出一口黑水。在場衆人一看，黑水中竟還夾雜著一團頭髮一樣的東西。

趙二流嚇壞了，鬼伍立即擺了擺手道：「別緊張，這是他體內的東西被逼了出來，表示他情況轉好了！」

話語剛落，天賜果然有些變化，原本乾枯蒼白的皮膚慢慢恢復血色，全身也像泡了水般膨脹起來。

鬼伍開始重新下新針。每下一針，天賜便會吐出那些髮團，如此反覆進行幾次，身子已經恢復正常，只是依舊昏迷不醒。

鬼伍給他下針進行鞏固，卻依舊眉頭緊鎖，並沒有因此舒緩。

吳奇看出其中蹊蹺，安撫完天賜的家人，便讓他們先行迴避，單獨拉過鬼伍問道：「怎麼，到底是什麼怪病？是不是情況很不好？」

鬼伍看了一眼依舊昏睡的天賜，轉身回道：「這麼做只能緩解一時之急，想要根除必須找到藥引子才行！」

言談中，吳奇得知，天賜的確被一種異類毒物所傷，只有不停進行排毒才能勉強控制病情，但毒物沒法完全清除。而且每進行一次排解，體內的剩餘毒物便會加強，後續症狀恐怕會更加嚴重。

這種治療方法無異於抱薪救火，薪不盡火不滅。

吳奇有些犯難，當即又問道：「藥引子？莫非你知道是什麼原因導致的？要如何對症下藥？」

鬼伍沉思一陣，才輕聲道：「如果我沒看錯，應該是被鬼熄燈所傷，要找藥引子，還必須從這東西身上下手才行！」

第3章

祠堂焦屍

有人在被砸開的牆壁中，發現一個孩童般的黃色的紙人。頭髮、口鼻耳目皆栩栩如生，矗立在石廢墟裡，未見絲毫損毀的樣子，就好像活著，正目無表情地盯著大家。

鬼熄燈是一種奇特的東西，長得像蛇，身上卻有四肢。牠的三角腦袋上立有雞冠，全身布滿劇毒。

這種東西很少見，只蟄伏在荒墳地中，晝夜皆有活動。

民間傳說鬼熄燈會模仿人說話，叫住過往的人，這時候千萬不能回頭看，否則就會身中奇毒。有的則說遇到鬼熄燈千萬不能讓牠跳起，若讓牠高過人的頭頂，那人立即一命嗚呼，這便是民間所謂的「鬼熄燈過頭，奔著地府走」！

從鬼伍的描述來看，吳奇懷疑這是一種奇特的蠱蟲，偏遠之地向來蠱術盛行，雖然現在已經極少，但不排除有心之人會使出這種邪門的法子。

一番探討後，轉眼到了晚上，趙二流熱情款待吳奇二人，就像對待貴客一般，招呼一桌頗爲豐盛的農家飯。

吳奇惦記著天賜的病情，根本沒有心思和胃口，只藉著飯局，不忘繼續詢問怪病的有關資訊。很快，趙二流無意間說到一件引起他們注意的事。

那是兩年前的事情了，趙家屯的東邊有個年久失修的老祠堂，裡面住著個叫王六子的二流子。雖說稱呼上都有二流這兩個字，但趙二流是村幹部，王六子卻是個十足的二流，平日好吃懶做，正經事沒有，不靠譜的事一大堆，就在兩年前，這傢伙去了趟村頭的後山，回來不久後就失蹤了。

王六子在當地偷竊扒拉、調戲大姑娘小媳婦，什麼都幹過，聲名狼藉，他的失蹤雖然蹊蹺，卻未引起人們的關注，甚至還被村民認為是求之不得的事情。

後來，村東頭要修路，必須拆除他住的祠堂及後面的一棵大槐樹。但是村裡的老人講，大槐樹上了年歲，已經成精，鋸掉它的人都要倒楣。

這話一出，果真有人不敢幹，但膽大不信邪的人自然有，加上又有城裡人抽的大前門做獎勵，也就毫不猶豫地接了。然而在鋸斷那棵大槐樹時，竟然發生一件駭人的事情。

大樹傾倒前，所有人都遠遠地躲到另一邊，以防被壓到。但怪事隨之出現，被鋸斷的主幹像是受了什麼魔力，竟然掉轉傾倒的方向，直愣愣地朝人群聚集的地方砸去。幸虧在場的人反應快，避開這一劫。最後大樹在眾人的注視下，重重地壓在祠堂上，將這座百年祠堂直接壓塌。

眾人有種劫後餘生的感覺，心有餘悸地清理著被砸爛的祠堂。

就在這時，有人在被砸開的牆壁中，發現一個孩童般的黃色的紙人。頭髮、口鼻耳目皆栩栩如生，矗立在廢墟裡，未見絲毫損毀的樣子，就好像活著，正目無表情地盯著大家。

在場的人嚇得夠嗆，各種說法便湧將出來，有人說王六子就是中了這東西的邪才失蹤，也有人說這東西就是王六子，他的鬼魂已經附在紙人身上。

當時事情鬧得有點大，村長怕搞出問題來，只想息事寧人，當下說了一句話：

「燒了。」

於是紙人便跟著老槐樹一起燒了，後來倒也相安無事，沒見村裡人出過什麼事。至此，祠堂就荒廢了，兩年來沒人拆沒人理，平常村人走過都直接繞開。倒是天賜這幫小屁孩，沒事喜歡成群結隊到處瘋，也去過廢祠堂幾次，爲此沒少挨趙二流的揍。

鬼伍聽完一怔，趙二流見狀問：「吳大夫，你說天賜眞的是招了那……」

「去看看！」沒等他說完，鬼伍猛然起身，奪門而出。

吳奇也放下碗筷，招呼趙二流帶路，三人一同奔向祠堂。

原本，趙二流不放心，還想多叫上一些人，但被鬼伍按住說沒必要，人多反而麻煩。

村頭的祠堂年頭不小，就算不被大樹意外砸塌，估計也撐不了幾年的風吹雨打，大概只有王六子這種沒正經營生的人才會住這裡。

祠堂已經倒塌一半，只剩下幾堵殘破灰黑的牆伴著齊腰深的野草聳立著。殘垣斷壁的四周盡是一片火烤的痕跡，夜色中鬼氣森森。

此處是村子的盡頭，不遠處則是後山荒墳地，因爲一無田地，二無山路，村裡人很少來。現在看來，這地方還眞適合亂七八糟的東西生存。

「發現黃紙人是哪個牆？」鬼伍輕聲問道，隨後躡手躡腳地翻過斷牆，踩著滿地的碎磚，小心向裡探。

趙二流環顧四周，隨便指劃一片區域，「哎喲，出這事時，人都嚇懵了，哪還記得清楚？你依那槐樹的痕跡找吧，應該就在這一片！」

「你親眼看過嗎？紙人的樣子你還記不記得？」鬼伍繼續追問。

趙二流抓頭撓腮地努力回憶著，鬼伍又問道：「是不是正方臉，綠色的眼睛，嘴角長著貓一樣的鬍鬚，就像是貓臉一樣？」

「對對對……」趙二流恍然大悟，急不可待地道：「就是這個樣子，邪門得很，說出來不怕二位笑話，第一眼看到時，在場好幾人都尿了褲子。難道天賜的病就是它搞的鬼？」

吳奇跟著問道：「你是不是見過那東西？會不會是什麼邪術？」

鬼伍說：「這是種害人的法門，那紙人被施了降術，找到機會就會覓上人，人一旦中降，必定爲其所害，隨著時間的推移，陽氣散盡，直至油盡燈枯，陽氣乾涸爲止！」

趙二流聽了渾身不自在，哆嗦著道：「先前怕你們兩位顧忌著什麼，一直沒敢把事實告訴你們。其實……其實兩年前發生那事時，王六子被找到了！」趙二流見鬼伍一眼看出門道，不敢再隱瞞，實話像竹筒倒豆子一般，倒了出來。

「找到了？怎麼個情況？」

趙二流望了望四周，悚聲道：「說起來有些嚇人，人是碰巧找到了，可是……唉！這事很邪門！」

原來，當時村長發話要燒掉祠堂，身爲村裡治保主任的趙二流子，怕捅出什麼婁子，趕忙把在場的人都遣散回去，只留下幾個能做事的處理現場。

就在他們準備將老槐樹集中一塊燒掉時，居然看到一個黑乎乎的東西，緊緊卡在樹的枝椏裡。

看樣子，絕不是鳥窩蜂子窩，因爲它佝僂著腰，四臂展開，緊緊纏住槐樹的樹枝，就像一隻長臂的毛猴。

幾個膽大的小心上前一看，頓時吃了一驚，沒想到竟然是個死人！

但也已經成了死人乾，黑乎乎的已經沒了人形，跟燒過的焦炭一般，經過一番辨認，衆人肯定這具屍體是王六子的，只是覺得奇怪，王六子怎麼會死在老槐樹上？上吊也不用爬這麼高吧！要不是身上那套穿了幾年也不換洗的衣裳，誰曉得他就是王六子！

幾人結合起先前發生的一系列怪事，心裡都有點打怵，趙二流也覺得晦氣，立刻招呼眾人動手，把那老槐樹、紙人連同王六子的屍骸一併燒毀，然後在臨近山腳下的偏僻處，挖個坑將王六子的骨灰草草埋了。事後幾人都發毒誓，絕不許聲張，即便是自己的媳婦也不准說，否則必遭報應。

王六子本來就是個二流子，沒人管沒人問，如果不是今天出了這事，這檔陳年舊事也許永遠不見天日。

趙二流說完，鬼伍的面色越加凝重，吳奇從他臉上不難猜測出事情的嚴重性，但眼下救人要緊，具體事宜也不好一直再追問下去，於是直奔主題問道：「你說的那副藥引子怎麼找？」

鬼伍回道：「解鈴還須繫鈴人，天賜要是真的被邪術害了，我們還真不好應付，還好我肯定他和這些東西沒關係，這裡一定來過鬼熄燈，天賜就是不小心在這裡中了牠的招兒，要找藥引子，得先找到那東西！」

吳奇聽了這才微微放鬆一些，論醫術自己在行，但若談到神鬼這類事情，還是鬼伍上得了檯面，看他現在如此肯定，想必已經有了對策。

「去王六子的住處看看！」鬼伍說道。

三人在祠堂殘破的外堂轉一圈，便探進內堂，一走進隔間，便看到破碎的鍋碗瓢盆和傢俱橫七豎八地倒在地上，整個房間顯得髒亂不堪，相信這就是原來的樣子，沒有經過挪動。

第4章

鎖鬼陣

沒過一會，眼尖的人看到木柱上的布袋先是動了一下，接著便不間歇地抖動起來，好像有東西想出來一般。紅線幾乎承受不了它的重量，眼看著隨時都可能斷裂。

想起王六子蹊蹺的死法，吳奇不由發毛，住在這陰晦髒亂的地方，想不中邪都難。但除了有些髒亂之外，其他倒平淡無奇，王六子在這裡住的時間不短，以前也沒聽說過出什麼事。

鬼伍環視四周，很奇怪地道：「怎麼是這個味道？難道這裡有……」沒說完他便頓住了，最後將目光鎖定在那張同樣凌亂不堪的床上，走近搜尋。

王六子的被褥髒得離譜，估計一次也沒洗過，床單、被子、枕頭上遍佈黑漆漆的油污，一掀開便泛出令人作嘔的怪味。

想不到都兩年過去了，味道居然還這麼濃烈！趙二流皺眉捂了捂鼻子，心道這小子指的該不會是這種味道吧？

鬼伍不顧一切地將被褥掀開，仔細搜尋，不放過一個角落。很快，便發現床尾右側有塊破損的洞，裡面塞著一只破舊的蛇皮袋。蛇皮袋用線繩牢牢紮住，緊緊地塞在籃球般大的破洞內，徒手一摸便能感覺到裡面裝了不少東西。

吳奇還沒明白鬼伍指的是什麼味道，便見他如獲至寶，一把拿過蛇皮袋道：「我們趕緊回去，半夜開始行動，明晚就取藥！」

幾人趕回趙二流家中，鬼伍吩咐他多找點人手，然後迅速開了張條子，讓眾人趕緊準備，自己又飛一般地朝祠堂的方向奔去。

趙二流是村幹部，平常在村裡一呼百應，鬼伍發話，他自然不敢怠慢，趕緊找了面鑼，敲得叮鐺響，不一會就來了好幾十人。

村裡能識文斷字的人不多，看見鬼伍開的藥方都大眼瞪小眼，幸好吳奇精通此類，趕緊一一解釋。

十幾類藥物都介紹完，連吳奇也傻了眼，鬼伍開的方子上，赫然林立當歸、菟絲子、杜仲、羊腰子……全是大補的猛藥，別說是一個重病之人，就是健康人吃了，也得七竅出血、一補不起！

吳奇很詫異，但也顧不得那麼多，只當這些藥不是內服的，三令五申後，一大群人四散忙著準備去了。

「呃！趙主任，還缺一味藥。」吳奇指了藥方上的最後一項，有些爲難地道：「最後一樣東西，恐怕得麻煩趙嬸跑一趟！」

「什麼東西？」趙二流探出頭一看，只見藥方最後一項寫的是——紅鉛！

紅鉛是中國煉丹術裡的詞，指的是煉製而成的某種鉛類產物，但在中醫藥上，說的就是處女的經血，再嚴格一點，便是處女第一次的經血。

民間傳說，處女的經血不但有特殊的藥效，而且可辟邪，在某些奇門異術上常有用地。明朝嘉靖帝就曾以秋石、紅鉛爲原料，煉製丹藥服用。

吳奇特別強調，一定要處女的經血，否則效果大打折扣，並囑咐趙二流的老婆找到合適的人先通知自己一下。

很快，鬼伍急匆匆地趕回來了，進門就問：「東西都備齊了嗎？」

趙二流對自己高效率的動員深感滿意，拍著胸脯道：「我們村貫徹團結產生力量的理念，一方有難，八方支援，二位放心，東西不用多久保證全部到位！」趙二流有些得意，看來這一副官腔在身上沉積的時間不短了，習慣成自然，各種情況下也不忘給自己臉上貼貼金。

鬼伍點頭，又道：「儘量快點，熬藥需要很長的時間！」言下之意，必須儘快行事，孩子的病情已經容不得再有任何耽擱和閃失，鬼伍接著又列了幾樣東西，要趙二流趕緊準備。

就這樣耗到後半夜，東西陸陸續續備齊了，當地的草藥資源極爲豐富，這十幾類中藥倒不難找，只是最後一味紅鉛頗費周折。

那玩意可不是天天都有，也不是每個人都願意給的，幸好人家大姑娘識大體，一聽是救命用，就紅著臉讓吳奇驗明正身。一陣兵荒馬亂後，總算所有的東西都合格，這才鬆了口氣。

二人還是不敢懈怠，所有藥草清洗完畢，吳奇便開始煎藥。按照鬼伍的要求，得用慢火熬上一整夜，直到一鍋湯水熬乾，汁液成糊狀方可。

鬼伍招了下手，趙二流便一臉困惑地將之前要他準備的東西拿來，擺到桌子上。東西極其平常，一團紅線、一個布袋、一根筷子，還有一塊紅布和幾捧白米。白米的收集方式比較特殊，必須讓人拿著米袋，挨家挨戶地收集，每家捏上一小把，直到剛好收滿一百家為止，不許多也不許少。

眾人無不困惑，難道這些平淡無奇的東西要用來治天賜的怪病？幸虧村子夠大，要不然就得翻山越嶺去鄰村討米。

趙二流見那些幫忙的村民還不肯走，把外堂擠得水洩不通，怕影響二人的進程，只留下幾人幫忙，其餘的一個個打發了他們回去睡覺，吳奇他們則一直忙到第二天。

直到隔天日上三竿，藥總算到火候了，原本一缸湯水成了黑糊糊的一團。等它稍許冷卻後，鬼伍搓麵粉團一樣，將那碩大的黑藥團變成一粒僅有玻璃球大小的藥丸。摸起來竟是堅硬異常，不難想像需要費多大的手勁。

鬼伍將桌上的白米和黑色藥丸裝進布袋，再把筷子塞進布袋口，用紅繩子紮緊，確保一粒米也灑不出來。接著又快速取了紅線，用手丈量距離，在選定的地方打個活結。最後，用這截紅線捆住布袋，將它固定在屋內的木柱上，靜觀其變。

所有人面面相覷，不知道鬼伍到底搞什麼名堂，就連吳奇也不知道他有這等旁門左道的功夫。鬼伍忙得像是在佈什麼陣，還好嘴裡並沒有念念有詞，否則吳奇非得把他當成是送神驅鬼的神婆。

沒過一會，眼尖的人看到木柱上的布袋先是動了一下，接著便不間歇地抖動起來，好像有東西想出來一般。

紅線幾乎承受不了它的重量，眼看隨時都可能斷裂，卻沒想到在布袋猛地晃動下，竟然打出兩個死結。

吳奇記得很清楚，鬼伍打的明明是活結，脫落後應該是一條光滑的線繩才對，怎麼可能自己打了死結，難道是鬼伍搞的障眼法？

兩個死結一打上，布袋的動作緩和下來，折騰兩下，就恢復不動了，鬼伍這才微微舒展眉頭，大功告成地道：「鎖上了！終於鎖上了！」

第5章

移位剜丹

趙二流使勁地點頭，伸手取過，接著又想起了什麼，困惑地找了找，竟發現米裡藏著的黑色藥丸不見了！

眾人還來不及問什麼，鬼伍立刻用紅布蓋住布袋，說了句，「跟我來！」言罷奪門而出，沿著村子崎嶇的土路，朝村東頭方向奔去。

他疾步如飛，幾個年輕小夥子一路窮追，到了鬼祠堂的時候，只剩喘氣的勁兒。摸進祠堂的院子後，一股濃烈的硫磺味頓時撲鼻而來，四周漆黑一片，只有一道淺淺的金黃色光芒，在黑暗中極其醒目。詭異的是，這道光不停地竄動著，似乎有什麼活物在兜圈子。

所有人都嚇了一跳，鬼伍快速點燃火把，四周立即被照亮。

藉著火光，眾人定睛再看，只見院子正中間的位置，不知何時已用硫磺粉圍了四個古怪的圈，呈環狀排列，一層套一層。不過，這些圈不是密閉的，都有一個食指寬的開口，猶如迷宮。此刻，一隻金黃色的四腳蛇，被困在最裡層，左突右竄地想逃脫出去，卻又忌諱著硫磺，一次次無功而返。

那一尺餘長的四腳蛇面貌猙獰可怖，渾身遍佈金黃色的刺狀鱗片，頭上長著雞冠一樣的肉瘤，活像一隻醜陋的變色龍。

吳奇望了望鬼伍，問道：「怎麼？你說的鎖上了，就是指這東西？」

鬼伍點頭回道：「我佈的是索籠陣，鎖的就是鬼熄燈，牠現在出不了這個圈，你們不必擔心！」

一聽這話，在場的人都微微鬆了口氣，吳奇心有餘悸地道：「你說天賜就是被這東西咬傷？你是要用這東西入藥嗎？」

鬼伍嗯了一聲，指著鬼熜燈解釋，「人體中都有業火，業火支撐著人的生命。傳說鬼熜燈就是偷吃業火的妖孽，若是業火逐漸微弱，人便隨之衰老，到一定程度，油盡燈枯，人自然死亡。」

吳奇聽得將信將疑，鬼伍便解釋這只是民間傳說，事實上，鬼熜燈舌頭上有很多針一般的倒刺，裡面密佈毒腺，一旦被咬傷，輕則中毒，重則一命嗚呼，趙二流家的小子沒當場毒發身亡，算是萬幸。

「我要捉住牠入藥，需要你們幫忙！」鬼伍邊說，目光邊掃過眾人。

眾人一聽，都嚇得面如土色，不住往後退一大截，沒有人敢出頭。有趙天賜的先例，再加上鬼伍之前一番渲染，誰還敢逞英雄，拿自個的性命開玩笑？

趙二流急了，大手一揮道：「他娘的，都是爺們，危險的事情小伍大夫都扛住了，你們還怕什麼，平日那些高覺悟都到哪去了？」說完顯然覺得說服力不夠，趕忙又加大了籌碼，扯著嗓門道：「甭囉嗦了，是爺們就放個響屁，誰幫忙捉了這鳥東西，老子賞一千塊！」

在這窮鄉僻壤，一千塊可不是個小數目，都夠平常人家娶房媳婦，顯然趙二流為了兒子的性命，也下了血本。

幾人一聽都被鎮住了，再次證明「重賞之下必有勇夫」的道理，雖然還是害怕，但已經不再退縮，哆嗦著上前，躍躍欲試。

鬼伍見狀又道：「你們圍著圈站就好，不要留任何空隙讓牠跑了！」說完便發一粒抗毒藥丸，讓他們服下，以防萬一。

吳奇暗自失笑，那不是先前上山捕赤鬼火煉時，牛老道給衆人吃的藥丸啊？除了能鎮定安神外，根本起不了解毒作用，鬼伍這廝還眞得牛老道眞傳，竟然也玩這陰招。

鬼熄燈生性狡猾，平時警惕性非常高，只有在逃亡時才會降低，這時最容易下手。然而，容易也只是相對而言，成敗在此一舉，如果出一點差錯，後果不堪設想。鬼伍明白這點，沒有絲毫放鬆，每進行一步都極為小心。他從身上掏出樟腦丸般的圓球，從最裡面的圓圈劃出一條線。

吳奇認得鬼伍用來劃線的東西，正是之前捕捉赤鬼火煉時，從棺材裡找出來的沉香丸。

鬼熄燈開始躁動不安，原地轉幾圈後，突然「唧唧」叫兩聲，像得了特赦一般，順著鬼伍劃的軌道開始逃竄。

牠的動作異常迅速，在電閃雷鳴之間，衆人只見一道金光嗖地竄了出去，絲毫不忌諱周圍的人群，左突右閃便朝其中一人的面門撲過去。

說時遲那時快，鬼伍猛地一躍，像離弦的箭竄上前，大夥還沒看清怎麼回事，只聽「唧唧」幾聲慘叫，鬼熄燈已經被鬼伍緊握在手中，只有首尾和後肢露在外面，舌頭伸得老長，不停地掙扎。

鬼伍長吁了口氣，額頭的汗水順著通紅的臉頰流淌下來，對面那人則是嚇傻了，當下半張著嘴呆立在那裡。鬼伍一收手，他直接一頭栽倒，口吐白沫地抽搐。吳奇趕緊上前給他一針，總算沒發生什麼大事。

衆人帶著捕獲的鬼熄燈，飛一般地疾速趕回趙二流家中。鬼伍揪住牠，狠命地一擠牠肚子，一粒黑色玻璃球般大小的圓珠便從牠口中被擠出。鬼伍迅速取過，遞給吳奇道：「快！趕緊餵給病人吃！」

吳奇不敢怠慢，當下掰開趙天賜的嘴，直接將藥丸塞進去，再灌兩口水。

鬼伍說了句，「沒事了，兩天後就會好！」說完鬆開手，鬼熄燈便一頭竄進夜色中不見。

趙二流認爲，這玩意不該放走，應該直接打死燒掉，免得再禍害人。鬼伍卻說鬼熄燈一般都有一對，牠們報復心很重，其中一隻被殺死，另一隻必定出來害人，到時整個村子都可能遭殃。最好的辦法就是遠離荒蕪陰鬱的場所，不去招惹牠們。說完，腦袋一晃，竟然暈過去。

吳奇趕忙上前察看，竟發現他手背上有傷，顯然也是中了鬼熄燈的毒，雖然鬼伍體質特殊，有抗毒能力，但這毒性太強，還是不可避免地受了點侵害。

吳奇不敢怠慢，小心地用拔罐幫他吸出毒液，又下了幾針，鬼伍沒一會便甦醒了，要是換成一般人，恐怕再也醒不過來。

鬼伍一醒來，便打開布袋，將裡面的白米全部倒出來，並且吩咐趙二流，兩天後孩子清醒，就用這米煮百家飯給他吃，病才能斷根。

趙二流使勁地點頭，伸手取過，接著又想起了什麼，困惑地找了找，竟發現米裡藏著的黑色藥丸不見了！

「咦，那粒藥丸呢？哪去了？」趙二流一見藥丸不見就急了。

鬼伍淡然道：「已經讓吳大夫餵進你兒子的肚子裡了！」

眾人皆愕然，這下連吳奇也摸不著頭緒，剛才吃的那粒居然是之前米袋裡藏著的藥丸？可藥丸明明被緊緊封在米袋中，怎麼跑到鬼熄燈的肚子裡？難不成鬼伍是變戲法出身的嗎？

奇怪歸奇怪，天賜服下藥丸後，當天夜裡便開始嘔吐，照例吐出那種黑乎乎，髮團一樣的黏稠物。不過，這回吐完，身子開始慢慢恢復原狀，意識也漸漸清醒，兩天後便完全康復，又恢復一貫的調皮搗蛋，屋內屋外地追跑打鬧。

趙二流說話算話，將一千塊塞給先前那位嚇得差點沒了魂的仁兄，接著在家裡辦了幾桌酒席。

孩子病剛好，恰巧就趕上十歲生日，以他的性子，怎麼也得鋪張一回。

酒席一直吃到晚上才散，趙二流愜意地哼著曲在院裡乘涼。天賜的病已經痊癒，吳奇和鬼伍各自收拾東西，準備打道回府，不想，床底的一個東西卻不經意地引起他們的注意。

這東西正是先前在王六子床上發現的蛇皮袋，這幾天它一直被扔在床底，誰也沒空理它，當下猛然發現，不禁勾起了二人的好奇心。

鬼伍小心地扯開蛇皮袋的封口，一股腦地將裡面的東西倒出來，總共兩盤錄音帶、兩條美國萬寶路香煙盒。

一條煙盒裡面還零散地剩了幾包半啓的煙，因爲存放時間太長，早已經發霉了。另一條則呈半封閉狀，裡面是一粒粒長了綠毛的丸子。

吳奇仔細一看，立即認出它們，不就是那種被稱作沉香丸的東西？

「怎麼是這個？」再次看到沉香丸，吳奇不由想起之前第一次見到這東西時的情形，王六子怎麼會有？

再往裡翻，是一個半密封的檔案袋，檔案袋上的字已經看不清了，裡面鼓囊囊的似乎裝著資料。拆開一看，果然見厚遝遝的一疊白紙，還有幾張照片。

第6章

古怪的照片

吳奇細看，一個黑色的人偏立即引起他的注意。那東西被鑲嵌在密密麻麻的柴草堆裡，雙手吃力地向上伸得老長，似乎在努力掙脫著什麼，感覺就好像要從照片裡爬過來一般。

東西放的時間太久，王六子的住處又陰暗潮濕，這幾張照片已經黏在一起，畫面也模糊無法辨認了。

吳奇不能明白，王六子從哪搞來這些東西，難不成他也幹刨墳盜墓的勾當？

此時，趙二流吐著酒氣走進來，囉嗦了一大堆華佗再世、妙手回春的話，並爽快地付了一筆診金。

吳奇是城裡人，家庭條件普通，但和農村相比，自然好上許多。他平日樂善好施，一般看病費用都收得不多，看趙二流送上一筆不菲的診金，當下有些猶豫。

不過，轉念一想，這錢也不一定是清清白白得來的，更何況自己二人爲了救他的寶貝兒子，費盡周折還險些鬧出危險，既然是拼著性命摶來的，不要白不要。

吳奇收過錢，揚了揚手中的照片道：「這東西是從王六子那找來的。看來在你英明的領導下，這個村子也不落後啊，連城裡流行的玩意都有了。」

趙二流擺手道：「瞧你說的，村裡很多毛小子長這麼大都還沒照過相呢！這東西肯定是王六子從城裡人那偷來的！」

「城裡人？」吳奇暗自一驚，繼續問道：「你們村有什麼好風景啊？城裡人沒事會來這裡遊玩嗎？」

「窮鄉僻壤的，哪有什麼地方好玩？就是來過幾批人，成天在深山裡，今天挖這個，明天修那個！先前我們以爲是上頭派下來修路的，還高興了一陣，後來那幫人也沒幹什麼像樣的事情，只是出手很闊綽，萬寶路煙啊，整盒整盒地送人，惹得村民都愛跟他們套關係。最後才知道，原來他們是考古隊，來咱們村子後面的大山做研究！」

「考古隊？村裡來過考古隊？」鬼伍驚愕地問道。

「是啊！是上頭派下來的正規考古隊，連檔案介紹信都有。正因爲如此，我才讓下面的人配合工作，也算爲國家盡點力！」趙二流打個飽嗝，如實回道。

吳奇覺得奇怪，這裡地處深山，四周只有零星散布的村落，村民日出而作、日落而息，平常除了藥販子，難得有外人，怎麼會有考古隊三天兩頭往這裡跑？荒山野嶺的，難道有什麼值得研究的東西？吳奇聽過盜墓的事情，難不成這大山深處有規格極高的古墓？

「考古隊來了這麼多次，有沒有發現什麼東西？」

趙二流回道：「有啊！有啊！兩年前，鎮上一家富戶蓋廠房，打地基時就挖出一塊大石碑！那塊石碑大得不得了，上面還有字，請來的先生說是山裡神仙的功德碑，又趕緊給埋回去！後來，考古隊把它挖出來，說要花錢買，村裡人卻怎麼也不肯賣，還差點因此幹了起來。考古隊沒法子，只好把碑上的字抄下來，又埋回原來的地方。」

趙二流看吳奇聽得起勁，又接著道：「自從考古隊來了以後，發生的事情可多著呢！鬧得比較厲害的一次，就是挖石碑那回，我帶著村裡青壯年，扛著扁擔鋤頭去抗議。你說有人要動祖宗留下來的東西，咱能不跟他較勁嗎？」

吳奇點頭稱是，鬼伍卻眉頭緊鎖，直盯著手中照片，好像在思索著什麼，然後一仰頭，疑惑地道：「怎麼會這樣？難道……」

他的自言自語吸引二人的注意力，趙二流一看便道：「王六子平日偷竊扒拉的，這東西肯定是從考古隊那裡偷來，看他那鳥樣，不可能蹭到這麼好的煙！」

鬼伍道：「我說的不是這個，你看這照片……」邊說邊將手中照片遞給吳奇。

照片一共有六張，都已經嚴重潮解，加上拍攝黑暗的景象，根本無法看清。還好解析度還算不錯，是當時比較頂尖的相機拍攝的，其中一張勉強可以看出端倪。

照片中，場景淩亂，一眼望去根本無從分辨。吳奇細看之後，一個黑色的人俑立即引起他的注意。那東西被鑲嵌在密密麻麻的柴草堆裡，只探出半個身子，仰著腦袋、雙手吃力地向上伸得老長，似乎在努力掙脫著什麼，感覺就好像要從照片裡爬過來一般。

吳奇一身雞皮疙瘩，這照片看起來古怪，也讓人感到極其困惑，他望了一旁的鬼伍，實在搞不懂這傢伙方才一番喃喃自語到底是什麼意思。

「你沒看見這是哪裡嗎？」鬼伍指了照片，提示道：「這是一具人的屍體，但他竟然藏在一棵長得很茂盛的大樹上！」

「啊？」吳奇大吃一驚，不由想起祠堂外的那棵老槐樹，頓時一股毛骨悚然的感覺湧上心頭，止不住地打了個顫。

「你是說，這東西就是王六子？」趙二流皺眉問道，隨即轉念一想，王六子平白無故失蹤，就算死在大樹上，也沒必要給他拍照吧，何況還被規矩地密封在檔案袋，考古隊總不會兼職凶案調查吧？

吳奇道：「應該不是，如果這些東西是王六子偷的，黑色的人俑絕不會是他！」語畢，他又一身冷汗，如果不是王六子，誰又這麼碰巧和王六子的死法一樣，連屍體也都出現在繁茂的大樹上？

考古隊為什麼拍攝這種匪夷所思的照片？唯一的可能性，就是具有相當程度的研究價值，才會用這種近乎嚴謹的方式進行取證。

鬼伍小心翼翼地摸向煙盒裡的沉香丸，取出一粒放在眼前，隨後又放回原位，對趙二流說道：「你負責銷毀這些東西，用石灰水泡一夜，千萬不要讓人和牲畜誤食。」

他懷疑王六子把這東西當成零食吃了，才會出現這樣的惡果。要知道這東西是古墓裡發現的，古墓裡的東西絕對不能吃。

吳奇對他道：「古墓裡的藥丸不能吃我自然知道，但從來沒聽說過吃了會往樹上爬，而且還是槐樹。」從照片上看來，這種奇特死法的人不止一個，難道都是古怪的藥丸在作怪？

鬼伍告誡趙二流，「這東西必須按我說的處理，記住千萬不能亂扔，也不能往地裡埋！」

趙二流吐著酒氣答應，吳奇鬼伍卻不放心，索性自己動手，連夜將這些東西處理掉。第二天一早，二人叮囑趙二流通知村裡人，看好自己的孩子，千萬別再去祠堂那裡玩，才辭別趙家，回到自己的山村。

詛咒

鮮血滲了下去，不一會工夫，
原本光潔平坦的面部竟然慢慢浮現出一雙眼睛，
接著鼻子、嘴巴等五官也漸漸顯現了出來。

第1章

再遇怪症

老爺子的動作很利索，不一會便挖了一個大坑，把自己陷在裡面，漸漸沒了動靜。緊接著，一陣淡淡的幽香順著夜風而來，顯然是從洞中飄出來的。

回到家中，板凳還沒坐熱，劉三便一頭闖進來，像見親爹一般地緊緊抓住吳奇。「哎喲，兩位神醫，我這幾天光找你們腿都跑細了，快快快……」

「什麼事？」吳奇素知這傢伙滑頭，平日無事不登三寶殿，看他猴急的樣子，心裡頓生疑慮，絕不像是上門來收藥的。

「吳大夫，我給你找了筆大買賣！」劉三興奮之色溢於言表，邊說邊伸手拍著吳奇的肩膀，「論醫術，吳大夫你可是十里八鄉中最頂尖的，我說這機會可不能錯過啊！」

「什麼大買賣？」吳奇奇道。

劉三說得上氣不接下氣，吳奇更是聽得一頭霧水，只得等他緩過氣來，簡單地再說一遍，才明白大概。

原來，劉三通過關係，得知鎮上周老闆家的老爺子得怪病，到處求醫問藥。周老闆在當地可不是尋常人物，即便是到縣城，也是掛得上門面的，屬於藉著改革開放的春風，第一批富起來的人，在當地稱得上是首富。

那時候，萬元戶稀罕得很，可對周老闆來說，錢就算是拿來打水漂，沉入河底也絲毫不感心疼。

劉三吹噓著周老闆的財富，引得吳奇直皺眉，「既然有這麼好的條件，幹嘛不直接送老爺子去醫院就診，費勁折騰幹什麼？」

劉三道：「哎喲！你看咱這山路，跋山涉水的，老頭子的身子骨哪裡承受得住！周老闆說了，誰能幫老爺子治好病，不但錢好說，還承諾修條路，讓咱村通到索籠鎮。」說完劉三又壓低聲音，故作神秘道：「最主要啊，老爺子的病實在太怪，請了好些人都看不好，我第一個就想到你們二位！」

吳奇有些心動，不是因爲錢，而是劉三後面說的，山裡頭窮，追溯根本就是資訊閉塞，原因終歸交通不便。眼看全國上下，電燈電話早已普及，但是窮山溝裡仍像與世隔絕般，一如既往地背負著貧困在生活。

再說，治病救人本來就是吳奇立下的原則，況且有這麼好的條件，實在讓他沒理由推託，他和鬼伍一合計，當下便答應立即出山。

三人走了半天路，抵達索籠鎮周家大院，一種強烈的對比感油然而生。周家大院樓舍林立，花草掩映，在這並不富裕的山村小鎮裡，顯得十分不協調。

即便吳奇見過世面，看到周宅的奢華，也忍不住讚歎，不知外面的世界，是不是自己離開的兩年，起了翻天覆地的變化？

周大老闆生意忙得很，人不在府上，接待吳奇一行的是他弟弟周二老闆。二老闆也是典型的生意人，頗有待客經驗，見人自來熟，因為聽過吳奇的名頭，一見人來，當即款待周到。

吳奇心裡嘀咕，在周大老闆眼裡，賺錢似乎比老爺子的病更加重要，有這等經營理念的人何愁不能發財！他抿了口茶直奔主題，「請問老爺子現在在哪？方便的話，我們想直接觀察病情。」

周老二一聽，面露難色，答道：「這個……恐怕得先請你們聽我說老爺子的怪事了！」

吳奇一愣，就連面無表情的鬼伍也皺起眉頭。

周老二知道二人不解，解釋道：「老爺子的病，白天從沒犯過，每次都是在晚上……」他頓了頓，皺著眉頭給自己點根美國萬寶路，臉上掠過一絲驚恐。

他猛吸兩口煙，將整個事件娓娓道來。

周家祖上是資本家，文革時期被整得很慘，周家老爺子險些被整死在牛棚裡。後來改革開放，周氏兄弟繼承祖上的經營智慧，在俄羅斯境內賣皮貨、毛線之類物品，生意很快做大，沒幾年就成了方圓數十里的首富。

人一有錢，人際關係就複雜，周老大平日主外，全國各地到處跑，很少回家，當地的生意則是由周老二負責。

那晚，周老二請些朋友來家裡痛飲，半夜散席後，奔去茅房去小解，完事準備回屋睡覺，突然發現院子裡有團黑乎乎的影子，直愣愣地徘徊著。他嚇一跳，以為家裡遭賊，大喝一聲，當下抄起院內的鐵鍬做防護。

出乎意料的，黑影沒有半點反應，依舊輕輕邁著腳步，不發出一點聲響，如同鬼魅。

周老二嚇壞了，正要大聲呼喊，那影子忽然拐個彎，藉著淡淡的月光，他猛然發現這個影子不是別人，正是自己的老爹！

他很疑惑，老頭子三更半夜起來搞什麼，起夜嗎？但老頭子目光呆滯，走路輕飄飄，再加上自己方才大喝一聲都沒有半點反應，越看越覺得有問題，但又不敢貿然叫醒他，索性跟上前去。

老爺子還是默不作聲地走到後門，周老二一路跟隨，看他熟練地打開後門，加快腳步，一路向北而去。

周老二更是納悶，周宅緊鄰山腳位置，背靠大山，往後是一望無際的荒山野嶺，平常別說是人，連耗子都難得看到，老頭子三更半夜去那地方幹什麼？

周老二聽說過夜遊症，要是貿然制止，怕是會把對方嚇瘋。不過，此刻就算他想制止也不行了，老爺子健步如飛，在崎嶇的山路上如履平地，他卻摔得鼻青臉腫，還險些跟丟。等他老子在一個地方停下來，他已經累得上氣不接下氣。

周老二一看，原來自己在不知不覺中已經處在山頂的位置，再往前翻一座山就到了鬼子嶂。

老爺子圍著一棵大樹，轉了幾圈，口中喃喃自語，不知道在說些什麼。很快，他選定一片區域，開始用手刨地面，像是在挖什麼東西。

吳奇聽到這皺起了眉頭，心想老爺子該不會是患上戀屍癖吧，沒事挖人家的墳做什麼？

這片區域的土非常鬆軟，顯然是之前挖過又填上去的。周老二懷疑老頭子不是第一次來，說不定三天兩頭就夜遊挖坑，只是這回碰巧讓自己遇上。

老爺子的動作很利索，不一會便挖了一個大坑，把自己陷在裡面，漸漸沒了動靜。緊接著，一陣淡淡的幽香順著夜風而來，顯然是從洞中飄出來的。

周老二見底下沒動靜，趕忙湊前一看，沒想到眼前被挖開的圓洞裡赫然出現一級級的石階，通得很深，老爺子肯定順著石階走下去。

周老二不假思索地躍下去，順著石階往下探，通道並不長，明顯經過精心修飾，只是荒山野嶺的，地下爲何有這麼古怪地方，莫非是古墓？

走到盡頭時果然證實了周老二的猜想，這是一個方形的石室，四周均爲磚石壘成，看來應該是經歷一些年代。石室正中心位置，赫然擺著一副白色石棺。

周老二心裡發慌，石室很低，只能勉強躬著腰，舉著手電筒掃視，尋找老爺子的蹤影。奇怪的是，石室四周空蕩蕩的，根本沒有任何人的蹤影，好像老爺子突然蒸發一樣。

周老二冷不防瞥見擱置在石室中間的石棺，立即意識到什麼，當下腦門一熱，出了一身的冷汗。

待他稍稍平靜，便鼓足勇氣，費力地掀開石棺的棺蓋，一看之下，果然見老爺子抱著東西躺在石棺內呼呼熟睡，像什麼事都沒發生過，而抱著的不是屍骸，是一尊穿著紅衣的古怪木偶。難道老頭子嫌在世上待得厭煩，想提前進棺材嗎？怎麼晚上夜遊挖墳往棺材裡鑽？

周老二平常在生意場上頤指氣使的，到處耍威風，見到這情形卻是一點頭緒也沒有了，怕得不得了。他呆呆地看著那個木偶，越發感到詭異，木偶竟瞪著雙眼睛，似笑非笑地看著自己。

第2章

行屍走肉

吳奇幾針扎下去，許久才見周老爺子有些反應，澡桶中的水竟也出現膽汁一般的淡綠色污漬，很快就染遍了整個桶子。

周老二一個勁地雞皮疙瘩，顧不上其他，拔腿就往石階跑去。突然又覺得荒山野地，把老頭子一個人留在這裡不妥當，於是壯著膽子就近蹲守。

約莫四更天，寂靜的石室突然傳出石塊移動的聲響，沒一會，老爺子又順著石階爬上來，熟練地把挖開的土重新填上，堵塞洞口，順著原路返回家中，一頭倒在自己的床上繼續熟睡。

周家兄弟自從發現老爺子的怪毛病後，乾脆一到晚上就把他鎖在房中，做了鐵門、鐵窗戶，讓螞蟻都爬不出來。

一連幾天，一切並無異常，周家兄弟覺得這辦法有效，也就放心睡大覺。誰知沒過幾月，老爺子又不見了，還是跑到山上的古墓棺材裡，抱著木偶人睡覺。更讓人驚訝的是，房門、窗戶依然鎖得緊緊，老爺子就像空氣一樣鑽了出去。

周老二邊說邊吸口煙，神情沮喪，一連串古怪的經歷讓這個精明的商人束手無措。吳奇一聽，覺得愈加匪夷所思，當即要求見周家老爺子。

周老爺子被鎖在樓上的一間屋子裡，目光呆滯地半躺在木地上，眼窩深陷，面色煞白，一見有人進來，無力地抬起頭望了望幾人。

一進門，鬼伍立即眉頭一皺，微微聳了聳鼻尖，眼神犀利地掃了四周一眼，

「不對，有股怪味！」

吳奇一怔，也仔細聞了聞，但鼻上功夫顯然不像鬼伍靈敏，似乎沒什麼特別感覺，「什麼味道？你發現什麼不對？」

「古怪的味道！這房裡好像死過人！」

「死過人？」周老二不滿地道：「大夫你可別胡亂說話啊，這房間乾淨得很呢，寬敞透亮、光線又充足，是老爺子安享晚年的地方，哪來的什麼死人？」

「難道是行屍走肉症！」吳奇猛然想起什麼，脫口而道。

一語既出，連吳奇自己都大吃一驚，《六壬奇方》和師父送他的醫書中，曾見過一模一樣的怪症。

得這種病的患者，行爲意識完全不受控制，會做出讓人匪夷所思的行爲。和夜遊症不同的是，此類患者並不是對自己的行爲一無所知，而是將自己當作一具屍體來看待。

民間醫藥史書中有這方面的記載：明嘉靖三十二年，京城郊外一豪坤小妾李氏，某日突然失蹤，多方尋覓後未果，結果驚動官府。最後全力搜尋，在一處荒墳塚外露的棺中發現她。

當時夏日炎炎，李氏已經開始腐爛，渾身幾近爬滿屍蟲。但李氏並未死去，在家人的哭號聲中又醒過來。

意識一恢復，李氏發現自己爛得只剩半副軀殼，驚恐交加，極其痛苦，最後實在無法忍受，才求得官差一刀結束她的性命。經過當時名醫的論證和官差的調查證實，她患有一種叫做行屍走肉的怪病。

關於這類怪病吳奇不止看到一處記載，但萬萬想不到，現實中竟遇到眞實的病例，無怪乎他大感興趣。

周老二聽了，嚇得魂不附體，戰戰兢兢地補充，「兩位！老爺子當眞得了這種怪病？你們可不曉得啊，爲了給他瞧病，我們可是費盡心思！」

鬼伍循著那味道，徑直走到周老爺子面前，吳奇伸手示意周老二打住。房間裡只有周老爺子一個人，味道要發出，只能來自他，難道周老爺子已經病入膏肓，進入屍體狀態了嗎？

雖然奇書上有記載，但吳奇對這種事還是抱持一定的懷疑。然而此刻鬼伍的發現證實了他的困惑，也讓他感到棘手。

「我們沒有猜錯，老爺子得的正是這種病，這種味道就是證明，再這樣下去……」吳奇望了望周老二，說出自己的擔憂。

周老二很快領會了他的意思，慌亂地討求對策。

吳奇道：「治病必須從尋找病因開始，我想知道老爺子得病之前，有沒有去過什麼地方，接觸過什麼怪東西，或者是什麼人？要詳盡的資訊！」

周老二面露難色，回道：「這是咱家老爺子自己的事情，他年紀大，也就愛溜個鳥釣個魚什麼的，我們做兒子的不可能一天到晚跟著他到處跑吧！」

吳奇心裡暗道，這兩兄弟不見得是什麼孝子賢孫，估計再問下去也問不出什麼，於是和鬼伍合計，打算先從周老爺子身上找些病因。

二人一道程序走下來，很快就開了張條子，叫周老二照著上面的東西去準備。東西很快都備齊全，周老爺子洗淨身子後，被泡在灌滿熱水的木桶中。吳奇備好針灸器物，先進行初步治療。

《六壬奇方》和其他醫書上並未記載完全根治行屍走肉症的方法，因為醫理高深繁瑣，只能融會貫通、靈活運用，萬不可生搬硬套。

周老爺子頭往前傾，目睛內陷，是髓海不足，元神將憊而導致精神異常，此症初步診療法，須從安眠、內關等穴入口，祛除毒素，通絡髓海之道，補腦之元神。

吳奇幾針扎下去，許久才見周老爺子有些反應，澡桶中的水竟也出現膽汁一般的淡綠色污漬，很快就染遍了整個桶子。

吳奇知道這是他排出來的毒素，隨即讓周老二又換桶乾淨熱水，繼續下針，反覆幾次，一直忙到天黑，直到污漬不再出現。

「是這種味道嗎？」吳奇看著染了污漬的髒水，皺眉問鬼伍。

鬼伍沒有作聲，只是輕輕搖著頭，也是愁眉不展，看來事情比想像中嚴重。

周老二看這態勢，意識到情況不妙，上前試探，「兩位！我父親這病有得救嗎？」

吳奇回道：「現在要治好老爺子的病，一般的方法是不行的。剛才那一套治標不治本，沒法根除的！」

周老二道：「我懂我懂！吳大夫，只要你二位把我父親的病治好，價碼隨便你們開。而且周某人保證，今後這十里八鄉沒有人敢不給兩位方便的！」

吳奇哭笑不得，這個人竟然以爲自己要抬價，心裡忍不住道，商人就是商人，改革開放的洪流這麼快把你徹底洗禮，算得上是時代的先進分子。

「周老闆，不是錢的問題，我的意思是，不找到病因，這個病根本就沒法根治，這是需要你們的配合！」

「配合？怎麼個配合法，你儘管說！」

吳奇道：「老爺子得了怪病，應該不是自身的原因，而是有東西在作祟，目前我們只能先找出作祟的東西，否則就算這回老爺子被我們治好，難保下一回不會病發啊！」

周老二還有些迷糊，吳奇繼續道：「老爺子為什麼每次去的都是那個墳地？問題可能出在那裡！」

聽到這裡，周老二才明白過來，頓時大驚失色。「吳大夫，你的意思是……我們得讓老爺子再犯一次病？跟著他去那個墳地？」

吳奇正要點頭肯定，一旁一直觀察周老爺子的鬼伍突然喝了一聲，轉頭說道：「不好，有新情況，你快看這是什麼！」

順著鬼伍指的方向，吳奇清楚地看見周老爺子的後背上，赫然出現幾塊大小不一的瘀青。再仔細一看，很快就能分辨出這些根本不是瘀青，而是屍斑！

吳奇驚了一身冷汗，記得下針前，周老爺子身上並沒有這些東西，難道他開始屍化了？該不會先前的治療起了反作用，加重他的病情？

剛想到這裡，便聞到一股淡淡的屍臭。在牛老道的調教下，他的鼻上功夫雖然比不上鬼伍，卻遠遠超於平常人。不過，這絕對是個壞兆頭，因為周老爺子的屍臭越濃，便表示病情越嚴重。

「不好！」吳奇忍不住叫出聲，周老爺子的體色竟然迅速加深，屍斑也越加的明顯。

第3章

紅衣木偶屍

鮮血滲了下去，不一會工夫，原本光潔平坦的面部竟然慢慢浮現出一雙眼睛，接著鼻子、嘴巴等五官也漸漸顯現了出來。

周老二雖然是外行，但看這情形也知情況不妙，當即問道：「怎麼了？我父親到底還有沒有救？」言語中還夾藏一絲不滿。

吳奇讓周老爺子躺好，鎖好房間的門，走出房間之後，才對周老二道：「周老闆！令尊的病不是體內發出來的，而是受過外界侵害，所以你們得配合我們把事情搞清楚……」

周老二急了，「我已經告訴你們，父親平日也就釣釣魚、摸摸牌，從不出遠門，也沒去山裡，哪來的什麼外界侵害？你們別瞧不出名堂，就推三擋四，想賴責任！」

這番話說得刻薄，吳奇聽了心裡不爽，但畢竟醫者父母心，何況是自己診斷失誤才會導致這種結果，只好按下情緒，準備進行一番勸解，豈料老爺子的房裡突然傳來動靜。

眾人一怔，當下也顧不得爭辯，順著窗戶往裡一瞅。只見本已睡倒的周老爺子已然起身，正繞著屋內不住地打轉，並且喃喃自語著，樣子顯得極爲煩躁。不過，精氣神很足，完全不像剛才萎靡死沉。

吳奇當下又驚又喜，不管怎麼樣，老頭子能折騰就是生命力的表現，看來自己那幾針沒有白下！

周老二的反應更大，半張著嘴，看著自己的老子，愣是沒說出話來。

老爺子的房裡突然傳來一陣古怪的聲音，「嚶嚶……」像嬰兒在啼哭一般。房間裡之前已經徹底檢查過，除了周老爺子根本不會有其他活物，這聲音顯然是周老爺子發出的。

吳奇正納悶，往旁邊一看，卻見鬼伍皺著眉頭，似乎在搜尋什麼東西。很快，他的目光定格在二樓旁的一棵老槐樹上，死死地盯著枝椏。

「在那裡！」鬼伍指著黑幽幽如鬼手般的樹枝椏。

吳奇順著他的目光望去，竟看見兩個綠油油的光點在晃動，像是什麼東西的眼睛。就在這時，眼睛的主人突然一個衝躍，像大蝙蝠滑翔般，從老槐樹枝椏上飛出，然後穩穩地落到二樓的角簷上。

等吳奇將目光定格在它身上，它已經順著通氣孔鑽入房內。

「咦？這不是小黑嗎？」周老二指著那隻黑貓，驚訝地道。

鬼伍乍聽之下一怔，隨即問道：「牠是周老爺子養的貓嗎？」

「是啊！老爺子年紀大了，沒事就喜歡溜溜這些玩意！這黑不溜秋的東西可是花了我不少錢買來的！」

周老二話剛說完，只覺得房中動靜小了很多，老爺子似乎已經停止折騰。接著傳出的是一陣窸窸窣窣的聲響，就像有人在竊竊私語。

吳奇心裡不由一悚，莫非周老爺子懂貓語，在和牠進行對話？該不會一切都是這隻怪貓搞的鬼？

過了一會，原本已經嚴密反鎖的兩層房門竟然被輕而易舉地打開了。周老爺子面無表情，機械地完成一系列動作後，黑貓俐落地銜過一串鑰匙，順著老槐樹的樹幹快速溜掉。

「原來是這東西搞的鬼，牠幫老爺子偷鑰匙！」吳奇輕聲對周老二道，立刻又將注意力轉移到周老爺子身上。

老爺子走出房門後，熟練地循著樓梯往下走。

吳奇知道機會來了，二話不說跟上去。

如同先前周老二描述的那樣，老爺子就像吃興奮劑一般，健步如飛，三人中除了鬼伍外，跟到荒墳處時都已經累得上氣不接下氣。

顧不上喘氣，周老爺子已經完成刨墳進洞的動作，幾人忙著跟上去。墓室中充斥著一股淡淡的香氣，聞起來並沒有什麼異樣，但吳奇還是讓每人服用一顆解毒安神的七草定神珠。

他環顧四周後，又將注意力轉回中心的石棺，像周老二描述的，老爺子正抱著古怪的木偶，安然入睡。

木偶渾身被一塊紅衣裹住，髮辮整齊，爲女子裝扮，奇怪的是臉部竟是光滑平坦一片，沒有五官。

吳奇心中清楚得緊，老爺子犯病九成九是這東西搗的鬼！

他故意「咦」了一聲，問道：「周老闆，你不是說看到木偶瞪著眼睛盯你嗎？怎麼什麼都沒有，不會是看走眼了吧？」

周老二驚恐地打哆嗦，「不對呀，上次我明明看到它瞪著眼睛盯我，差點讓我尿褲子了，怎麼可能記錯！」

一旁的鬼伍聽了，肯定地道：「他說得沒錯，這東西的臉平時不會顯露出來，除非……」

「除非什麼？」吳奇追問，能讓人患上如此怪病，這東西自然不是什麼等閒貨色。而且四周似乎還襲來一股邪氣，直讓人透不過氣。

鬼伍沒有說話，取出一把黑柄匕首，往自己的左手食指尖，輕輕一劃，順勢一擠，一滴鮮血便滴落到無面木偶上。

鮮血滲了下去，不一會工夫，原本光潔平坦的面部竟然慢慢浮現出一雙眼睛，接著鼻子、嘴巴等五官也漸漸顯現了出來。

那是一張清晰的女子臉，可她似笑非笑的表情，卻讓人後背直冒冷汗。

吳奇無論師從何人，研習的都是醫術，對這類和醫藥無關的東西自然不如鬼伍，看這情形又吃驚不小。周老二更是嚇得險些跌倒在地，二人索性都將目光轉向棺外不敢再看。

鬼伍冷冷地道：「果然不錯！就是這東西！這是做法用的木偶人，用來施邪術吸人魂魄的，上面附著很重的陰氣，只要陽氣一旺，就能顯出失魂者的臉！」

吳奇駭然道：「難怪周老爺子體質越來越陰虛，再這樣下去情況會很嚴重，陽氣一旦被吸盡就沒命！」

鬼伍點了點頭，補充道：「還不止這樣，周老爺子已經受到邪術的蠱惑，隨時都會危害身邊的人！」

周老二一聽額頭又冒汗，直問怎麼救。

鬼伍轉過身，堅定地道：「必須先把這東西除掉，老爺子的病根子一斷，再想辦法根除！」

吳奇聽了，腦中快速地掠過幾個方子。

《六壬奇方》上記載一些驅邪妙方，只是平日極少用到，印象不是特別深，目前只能先解決這裡，回去再爲老爺子尋方索藥。

幾人商討一番後，挽起袖子準備動手，轉身再往石棺裡看，頓時傻眼。石棺內只有周老爺子一人，那只紅衣木偶竟然不見了！

吳奇胸口一堵，叫聲不好，趕忙巡視一周，發現周老二正目光呆滯地望著自己，他的腦後則緩緩地晃動一個東西，徐徐從下而上，好像在爬動一樣。吳奇屏氣看去，那東西徐徐地探出了一張臉，正是那張紅衣木偶的臉。

紅衣木偶嘴角往上咧開，原本黯淡的目光忽地變得血紅，帶著一絲獰笑緊盯著吳奇二人。

「不好！」鬼伍大驚，急忙叫道：「快！在我身上下針，陽關、肩貞、鬼壘、內關、中沖……要快，不然周老二很危險！」他一口氣說了十三個穴位，催促吳奇趕緊動手。

吳奇聽罷不敢多問，趕緊照辦，在十三穴位快速地下針。

鬼伍取出一把袖箭，用手直接掰斷，一團粉末狀的東西直接流出。接著，用右手中指往木偶的臉部一指，手一灑，一道藍色的火柱頓時朝著木偶面部竄過去。木偶發出一陣淒厲的哀鳴，一下子鬆開了周老二的肩膀，又跌回石棺裡。

周老二「哇」的一聲，吐出一大口黑水，而後上氣不接下氣直喘，半天才緩過神來。

鬼伍揮手道：「快！先把周老爺子抬出來，趕緊走！」

吳奇和周老二不敢怠慢，迅速將周老爺子拽離石棺，鬼伍則俐落地背起紅衣無面木偶。

幾人跑出了墓室，找到一處空曠地，放倒木偶後便一把火點燃。

火勢猛烈燒起來，一陣焦臭撲鼻，陣陣若有若無的淒厲哭叫聲便隨之而起。火光下赫然可見一股黑氣隆起，漸漸裂成幾個人形的氣團，進而被山風吹打著，四散而去。只一會，整個木偶就被燒成灰燼。

第4章

鬼伍

吳奇剛走出門口，便聽屋內傳來毛骨悚然的怪異聲響，感覺像是某種東西被硬生生地撕開，中間夾雜著陣陣呻吟。

木偶剛燒盡，周老爺子便開始躁動不安，口中胡亂說著話。吳奇趕忙給他下了幾針，才讓他繼續昏睡，由幾人背著回到周家。

幸虧得今天順利除去禍根，不然整個周家恐怕都得遭殃。吳奇想到這，越來越覺得周老爺子的病來得蹊蹺，有種陰謀的味道，是什麼人和周家有深仇大恨嗎？

幸好現在可以稍許鬆了口氣，最起碼周老爺子的病情不會加重，接下來只要按著方子尋藥，祛除他體內的噬魂陰寒之氣即可。只是，他病得嚴重，不知道以後會不會落下什麼後遺症。

周老二也安心了些，抹了抹額頭上的汗，安排二人回房休息，自己的眼皮也被折騰得開始打架。

鬼伍突然一把拉住他問道：「那隻貓是什麼來頭？怎麼來到你們家的？」

周老二靈光一閃，意識到問題的嚴重性，當下瞌睡蟲也被驅走大半，「你說小黑啊？這……牠是三個月前一個道士送的，因爲靈氣逼人，好像通人性一樣，老爺子喜歡得不得了。爲了給老年人找點寄託，我也不好讓人白送，還捐了好些香火錢，你說都是這東西搞的鬼？」

鬼伍沒有立即回話，閉目思索一陣後，才肯定地說：「應該是黑剎鬼，你父親就是招惹牠才得上怪病！」

周老二沒聽過什麼叫黑刹鬼，但聽名字便意識到了不祥。

黑刹鬼指的是那些喜歡居住在荒野亂墳的動物，天長日久積聚過多怨怒陰氣，便開始禍害人或其他牲畜。牠們多為野貓、黃鼠狼、野狐等動物，甚至連蟋蟀、螻蛄等小蟲也有可能，蒲松齡的《聊齋志異之促織》便有一段冤魂化成蟋蟀的故事。

周老二臉都白了，急問道：「二位的意思是，有人設局讓我們全家倒楣的？你說這人安的是什麼心啊？」周老二說著咬牙切齒起來，一氣之下臉似乎更白了。

「這倒要問你，是不是得罪過什麼人？若非深仇大恨，不會有人用這麼歹毒的法子來暗算你們家啊！」吳奇問道。

「我們周家可是世代清白，本分做人！肯定是有人看不慣我們家裡過得好，才會喪心病狂害人。要是被老子揪出來，絕不輕饒！」周老二動了氣，邊說邊狠狠地用拳頭砸一旁的桌子。

吳奇認為現在不是討論這個問題的時候，稍稍安撫周老二，便各自回房休息。周老二倒是心寬體胖，回去倒床就睡，鼾聲呼呼震天響。

吳奇卻怎麼也睡不著，鬼伍則是躺在床上，心事重重地盯著天花板，半天也不吱聲。吳奇早已習慣，當下也懶得去理會，捧起《六壬奇方》研讀。

根據書中記載，周老爺子所患之病，是一種叫「穢」的東西在作怪。這不是尋常的陰寒之氣，而是怨恨積成的怨穢之氣，用普通的驅陰藥方並不會有顯著的效果。更遺憾的是，藥方書中沒有說透具體的醫治方法，只提到一個叫「地芒胎」的東西，而且還說得還朦朦朧朧的。

吳奇當下興致大減，索性詢問床鋪上的鬼伍。

「喂！你跟著師父的時間比較長，見識比我廣，可知地芒胎是什麼藥方？」

鬼伍毫無反應，好像沒聽見有人在對他喊話一般。

吳奇第一次出山就出師不利，心中正鬱悶著，又碰上這悶怪，頓時有些惱火。

正打算再次張口，突然看到床鋪上的鬼伍有些異常，似乎背對著自己蜷縮著，渾身瑟瑟發抖。

再詳細看，此刻他渾身的皮膚更紅，豆大的汗珠順著額頭往下滲，雙手則緊緊地抓住床單，吃力地喘著氣，牙齒上下打顫撞擊著，發出陣陣脆響，顯然承受某種難以忍受的巨大痛苦。

「怎麼了？」吳奇嚇壞了，趕忙上前將他翻過身詢問。從未見過鬼伍這副模樣，難不成是中了毒？可印象中他是百毒不侵的啊，難道是中了某種邪術？

「沒……沒事！老毛病犯了！」鬼伍咬著牙，輕輕拂去額頭上的汗珠，哆嗦著，轉過身，吃力地說道：「幫……幫我準備些……熱水，再幫我抓……抓幾隻守宮和蜘蛛！」

鬼伍的情形來得太急，吳奇根本看不出他是怎麼一回事，對方在他眼中一直是神武的形象，根本沒料到竟然也有難以遏制的宿疾。

遲疑間，只見鬼伍渾身青筋暴突，一條條經脈像細蛇般，凸顯在他赤紅的肌膚上，極爲嚇人。

吳奇不敢多問，趕忙照著他的意思去準備。

熱水好辦，壁虎和蜘蛛卻不好抓，吳奇開了院子裡的燈，折騰了一陣才抓住幾隻壁虎，還全都被弄斷尾巴。隨後又抓了幾隻黑色蜘蛛，最後將準備的東西和一大盆熱水端進屋裡。

鬼伍顯然已經到忍受的極限，臉部都扭曲得變形，整個身軀看上去就像一具爬滿了蚯蚓的剝皮人屍。

吳奇忍不住皺眉頭，正想上前詢問該如何幫忙時，卻聽鬼伍咬著牙道：「關上門窗！你……你先……出去！」

吳奇不想忤逆他的意思，照著他的話去做，乖乖地拉上窗簾退出屋外。剛走出門口，便聽屋內傳來毛骨悚然的怪異聲響，感覺像是某種東西被硬生生地撕開，中間夾雜著陣陣呻吟。

接著，鬼伍聲嘶力竭地慘叫開來，吳奇站在門外，聽得雙腿打顫，手足無措。也許早該料到鬼伍的異常相貌是一種疾病，或者受到了某種毒害。

「啊！」又是一聲淒厲的慘叫，吳奇心中一緊，慌亂地抬頭，目光停留在窗簾的影子上，一看不由得倒吸了一口涼氣。

但見白色的窗簾上，赫然出現兩個人影！

沒錯！雖然不是特別的清晰，但可以明白地看出是兩個人影。

吳奇深吸口氣，腦門也滲出汗珠，難道一回的工夫，屋裡就莫名其妙多出一個人來？

突然發生這種匪夷所思的事情，吳奇完全無法接受。耳邊鬼伍的慘叫聲還在延續，過了許久才慢慢減弱，漸漸沒了動靜。

吳奇擔心經過一番折騰，那傢伙會被整死，想進去門卻被反鎖，只好忐忑不安地在外面等了半夜。直到次日清晨，才在走廊上被人搖醒。

吳奇睜眼，立即嚇了一大跳，一張赤紅的臉正緊盯著自己，馬上將睡意驅趕得無影無蹤。

「你小子沒事吧？」吳奇有些吃驚，上下打量眼前這個人，只見他精神煥發，和昨夜相比簡直判若兩人，雖然心有餘悸，但看他安然無恙還是放心不少。

鬼伍勉強笑了笑，臉上掠過一絲無奈。

「你到底是怎麼回事？那個……那個到底是誰？」吳奇想起昨夜的詭異情景，忍不住追問道。

鬼伍冷冷地止住他的詢問，回道：「你現在不需要知道，只要知道我們是師兄弟就可以！」

「以前我可能會這樣認爲，但現在不一樣，你到底是什麼人？」吳奇太想知道這個整日伴他左右，卻可以稱得上怪人的人究竟是什麼來頭！

「眞的無關緊要！昨天晚上，我只是又殺死一個自己而已，以後你慢慢就會明白。」鬼伍目光如炬地望著他，歎道：「很久沒這樣了，也許！我才是一具眞正的行屍走肉！」

鬼伍這口氣歎得悲涼眞切，吳奇聽得有些於心不忍，當下到嘴的話又嚥了回去。鬼伍接著道：「還是想辦法先把周家的事情解決吧，再找不到合適的方子，他們家老爺子恐怕撐不了多久！」

吳奇心裡自然清楚，老爺子雖然已經擺脫了紅衣木偶的控制，但身子大受毒害，隨時可能會要了命，即便平日不發作，一把老骨頭再這樣耗下去也是承受不住。

思索間，樓下突然傳來一陣喧鬧，院子裡熙熙攘攘地來了一大群人。二人放眼瞧去，只有周老二是熟臉孔，其餘都沒見過。他們身上都各自帶著大包的行李，看起來像遠道而來。

這時，周老二揪著昨夜那隻黑貓跑過來，問二人怎麼處置，要不要直接啰嚓，刨坑埋了。

第5章

考古隊

藉著夜色的掩護，他順利溜出帳篷區，回過頭一看不由大驚失色。考古隊十幾個成員們，正小心翼翼地抬著一個東西，往營地的中心位置去。

鬼伍擺手制止他，示意找個籠子先關起來，以後或許能派上用場。

周老二應了一聲，隨手將那隻貓關進一間雜貨間裡。

吳奇不禁調侃道：「怎麼？你們家今天挺熱鬧啊，又有什麼發財的好路子送上門了？」

周老二隨口道：「哪是什麼發財路子，全都是瞎折騰的……」說到這裡，他突然又頓住，似乎意識到自己失言，笑著搖了搖頭，好像不願再繼續說。

「這話怎麼講？到底是怎麼回事？」吳奇略感驚訝，雖然知道問這些與病情不太相關的事情有些不妥當，但隱約覺得周老二話裡有些蹊蹺，當下還是忍不住。

「呃！他們應該是爲幾年前的事情來的，有些事情不好說的……」周老二見吳奇已經開口問，也不好再隱瞞，邊說邊摸出一根煙點上。

大概三年多前，周家發達起來後，尋思著在鎮上辦家鄉鎮企業，既能賺錢又能創造就業機會，同時也能在鄉里樹立威望。他們在鎮東南靠山的地方看中了一塊地，很快拍板，買下地後開工。

豈料在挖地基的時候，突然挖出一塊巨大的石碑，足有三四米高，上面密密麻麻刻著些生澀難懂的字，還有一些古怪的圖案，極難辨別。周家人覺得晦氣，請個老道來看看情況，問這地方還能不能動工開廠。

老道掐指算了兩下，臉色一沉，說這裡是鬼天坑，大凶之地，不要說開廠，待久一點都會遭災。

那時候的人思想還很保守，老道話一出，在場的人嚇得面如土色，周家人更是魂不附體，於是馬上按老道的意思，將石碑原封不動埋回去，再花錢請他做了一番法事。

開廠的計劃算是夭折了。沒多久，竟然來了一幫人，自稱是省裡派下來的考古隊，要對周家發現石碑的那塊地方進行考古挖掘。

山裡人淳樸，一聽是上頭派下來的，都積極配合，又把那塊石碑從土裡挖出來。考古隊的人看一眼便興奮不已，像是得了什麼寶貝，對村裡人說這東西考古價值很大，要運回省文物局作研究。

可石碑實在太大，山裡的交通路況又太差，別說是汽車了，牛車都進不來，要運這麼大塊頭出去根本不可能。無奈，考古隊只得放棄這個想法，將石碑洗淨塗上墨，用一塊巨大的白布把上面的文字圖案給拓下來，然後又拍了許多照片，才將石碑埋回原處。

考古隊離開後，村裡又恢復一貫的平靜，這件事也慢慢被拋在腦後，就像從來沒發生過一樣。

誰知道，一年過後，考古隊又來了，這回成員更多，除了先前來的第一批，又陸陸續續增加許多人，還帶來山裡人從沒見過的勘探通訊設備。

這次考古隊的目標正是被當地人稱爲鬼子嶂的深山叢林，一批批的人進去又返回，後續人員再接著上，進行著地毯式搜索，好像在尋找什麼東西。

就在當地人開始對這群人身份表示懷疑的時候，怪事發生了！

考古隊不投宿旅館，而是在發現石碑不遠的一塊坡頭上紮營，像是行軍一般。山裡人沒見過世面，很多人就被他們鎮住，陳七就是其中一個。

他本來就是村裡的懶漢，平常好吃懶做，見到好處卻很積極，幾個偶然的機會，幫了考古隊幾個瑣碎的忙，得了幾包好煙，就上了癮，三天兩頭就往那些人跟前湊。

陳七住的地方離考古隊紮營的地方不遠，有天看著考古隊那處燈火通明，當下又起煙癮，想再去蹭幾根煙抽抽。

走過去一看，竟發現一絲不對勁，好像和往常有些不一樣，具體是哪不對勁，又想不起來，只覺得今天氣氛怪怪的。

再走到考古隊紮營地的時候，他發現竟然空空如也，一個人也沒有。陳七感到奇怪，剛才還人影鑽動、有說有笑的，怎麼一下子就空了？

他檢查了四周，發現所有的物資都在，而且擺得井然有序，一個廣播還在播放夜間新聞，唯獨看不見人影。

雖然納悶，但一看到那些亂放的物資，他便雙眼放光，心道反正人都不在，順點東西走也不會有人知道，於是大膽地摸了幾包萬寶路和山裡人吃不到的食品，準備跑路。不想，外面突然傳來一陣喧鬧，聽動靜是有人往這邊過來。

陳七趕緊把東西揣在懷裡，裝作一副路過的樣子，想蒙混過關。心裡暗想，不過是偷了點東西而已，這些人應該不會和自己計較過不去。

藉著夜色的掩護，他順利溜出帳篷區，回過頭一看不由大驚失色。

考古隊十幾個成員們，正小心翼翼地抬著一個東西，往營地的中心位置去。那東西塊頭很大，帆布蓋得嚴實，看不出是什麼。

陳七雖然懶惰貪婪，卻不傻，他不知道考古隊抬的那只巨大的東西是什麼，但從他們的行爲可以看出，這件事情肯定見不得光，如果自己的形跡暴露，後果絕對不堪設想。

要知道，在這樣的荒郊野外，隨便製造個意外死亡太容易了！他當場嚇得雙腿打顫，躲在一塊大石頭後面，大氣不敢出。

那些人迅速將巨大的東西抬到中間位置，扯起帆布，將四周遮擋起來，又安排幾人看守。

陳七只聽到裡面傳來陣陣敲擊的聲響，就像是在拆解某種機器，又像某種巨大的野獸在低聲吼叫。

整個過程極爲漫長，他七在風口足足憋了兩個多小時不敢出聲，尿都順著褲襠淋濕了。終於，那夥人突然停止動作，從帳篷裡走了出來。稀疏的月光照在他們的臉上，一眼就能認出其中一人，便是索籠鎮的鎮長王某某。

儘管陳七再沒見過世面，也一定看過這巴掌大的小鎮鎮長，絕不可能會認錯。

他感到很奇怪，王鎮長三更半夜怎麼出現在這裡？就算是考古發掘，也沒必要帶著這麼多傢伙啊，還非得在大晚上搞這麼說不出名堂的怪東西！

就在他疑惑不解的時候，詭異的一幕出現了！

第6章

九臂連環胎

按照趙拐的說法，世間有三芒，天有天芒，地有地芒，人有人芒。地芒胎俗稱地屍胎，是煞局養氣之地，聚陰而形成的，酷似人形，卻生有九隻手臂，又稱九臂連環胎。

存放巨型不明物體的帆布帳篷裡，突然出現一陣騷亂，緊接著竟傳來一聲撕心裂肺的慘叫。那聲音在黑夜中響起，著實讓人感到毛骨悚然。但它很快又突然止住了，聽得出是被人強行壓制。

又過了好一會，裡面的動靜才漸漸微弱下來，隨即有幾人抬著某樣東西從帳篷裡走出來，在向一旁的頭兒請示。

因爲風向的緣故，陳七聽不到談話內容，只好將注意力集中在那些人抬著的東西上。他看不大清楚，只勉強看到鐵籠子裡鎖著一隻血糊糊的東西，好像是什麼東西被剝了皮，從體型和大小來看，居然像是一個人！

他當即吃了一驚，難道他們將人活剝皮嗎？

陳七心裡有些發毛，又忍不住想看。再仔細一瞧，頓覺得那東西怪異得很，雖然渾身赤紅，卻油光可鑑，隱約還泛著些許的紅色光芒。

活了大半輩子，陳七一步也沒離開過大山，從來不知道山裡有這樣的東西，難道這些人費盡周折就是要找它嗎？

不等他多想，營地又有新的情況，那隻紅色怪人突然像抽了風一樣，在籠子裡亂蹦起來，顯得異常急躁，它的力氣很大，整個籠子都震盪起來。

不過折騰了一番後，它便精疲力竭，趴在籠子裡，雙手緊緊攥住鐵籠子的兩根鐵柱，身上的顏色變得更深，瞬間黯淡許多。

考古隊的頭兒冷冷地看著一切，隨後搖了搖頭，對手下一揮手，命那些人將籠子抬回帳篷裡。

看完這一切，陳七後背盡是冷汗，還好終究沒被那些人發現，趁著考古隊繼續抬著那龐然大物離開時，悄悄溜走。

第二天，那支考古隊便連同所有的物件一齊消失，再也沒有出現過。

陳七是個圖安逸的人，事不關己高高掛起，很快就將它拋到腦後。這事情還是幾個月前周家老爺子做壽，陳七又來蹭酒，舌頭大了在酒桌上扯出來的。

周老二說完，掐滅手中的煙屁股道：「雖然陳七平日就是個大嘴巴，十句話只能打對半，但這件事情過後，那支考古隊真的不見了，王鎮長前年也突然失蹤，你們說這事邪不邪門！」

吳奇二人皺著眉頭，望了望樓下的人群。聽周老二的意思，這是另外的一支考古隊，而且是為幾年前的事情而來的。

窮鄉僻壤能吸引多支考古隊來這裡，已經是極為蹊蹺的事了，何況周老二又添油加醋說這事情過去沒多久，接連又出了好幾件怪事。

有一陣子山裡莫名其妙跑出成群成群的山鼠，見著活物就咬，很多人和牲畜都遭殃。後來沒多久，上山採集中藥的藥農突然看到成批成批的蛇，黑的、紅的、花斑的……行軍似地往深山的某個地方遊去，場景極為駭人。當地人都說深山之中有邪神，這些蛇都是被邪神召喚去的。

更讓人驚駭的是，那年入夏的某一天，一陣驚雷過後，有群藥農在一處叫龍神壁的崖壁上，發現一幅巨大的圖案。圖案非常清晰，黑紅黑紅的，看起來就像是一個巨大的葫蘆。

龍神壁是進入鬼子嶂的必經之路，藥農們也不是一兩次路過，但從沒發現這麼巨大的古怪圖案。他們嚇壞了，當是神仙顯靈，一個個跪倒，磕頭如搗蒜。

雖然吳奇來這裡的時間不算短，但這麼多的離奇傳說還真是頭一回聽說，現在真的得指望這暴發戶幫山裡修條路，改善改善這資訊閉塞的現狀了。

一想到周老爺子的病情，他又不禁頭疼起來，幾乎查遍了醫書，也沒查到地芒胎是什麼方子。

頭疼歸頭疼，該做的還是得做，接下來幾天，吳奇按著正常的套路繼續給周老爺子理療，雖然暫時無法根除，但紅衣木偶除去後，已經得到一定效果，每日都有黑油一樣的污穢物排出，老爺子的神智也漸漸有些恢復。

考古隊的人一直沒有離開，在周家後院的一排空房子裡住了下來。

鬼伍不是個喜歡熱鬧的人，平常都是一副眾人皆醉我獨醒的派頭。但吳奇不同，兩年窩在山裡，見過的生面孔估計加起來不會超過十個，一下子來這麼多人，倒讓他有些懷念外面的世界，於是很快就和考古隊熟絡了。

考古隊一共八個人，隊長姓馮，據說是省文物部門的一個教授，此人四十來歲，典型的北方大漢，皮膚黝黑身形魁梧，沒有一點教授文質彬彬的感覺。他說自己不是第一次帶隊來這裡，因爲和周家老大關係很鐵，所以每次行動前都是住他家。

吳奇暗道周老大門路也夠廣，怎麼連文物部門都能扯上關係？

吳奇告訴他們一些頗爲受用的醫理，他們則回饋考古過程中見到的奇聞異事，雙方談話頗爲投機。

考古隊中有個叫二條的話匣子，嘴巴一旦打開就沒完沒了，唯獨對此次來的目的守口如瓶。吳奇沒有追問，他們也隻字不提，越是這樣，吳奇越覺得他們像是來執行什麼任務。

考古隊中只有一位女性，名字叫李曉萌，是個剛畢業的大學生。平常一襲素裝，年紀不大，但出落大方。這類受過正統教育的女孩，學不來圓滑的東西，看到吳奇展示自己的功夫後，忍不住驚歎，再聽他添油加醋地吹噓經歷，頓生欽羨，距離也拉近了許多。

吳奇交談中得知，李曉萌是大學考古系的學生，好像還和省文物部的某個領導有親戚關係，畢業後託關係在省文物局文物鑑定科實習。

這支考古隊是省裡接到上級緊急通知臨時組成的，目的地正是鬼子嶂的山谷深處。至於周老二說的那支考古隊，她則沒有聽說過。因為第一次被派到這裡執行任務，具體明細她也不清楚，只知道是通過嚴格審批才確定的特殊隊伍。

吳奇自知不便多問，忙轉移話題，和她聊了一些醫理奇方。當他說到地芒胎時，又想起周老爺子的病情，不由得頭疼起來。

李曉萌聽了，突然眼睛一亮，目露興奮之色，顧不上矜持，一把抓住吳奇道：「你說的那個東西我好像見過，對！就是地芒胎，我參加省裡研討會時，教授給我們看過那種東西。」

吳奇簡直不敢相信自己的耳朵，這可真是得來全不費工夫啊，看來老天在告誡自己，天無絕人之路！

微微欣喜過後，他又不相信地問道：「真的？妳真的見過？長什麼樣子？」

李曉萌努力回憶，隨即道：「紅色的，看起來很像人，又像蟲子的蛹……分不清到底是什麼。我不是親眼見過實物，只是看到放映的影像而已，還是上一代的考古前輩展示的研究成果！你說那東西眞的可以治怪病？」

「他們是從哪裡得到的？」吳奇顧不上回答她的問題，迫不及待地問。

李曉萌面露難色，顯然對此一無所知，吳奇又像被澆了盆涼水，頓時沮喪至極。突然，身後傳來一道沙啞的聲音：「既然叫地芒胎，當然是長在地下，哪裡有風水極差的凶地，哪裡就有地芒胎！」

伴著聲音而來的是一個瘦高的身影，吳奇一眼便認出他，此人名叫趙拐，是考古隊的顧問，相當於軍師的人物。

能給考古隊當顧問的人，自然有兩把刷子，不可小覷。只是此人面色陰鬱，第一眼就讓人感覺不太舒服。

「地芒胎又叫地屍胎，哪裡隱晦幽暗就會出現在哪裡，而且含有劇毒。你要找那東西，可得費上一點代價啊！」趙拐咧嘴一笑，露出參差不齊的黃牙，表情卻一本正經，不帶一絲的戲謔。

事已至此，無論趙拐的話可信度有多高，都給吳奇帶來一線希望，起碼已經找到突破點，不再是束手無措的境地。雖然他對這個趙拐沒有太好的印象，卻也拿出虛心討教的態度向他求教。

按照趙拐的說法，世間有三芒，天有天芒，地有地芒，人有人芒。地芒胎俗稱地屍胎，是煞局養氣之地，聚陰而形成的，酷似人形，卻生有九隻手臂，又稱九臂連環胎。

這是民間的說法，按吳奇的理解，地芒胎可能是由於特殊的原因，在陰暗避光岩縫裡形成的某種的生物。

看著吳奇不太相信的樣子，趙拐狡黠一笑，正色道：「吳大夫，其實鬼子嶂裡，不缺陰穢集煞的地方，要找九臂連環胎並不是什麼太難的事情！」

吳奇一聽，驚訝地和李曉萌相視，接著又將信將疑地望向趙拐。

第7章

交易

吳奇心裡很清楚，所謂冰凍三尺，非一日之寒，這塊深黑色的墨陰沉，顯然經過長年累月的陰氣彙集，雖然邪氣沖天，但卻是不可多得的精品。

李曉萌對趙拐意見不小，認爲他仗著自己有兩下尋龍點穴的功夫，算是考古隊裡的靈魂人物，平常連隊長也不放在眼裡，眼下名爲點撥吳奇，實際上似乎帶著某種目的。

吳奇雖然不解，但見救治周老爺子有望，還是忍不住問一聲，「這麼說？你見過地芒胎？這東西要如何捕來做藥引子？」

趙拐一愣，目光中掠過一絲不易察覺的惶恐，但隨即鎮定下來，默不作聲地拍拍自己殘廢的左腿，許久才苦笑一聲，「當年幸虧老子反應快，否則就不是瘸一隻腿這麼簡單，恐怕得長眠在鬼子嶂了！我敢放出大話，沒有我的幫助，你們絕對不會輕易得手的！」

「確實是大話！」李曉萌白了趙拐一眼，正待說些什麼，卻被吳奇伸手攔住。

「怎麼？你眞的在鬼子嶂遇過那東西？」一聽有後續，他當下一興奮也顧不得想太多，生怕趙拐反悔不肯透露。

鬼子嶂周邊是方圓數十公里的大山密林，不知道多少秘密深埋其中，不見天日。千百年來，怪事頻出，似乎連動物都能通靈，目前已經多次出現山鼠、蛇類、群鳥螞蟻之類的動物群體性反常行爲。

更令人驚愕的是，每逢雷雨天氣，大山深處就會出現如戰馬嘶叫、軍士行軍的古怪聲響，當地人嚇壞了，都稱之爲「陰兵借道」。

鬼子嶂的文獻記載幾乎是一片空白，只有零星的野史傳說，傳聞此地有仙人居住，凡人不可擅自入內。也有人說，之所以以鬼得名，是因爲深山中有一處巨大的牢坑，用很粗的鐵鍊將一群妖怪惡鬼鎮在巨大的寶塔下，那寶塔天長日久便鈍化爲山石。之前出現螞蟻群集而成的葫蘆圖案，其實就是在預示山中的妖怪惡鬼，即將掙脫束縛外逃。

但隨著一系列考古行動的進行，人們對鬼子嶂有了不少新的認識，很多極其罕見新奇的物種在深山處被發現，比如白色的蛇、白色的烏鴉、黑色的蜈蚣、紅色的無皮猴……最近更是在深山，發現很多說不出名堂的遺跡，既不像人類生活的場所，也不像是正常的祭祀或者舉行特殊儀式的地方，總之光怪陸離，說不出個所以然來。

有了這些前車之鑑，鬼子嶂出現地芒胎就不是什麼值得奇怪的事情。只是，吳奇仍止不住對趙拐產生懷疑，實在沒理由相信他會無償幫助自己。

「你想要什麼條件？」爲了抓住機會，吳奇少了顧慮，不僅是爲了治病救人，似乎還有更重要的東西在推動他的決定。

「哈哈……」趙拐操著沙啞的聲音乾笑兩聲，快意道：「好！年輕人行事乾脆痛快，我喜歡！不過，這事情你先考慮清楚再做決定吧。想清楚再來找我，我趙拐做事說一不二，免得到時候你沒反悔的餘地！」說完頗有深意地看了他一眼，接著步履蹣跚地哼著小曲離開了。

不出幾天，考古隊整裝待發，目標直指鬼子嶂的深山。出發的前夜，吳奇獨自一人來到後山，趙拐早已經等候多時。

「年輕人，我欣賞你做事的風度，這麼大的決定這麼快就能拍板，是可塑之才啊！」趙拐迎著夜風，朗聲對匆匆趕來的吳奇喊道。

「哪裡。不知你要怎麼助我取得地芒胎？」吳奇也不囉嗦，單刀直入。

「呵呵，以我的道行怎麼會唬弄你？拿好了！」趙拐顯得慷慨，邊說邊將一個黑色肥皂狀的硬物扔給他，同時囑咐道：「墨陰沉能抗陰晦之毒，但也很容易招來陰寒毒物，你要找地芒胎必須用得上它。」

吳奇剛接過，猛然感到手心一陣冰涼，像握著塊冰塊一般，冰寒瞬間往上蔓延，不一會整條手臂幾乎就要麻痹，趕忙取塊布將它包好。

墨陰沉是白色天然玉石，經特殊加工後，用以吸附隱晦之氣，俗稱鎖魂玉，玉的顏色會隨著裡面陰氣的變化而發生改變，色重則氣重。

吳奇心裡很清楚，所謂冰凍三尺，非一日之寒，這塊深黑色的墨陰沉，顯然經過長年累月的陰氣匯集，雖然邪氣沖天，但卻是不可多得的精品。這樣貴重的東西，趙拐怎麼如此輕易就贈給自己？

「不說其他的，你直接說你的條件吧！」吳奇直言不諱地道。

趙拐咧嘴一笑，點起一根煙，吐了一口道：「好！你痛快，我也不拐彎抹角，老實說，我不是第一次來索籠鎮，你吳大夫的名氣我早有耳聞，如果沒猜錯的話，你應該認識這個東西！」他一邊說，一邊從上衣口袋掏出一張白紙。

微風拂動中，紙上的圖案赫然可見。

吳奇走近一看，驚愕得說不出話來，正如趙拐預料的那樣，這圖案他不僅見過，而且相當熟悉，分明是師父牛紫陽留給自己的龍紋密盒啊！

「你怎麼會知道……」吳奇自然大吃一驚。

趙拐得意地一笑，不慌不忙地道：「這些不重要，重要的是我們的合作，東西是你的就是你的，我不會奢望，但你得幫我一個忙！」

吳奇戒備之心猛地被提起來，「什麼忙？也許我幫不了你，我向你借東西是爲了治病救人，沒必要讓它成爲你要脅我的資本！」

趙拐哈哈一笑道：「瞧你說的，事情沒你想的那麼嚴重，只要幫我一點忙就可以，你把那個盒子的圖案拓下來給我就行，一切都由你辦，盒子不經我手，你看怎麼樣？」

吳奇警覺地望了望趙拐，又聽他說：「好了，你自己考慮清楚，我也沒必要爲難你，看在我和你三叔公吳三的交情上，你要找地芒胎我還是助你一臂之力！」

「我不明白你的意思，你這麼做是爲了什麼？」吳奇好奇地問。雖然趙拐的要求談不上過分，卻讓人感到匪夷所思，似乎隱含其他特殊目的。

「好！我答應幫你這個忙，但是……」思索片刻，吳奇終於下定決心，「但我希望你能告訴我原因，如果沒有見不得光的目的，也沒必要刻意隱瞞吧！」

趙拐道：「看來你繼承了吳三那滑頭的性子，做事總留那麼一手，好！就這麼說定，事成之後一切都按你說的辦！」說完吐掉一嘴煙頭，消失在夜色中。

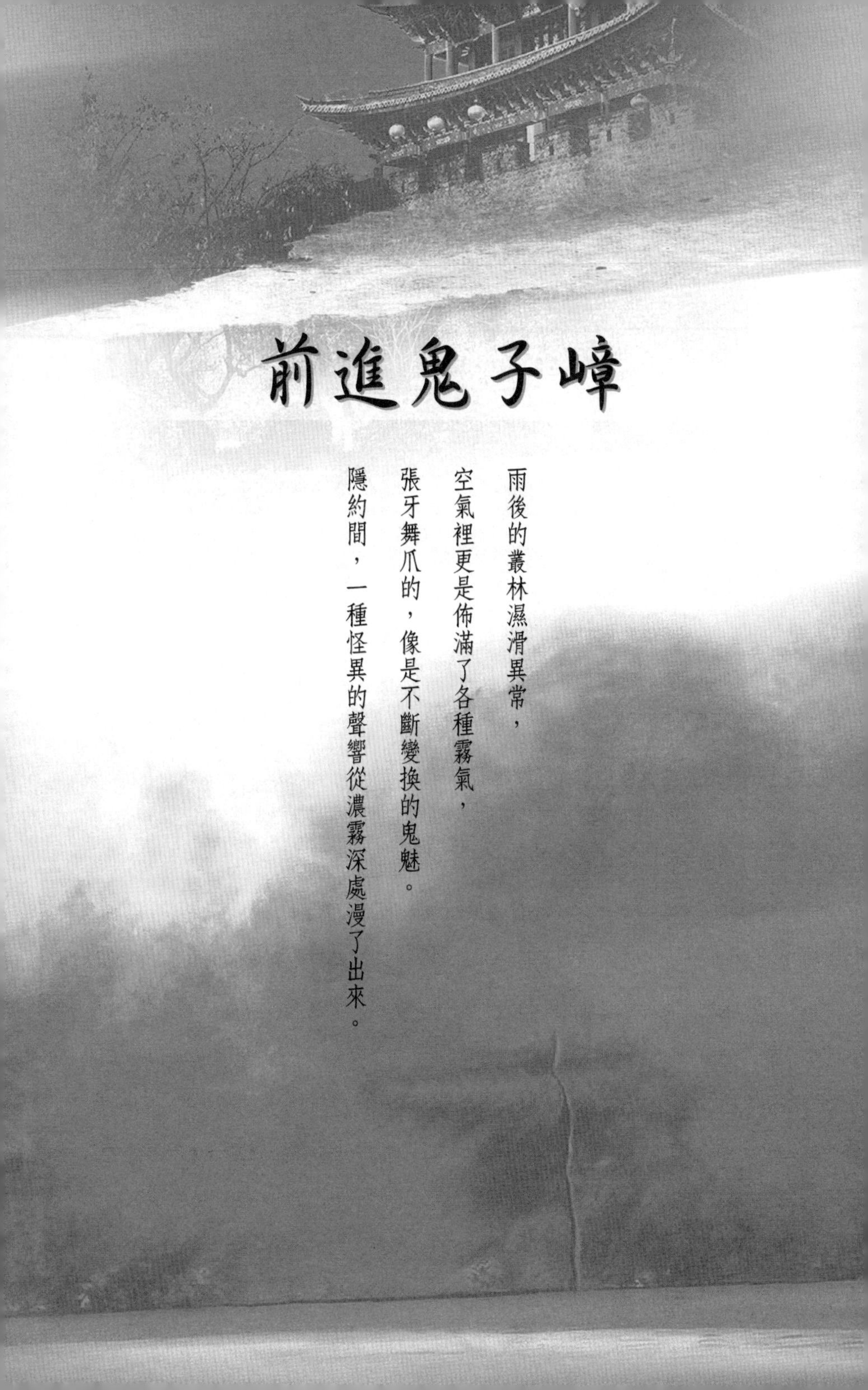

前進鬼子嶂

雨後的叢林濕滑異常，
空氣裡更是佈滿了各種霧氣，
張牙舞爪的，像是不斷變換的鬼魅。
隱約間，一種怪異的聲響從濃霧深處漫了出來。

第1章

蟻現鬼剎

對面原本光滑無痕的崖壁上，赫然顯出一個巨大的圖案。一眼望去，就像是一座奇特的寶塔！而且還在不斷變化。

考古隊連夜做好最後準備，除一人留守周家做檔案資訊的搜集管理外，其他十人分成兩批，進入深山考察。

吳奇和鬼伍也加入趙拐帶領的一批，包括趙拐在內一共五個人。從這些人的級別不難看出，他們所擔負的任務更重要一些，劃定的考察區域也更遠更廣闊。

吳奇二人的跟隨，考古隊他們倒沒有什麼意見，隊裡缺隊醫，這下問題剛好解決了，而且人多力量大，對他們來說不算什麼壞事，當然最主要還是趙拐的授權。

十二人步行了一上午，才抵達當地人稱爲龍神壁的巨大崖壁處。崖壁爲典型的多層沉積岩，層層疊疊累積而上，整個崖壁如同一把巨大的斧刃，直峭峭地將大山從中劈斷，開出兩條極陡的岔道。

岔道的崖壁底端，散落著成堆的白骨，有人也有動物的，千百年來，山裡人正是通過這兩條岔道，進入深山採集藥草。也許在某個時期，這條道路就像黃泉路，走進去就再也回不來了。

考古隊在此分成兩批，分別走左右兩條岔道，吳奇加入的這批主要做考古勘探，對山中的古代遺跡進行直觀搜索考證。另一批人則是勘查地形和採集當地的動植物、礦物，從而系統性地研究可能存在的古代遺跡。

然而天公不作美，一行人剛制定勘察計劃，轟隆隆的雷聲就壓了過來，不一會烏雲密佈，接著颳起狂風，眼看著山雨欲來的架勢。

「嘿！老天爺也夠給面子的，清閒的幾日，天天見太陽，剛出門就賞黃湯。快來吧，我還準備趁機洗個澡呢！」考古隊中的話匣子二條，一見這情形，忍不住扭著精瘦的身軀嚷起來。

南方山區夏季普遍多雨，遇上這樣的情況實屬正常，也是沒辦法的事。無奈山壁極為光滑，沒有躲雨的地方，而且整個通道又處在風口的位置，風一大連帳篷都固定不住，一幫人的處境很是尷尬。

因為有些設備是不能進水的，在馮隊一聲令下，幾人趕緊收拾，倚著崖壁底端長出的幾棵紅松，將遮雨的帳篷撐在中間，攢到一起。

雷聲隆隆，止不住地在山間迴盪著，發出陣陣古怪的回音，整座山彷彿充斥各種樂器胡亂演奏的聲音，雜亂得難以入耳。加上四周白骨累累，宛如人間地獄。

幾人攢在一起，有人調侃有人痛罵，突然考古隊中一個叫杜凡的小夥子，指著對面的崖壁驚道：「咦！你們看，那是怎麼回事？」邊說他邊摘下自己的眼鏡，揉了揉眼睛，好像不太相信自己看到的東西。

衆人順著他指的方向一看，驚愕之情立刻顯現臉上。雖然他們都是見過世面的人，卻也惶恐地睜大了眼，顯然不相信眼前的一切。

只見對面原本光滑無痕的崖壁上，赫然顯出一個巨大的圖案。一眼望去，就像是一座奇特的寶塔！而且還在不斷變化著，順著崖壁往四周延伸，慢慢地成型，越來越清晰、越來越大，不一會感覺就像一只葫蘆。再望去，四周又長出幾根長長的手，就像觸手一般。

這情形，和當地山民描述的一模一樣。

「這是什麼東西？難道是山神顯靈？」二條縮著腦袋道：「怎麼？嫌咱們打擾清靜，先來兩聲警告？」

「別他娘的胡扯，這兩年的唯物主義教育白學了，哪來的山神顯靈！」馮隊吐了一口吹進嘴裡的沙土，敲了二條的腦袋道：「盡想些沒用的，別逼我回頭給你記個處分，相機伺候著……」

沒等馮隊說完，李曉萌已經按捺不住取出相機拍攝一通，生怕漏掉每個細節。吳奇則是睜大眼睛，緊盯著崖壁上的圖案，眨也不眨一下。

突如其來的衝擊力著實讓所有人手忙腳亂，驚愕上好一陣，吳奇更加震懾，因為崖壁上的圖案他並不陌生，竟然有種強烈的熟悉感，好像在哪見過！

「不對！」鬼伍眉頭一皺，左手平舉，右手往手臂上一搓，只聽得「唧」的一聲，一條火束便朝對面的崖壁射過去，嵌進山岩之上。

鬼伍袖箭射到的地方，很快就被燒開一個裂口，隨著火勢的蔓延越來越大，直到火熄滅，才又慢慢恢復原狀。

眼尖的人立即叫開了，「是螞蟻！這些東西是螞蟻！」

放眼望去，崖壁上爬滿的，盡是黑紅色的深山紅螞蟻。牠們聚集形成了那古怪的圖案。眾人無不驚歎，不禁被這些小生靈創造的古怪奇蹟震懾。

傳說南方亞熱帶叢林的崖壁中，會出現「長蛇顯身」、「臥龍回天」的奇景，其實都是蟻群在作怪，不過，像今天這樣怪異複雜的圖案，只怕亞熱帶的蟻群都要望塵莫及。

李曉萌哇了一聲，又快速地補拍了幾張。

幾聲炸雷過後，空氣中瀰漫著一股焦糊的味道，很不好聞，幾乎有種讓人窒息的感覺。崖壁上的蟻群也跟著炸了窩，慢慢成批成批地向四周擴散。

「不好！」馮隊指著成批的蟻群驚叫道：「牠們朝這邊來了！」

話語剛落，眾人皆感到身上一陣奇癢，扭頭一看，帳篷地下的石縫裡，不知道何時鑽出一隻隻米粒般大小的紅螞蟻，順著褲管往裡鑽，毫不客氣地啃食著人肉。

眾人趕忙鑽出帳篷，奮力抖落爬到身上的螞蟻，只是更恐怖的情況還在後頭。

崖壁上的巨型蟻群似乎嗅到人肉香味，分成數十段，像一條條大蛇，蔓延過來。

吳奇想起岔道兩段的白骨，立即意識到嚴重性。只要遭受龐大的紅蟻群攻擊，不出十分鐘，崖壁下就會多添幾具白骨。

「快！往高處走！」馮隊不敢怠慢，眼看巨型蟻群越來越近，當下臉都綠了，猛地抖掉身上的蟻群，招手示意幾人沿著崖壁往上攀。

不過，這顯然是情急之下，喪失理智的做法，崖壁的表面極爲光滑，只有零星的碎石突起，在場除了鬼伍，沒有人能攀上崖壁逃走。

二條身形瘦削，當下也顧不得什麼，揪住兩塊石頭就往上攀，結果沒幾下便摔得噷噷直叫，揉著屁股嚷道：「老大，你這主意我看不像是教人逃命，而是讓弟兄們爬高跳崖，英勇就義啊！」

「你他娘的少廢話，眼下這情形，不發揚點大無畏精神行嗎？弟兄們，再拼一把！」馮隊穩住陣腳，一邊說一邊哆嗦著點上根煙，這是他情緒焦急時的習慣動作。

二條一看火，當即一喜，對著蟻群方向罵道：「媽的！二爺我渾身沒幾兩肉，你們還要搶，今兒個二爺我直接烤了你們這群狗日的！」一邊說一邊翻出了火把和一桶汽油。

「不能！」鬼伍見狀大驚，趕忙上前將他撂倒在地。

馮隊也上前照著二條的腦袋就是一下子，「你個混球小子，白跟著我這麼多年，還沒挨著蟲子啃，就想先人道毀滅！」

這話的確不是危言聳聽，此時眾人所處的位置，正是山谷的低窪處，驚雷過後，空氣中電離急劇變化，大量二氧化碳沉積在谷底，氧氣濃度驟降，各種可燃的瘴氣都有可能被激發出來。

這個時候點火，按著谷底的地形，可謂無路可逃，就算不被火海淹沒，也得窒息而亡，甚至招惹那些可燃氣體，直接引發爆炸。

形勢嚴峻，眾人一時也沒有好的辦法，黑壓壓的蟻群如潮水般湧來，只得被逼到一個極小的角落，退無可退。李曉萌更是嚇得臉色發白，失聲抽泣起來。

吳奇看了鬼伍一眼，他倒顯得異常鎮定，不知道螞蟻是忌憚他那古怪的體質還是怎麼著，竟然沒有一隻對他進行侵犯，這個完全可以獨自逃生的人，此刻不知在尋思什麼。

「讓我來！」趙拐伸手示意眾人靠後，自己向前跨了一步，轉頭對吳奇道：「你幫我一下，銀針下陽關、肩貞、曲澤、內關、勞宮、中沖穴，動作要快！」一邊說著，一邊變戲法似地變出了一只雞蛋大小的黑色石塊，奮力地攥緊，碾壓成碎塊，緊緊攢在手中。

吳奇不知其故，但眼下情況緊急，也顧不得多問，趕忙按著他的意思，取出銀針照著他指定的幾處穴位，準確無誤地下針。

只一瞬間，趙拐伸出的手臂猛地一顫，接著緊攢黑色石塊的左手中指，居然冒出縷縷白煙。

淡淡淡的白煙從趙拐的中指尖溢出，愈演愈烈，很快的，整個左手便被白煙掩蓋，手中緊握的東西也劈啪作響，好像燒著了一般。果然，隨著「噗哧」一聲響，趙拐的手心騰起一道淡藍色的火焰。

第2章

鬼門十三針

鬼伍光著膀子，半蹲在一旁的角落裡，透過帳篷的縫，呆呆地盯著外面的雨天。身上那奇怪的紋身圖案似乎越加清晰。吳奇猛然想起什麼，明白過來後才大吃一驚。

火焰左右跳動，隨著趙拐不停地搓動左手，越燒越旺，很快就吞噬整個手掌。藍色的火焰如鬼魅般跳動著，像極了荒墳野地裡行蹤不定的鬼火。

奇怪的是，儘管火焰在手掌燃燒，他卻像感覺不到一絲疼痛，五指仍不住地搓動，加大火焰，很快的，原本黑色的碎石隨著燃燒慢慢變成了灰白色。

趙拐見時機差不多，再次將左手攢緊，將手中的白灰潑灑到地面，畫出一個長約丈餘，弓箭一般的圖案，擋在洶湧而上的蟻群前。

吳奇雖然似懂非懂，卻覺得這套法子並不陌生，不像其他幾人那樣瞠目結舌。二條忍不住問道：「趙秀才，你這招孫悟空畫地為牢能管用嗎？這些螞蟻可不是他娘的白骨精！」

話音剛落，前方成堆的蟻群猛然止住洶湧的氣勢，就像是看到天敵，表現出了驚駭一般。不一會，開始退卻，試圖遠離那道白灰劃出的圖樣。

緊接著，蟻群就像被攪動的黑色池水，形成一道道漩渦，昏黑的顏色跟著越來越淡，直至一隻也不見蹤影。

眾人皆張大嘴巴，似乎不敢相信眼前的一切，反應過來後，才大大鬆了一口氣。這種從鬼門關旅遊一趟再返程的刺激讓吳奇雙腳酸軟，幾乎站立不住，但他思維依舊清晰，趙拐的奇特手法喚醒他的記憶。

對了，在荒山古墳中對付詭異的紅衣木偶時，鬼伍也曾用過類似的手法。

吳奇曾詢問他緣由，並試圖討教，卻被這個人拒絕。後來在三叔公留給他的《六壬奇方》上找到，這套針法有個很奇特的名字，叫鬼門十三針。

中醫認為，人體是陰陽和諧的個體，無陽則陰無以生，無陰則陽無以化。維護人體陰陽平衡的是諸多陰陽元素，所謂重陰必陽，重陽必陰，人體可進行陰陽互化的過程。

鬼門十三針，正是通過刺激人體穴位，使得體內快速產生陰陽互化的外法。趙拐明顯是透過針灸，以人體的業火點燃手中所握的特殊物質。

這招數吳奇不陌生，在對付張二柱兒子和周老爺子身上的奇症時，自己用的原理和他相同。只是，這鬼門十三針是冒險之術，若非針穴之人體質特殊，極有可能一命嗚呼。

吳奇暗自稱奇，卻不道破。

趙拐舒了口氣，擦了擦額頭滲出的汗，捂著胸口喘氣。

二條在一旁叫道：「嘿！還眞神啊，沒看出來趙秀才不但能尋龍點穴，還有降妖除魔的本事！」

此時趙拐已經手腳冰涼，攤開左手，只見掌中橫躺著一隻蟲子，居然是一隻燒焦的蠍子。

吳奇也感到怪得緊，難道蠍子被封在黑色卵石裡嗎？遲疑間，趙拐已經灌了兩口白酒將牠服下去，然後裹起被子躺到帳篷裡。

淅淅瀝瀝的雨點落下來，衆人不得不擠進帳篷裡。

山谷被雨水一澆，頓時霧氣騰騰，能見度低得幾乎看不到崖壁。幾人被淹沒在霧海中，似乎與世隔絕。

衆人一邊給趙拐灌白酒，一邊又燒了些東西讓他吃，體溫才慢慢恢復過來。精氣神一恢復，他儼然又是一副長者姿態，「這裡不是待的地方，雨一停我們必須馬上動身，若是再遇上紅螞蟻……」

邊說，他邊望向吳奇，目光中似乎還有一些讚許。但轉過臉時，他卻突然語塞了，目光停留在一個人身上，再也移不開。

吳奇一扭頭，只見鬼伍光著膀子，半蹲在一旁的角落裡，透過帳篷的縫，呆呆地盯著外面的雨天。

外面風雨交加，不斷地有雨水順著縫隙掃進來，打濕了他的臂膀。此時，他身上那奇怪的紋身圖案似乎越加清晰。

吳奇猛然想起什麼，明白過來後才大吃一驚。

天啊！崖壁上紅蟻聚集而成的圖案，竟然和鬼伍背後的紋身如出一轍！怎麼會這樣？

這種驚人的發現，讓他對這位師兄的好奇，瞬間又上升了一個層次。其他人顯然沒有意識到，注意力依舊放在制定下一步的行動計劃和談笑風生上。

鬼伍顯然發現趙拐眼神中的驚愕和悸動，默不作聲地披上自己的短衫，紋絲不動蹲在那裡。

趙拐許久才定下神來，輕聲對吳奇道：「小子，看你的針法，倒也純熟得很，功底很紮實！」雖然說著話，目光卻始終沒有離開鬼伍，彷彿在盯一件墓裡挖掘的稀世古董。

吳奇聽出他話中有話，雖然心中也有諸多的疑問，卻不說出來，只輕描淡寫地道：「熟讀唐詩三百首，不會作詩也會吟，見多了熟能生巧而已！」

趙拐聞言冷冷一笑，裹緊身上的毯子。這時，馮隊揣著一張地圖走近，向他請教下一步的計劃和行走的路線。

從他們現有的資料看，目前所在的通道，是以前風倉河流經的河道。史上記載南北朝時期，當地進行大規模的開山運動，硬生生地讓風倉河繞道而行，於是千年前的古河道現在變成陸路。傳說這麼做的原因是深山中有妖孽，改河道設雙龍盤鎖之局，就是爲了困住它。

明嘉靖年間，當地發生一起劇烈的地質運動，深山中出現多處塌陷，史書上也零星記載一些古怪離奇的事件。

十多年前有支考古隊進入深山，考察一個叫墜月潭的天池，獲取了大量資料。奇怪的是，這支考古隊之後便人間蒸發，那些資料也成了機密，後來的人沒機會一探究竟。

趙拐似乎對這裡輕車熟路，正如他所說，已經不是第一次來這裡。之前吳奇和考古隊的人閒侃時還得知，這個趙拐是有過前科的，幸虧人脈廣路子多，被人保了下來，不然現在還在大牢裡頭涼快著呢。

夏日的雨來得急去得也快，眼看雨點隨著霧氣一道慢慢散去，衆人也不多做停留，稍作收拾便繼續往深處走。

從這條道穿過，就眞的進入鬼子嶂地帶了，考古隊中除了趙拐和馮隊，其他幾人都是第一次深入這裡，既興奮又有些驚恐。

深山的植被茂密許多，穿行極爲困難，雖然走風倉河水路會好一些，卻要繞很大的圈子。不過，對於這樣的原始森林來說，水路相對比叢林來得安全，也更加快捷。村民在這裡設有一個小渡口，平常上山採藥，都會乘坐木筏深入。

眾人水路並用，一直走到天色漸黑。吳奇沒嘗試過馬不停蹄地走過這麼長的路程，當下累得幾乎要散架，原本還想給自己來幾針，又覺得肚子要緊，最後還是靠海吃猛喝來補充體力。

叢林晝夜的溫差極大，剛入夜，溫度便驟降，有些涼颼颼的感覺。

吳奇取出隨身攜帶的回神丹，發給每人一顆，以應對叢林中密集的烷沼之氣。考古隊中的老手習慣野外作業，這種經歷已是司空見慣，但新手就頂不住了，例如戴眼睛的杜凡已經有些吃不消，一邊走一邊嘔吐不止。

「我說你這小子拿點出息來好不好，人家妮子還沒怎麼樣，你怎麼就這麼不頂事呢？」馮隊又氣又無奈，直後悔當初怎麼不把這小子留在村裡，簡直是累贅。再揪起這小子一看，頓時大吃一驚。

杜凡臉色鐵青，瞳孔放大到極限，渾身不住地抽搐著，時不時地打個顫，腦袋拼命地往裡縮，好像要把它塞到肚子裡一樣。

馮隊壓根沒想到問題這麼嚴重，當下也慌了，又是呼叫又是掐人中，手忙腳亂起來。眾人也沒想到，剛出馬就遇到如此險況，當下驚得不輕。

「小吳！你快來看看，杜凡的情況很不好！」一見有人出狀況，有人慌亂地叫了起來。

吳奇應聲上前，掰開杜凡的眼皮，看了看他的舌苔，再一探脈象，大驚道：

「不好！他中毒了！」

第3章

黃金鬼

雨後的叢林濕滑異常，空氣裡更是佈滿了各種霧氣，張牙舞爪的，像是不斷變換的鬼魅。隱約間，一種怪異的聲響從濃霧深處漫了出來。

吳奇說出這話，自己也吃了一驚，眾人吃喝都在一起，呼吸相同的空氣，怎麼杜凡莫名其妙中了招？難道嫌回神丹味道不好吐掉了？

也不對啊，回神丹雖說清熱解毒抗瘴氣，但也不至於能讓人百毒不侵啊。杜凡此時脈象微弱，情形十分嚴重，如不及時搶救很可能會喪命。

吳奇不敢怠慢，迅速在百會、龍泉兩穴分別下兩針（減緩血液循環的速度），再給他灌了些明礬促使他嘔吐排毒。可這只是權宜之計，杜凡的病症來得古怪，不找到病因是無法對症下藥的。

一旁的鬼伍早已湊上前，雙指遊走在杜凡的身上，突然停在他的後背處，眉頭一皺道：「找到了，應該是這個！」

吳奇一看，只見杜凡的後背脊椎骨處，赫然出現一個紫黑色乒乓球大的瘀斑，酷似一張人臉。

瘀斑的正中位置顏色最深，向外越來越淺，似乎還有不住擴散的趨勢。

「這是什麼東西？」吳奇大感不解，在自己的行醫生涯中，還沒見過這種怪斑。但再仔細一看，便發現中心位置是個黑點，很像是被動物螫咬造成的。

吳奇道：「他是因螫傷而中毒的，情況很不好！」說著額頭跟著滲出了汗。

荒山野嶺的，碰上瘴毒或普通咬傷還好辦，遇上這麼嚴重的情況，確實很棘手。而且要命的是，自己連被什麼東西螫傷的都不知道，吳奇也只能象徵性地做些搶救措施，擠掉傷口的毒血，再給他灌些解毒藥，同時吩咐眾人小心。

「照這情形，再不及時搶救就岌岌可危了。」吳奇無奈地說，考古隊哀聲一片，李曉萌更是按捺不住哭出聲。

倒是趙拐沉著得很，探了探杜凡的情況後，臉色一變，當即吩咐眾人檢查檢查自己的身子。

眾人一聽也顧不上矜持，一個個把全身檢查了遍，還好身上並無異常。

「他中了黃金鬼的毒了，怎麼剛進來沒多久就碰上這個？難道……」

趙拐的話一出，眾人皆面面相覷，鬼伍卻是一怔，赤紅的臉上掠過一絲不易察覺的驚恐。

黃金鬼？聽名字就知道不是善類，見識到杜凡的慘狀後，更是讓人聞而生畏。

二條經不起嚇，直打哆嗦地問：「趙大軍師，黃金鬼到底是什麼鳥東西？你說出來讓兄弟們有個應對啊！」

趙拐大聲道：「把能裹的都裹上，自己裹得嚴實點，別讓這幫東西再找到空子鑽！」邊說邊扯了件雨衣裹上，一邊催促著眾人，一邊解釋。

所謂的黃金鬼，是莽山深處的一種兇猛怪蜂。體積嬌小，渾身呈金黃色，含有劇毒且好攻擊，一隻就足以讓人神志不清乃至喪命，被螫咬後無痛無癢，等感覺到不適時，毒液已經蔓延全身了。

黃金鬼原本是正常的蜜蜂，本身是沒有毒的，因爲採集鬼血妖槐花朵的花粉，日積月累在體內形成劇毒，連後代也跟著發生變異，體形極其怪異。黃金鬼之所以得名，因其多在夜間活動，夜色中渾身發出耀眼金色光芒，群體飛行時，金粉飄灑，如煙花燃起，極爲炫麗！

聽到這樣的描述，衆人的恐懼顯然大於驚奇，急忙掃視四周。馮隊感到很爲難，杜凡的傷勢肯定不允許繼續向前，但又不能無功而返，他很清楚這次活動的意義，也預料到會有犧牲，任何工作都是一樣，權衡在個人利益和集體利益的馮隊很快痛下決定。

考古隊的人受了老一套的教育，一致服從，就連李曉萌都哽咽著表示同意，杜凡究竟能不能挺過去，只能看他自己的造化了！

吳奇對此感到匪夷所思，人都快死了，居然還要繼續向前，置他生死於不顧？身爲一個醫者，他極力反對考古隊的做法，無奈形勢比人強，恐怕只能由他和鬼伍將杜凡運回去搶救。但來的時候是順流而下的，因此返回時費勁很多，杜凡的情況又實在糟糕，吳奇擔心照這情況，還沒返回他就挺不住了。

他還在猶豫之時，卻聽到鬼伍道了聲：「不好！」接著又朝衆人擺擺手，示意不要出聲。

看他一本正經的樣子，誰也不敢大意，縮著腦袋都擠到一塊。

雨後的叢林濕滑異常，空氣裡更是佈滿了各種霧氣，張牙舞爪的，像是不斷變換的鬼魅。隱約間，一種怪異的聲響從濃霧深處漫了出來。

「好像是鬼蜂群！」鬼伍輕聲警示道：「現在正是黃金鬼採集花粉的時候，難道鬼血妖槐就在附近不遠的地方？」

「我的娘唉！一隻就能要人命，這下怎麼得了！」二條一聽，按捺不住地道了一聲，卻被趙拐捂住嘴巴，無法動彈。

「他娘的別亂出聲，這東西敏感得很！」

雖說幾人的聲音已經壓得極爲低，仍是驚動了黑暗中怪蜂。只聽得「嗡」一聲，濃霧中忽地閃出一道金光，像流星雨般向衆人襲來。更具體一點形容就像一團黃金粉末，朝衆人潑灑過來。

「快護住自己，這東西有劇毒，螫一口就很麻煩！」鬼伍表現出少有的驚慌，大聲喝道。

所有人都不敢怠慢，各自裹緊身上的雨衣，腦袋直接埋進衣服中，不露出一塊肌膚在外。

吳奇一邊穩住自己，一邊透過開得極小的眼洞，焦急地看著其他人的情形。

眾人都被趙拐的一番渲染搞怕了，都把自己護得極緊，鬼伍卻沒做任何防護，那些怪蜂一見無處下手，一窩蜂全朝著他身上貼去。

怪蜂呈螺旋狀盤繞著，像小型龍捲風一般，倏地，鬼伍全身已經被蜂群爬滿了，成為一座黃金雕像。

吳奇幾乎傻了，杜凡僅僅被一隻蜂螫了，都已經性命垂危，這傢伙眼看快被蜂群抬走，恐怕連大羅神仙也救不了！

他又急又氣，暗道你這小子逞什麼英雄，自殺也不至於採取這種方式吧！

「你們快走！潛到河裡去！」鬼伍一邊抖著身子，一邊大聲道。

說話的同時，怪蜂不斷從他身上掉落，就像一座黃金雕像身上的金箔崩落一般。只是轉眼間，又有源源不斷地包圍上來，裹了他一身。

吳奇等幾人的情況也好不到哪裡去，同樣渾身爬滿了怪蜂，若不是有層加厚的雨衣防護，只怕早渾身是洞。

馮隊不敢怠慢，猛地喝了聲「走」，便踩著泥濘濕滑的路，帶頭往前面的山頭衝了過去。

鬼伍說的河，要越過眼前的山坡才能抵達，鬼子嶂地區水系發達，很多小河都是風倉河無數支流中的一條。

入夜的河水冰冷刺骨，不過，當下也顧不上這麼多，捲著成堆成堆的怪蜂，衆人一個個沒入河水之中。

怪蜂果然對水極爲忌憚，一落水立即脫離人體，飛旋盤繞在上空，似是想進行攻擊，卻又不敢貼著水面，努力地保持著一段距離。

手電筒一浸水，馬上就滅掉了，四周重新歸於一片漆黑，只看到空中那一群光點，帶著「嗡嗡」的聲音，殺氣騰騰地撲來。

「都潛到水裡去！」黑暗中，趙拐大叫了一聲。

吳奇沒等他說完，伸手拉過旁邊的兩個人，深吸一口氣，猛地沉下去，並倚住一塊石頭，憋著氣仰望上方。他自小在湖邊長大，水下功夫倒應付得來，潛水更是拿手絕活。黑暗中，他透過水層，見那群光點忽而向左，忽而向右，止不住地盤旋，卻沒一隻膽敢下竄。

第4章

神潭

馮隊哆嗦了兩下，把光圈移到那東西上，只見上方距離自己不到五米的崖壁上，伸出一個巨大的東西，像極了某種妖獸的腦袋，正齜牙咧嘴著，顯得異常兇悍。

吳奇暗自慶幸，輕輕向上探出鼻子，換了口氣，繼而潛入水下，反覆幾次後覺得麻煩，乾脆大膽將頭伸出水面，靜靜地觀望著。

過了許久，那群光點的動作漸漸緩慢下來，光也慢慢暗淡下去，數量似乎也慢慢減少，最後終於看不見。

如果沒有猜錯，應該是怪蜂在空氣中逗留的時間過長，消耗的體力過大，生命開始枯竭所致。雖是這樣想，眾人還是不敢輕舉妄動，依舊老實地縮在水裡。

許久，黑暗中又傳來趙拐的聲音，「好了！這幫黃金鬼沒勁可攢了，就算沒死也無法攻擊我們，可以出來了！」

誰知，話剛說完，水流突然湍急起來，旋即硬生生將他沖走。

當時情形危急，眾人見到河便毫不猶豫地跳進去，豈料夏季雷雨過後，上游河水暴漲，水流只會越來越急。眾人沒折騰幾下，便控制不住地打著漩渦，疾速地朝下游流去。

驚人的水流衝擊力，讓黑暗中的眾人亂了陣腳，急忙一番亂抓，可惜除了抓到同伴外，沒有任何可以攀附的東西。

一路激流衝擊後，眾人已經遠離了之前所在的區域，怪蜂也被遠遠甩開了。但黑暗中七拐八繞的，只覺頭暈目眩，像是墜入了萬丈深淵。

吳奇情知不妙，下游可能是個瀑布，這一栽下去，活活摔死都有可能。

還沒等他來得及恐懼，只感到渾身一緊，一口冰涼的河水已經嗆入鼻孔。

一陣咳嗽的同時，他下意識地看了看上方。

藉著夜色，頭頂一個巨口狀的天空清晰可見，回想之前的一切，感覺還真像是被一隻巨獸吞進肚子裡。

自己竟然跌進一個深潭！

來不及感到慶幸，吳奇趕忙尋找黑暗中的其他人。

第一個游過來的是鬼伍，看他的樣子，便知道他毫髮未損，吳奇心中既驚奇又欣歡，但欣喜還是占了多數。

很快，其他幾人也都陸續探出頭，循著聲音朝著同一個方向聚攏起來。

「我的媽呀！都趕上大河滔滔了，幸虧你二爺屬水猴子的，不然這下可就得當烈士了！」二條探出腦袋，一把抹掉臉上的水，憋不住地罵道。

「都往一塊靠著點，有沒有掉隊的？」趙拐也被嗆得不住咳嗽，一邊努力止住一邊叫道：「這裡不明不白的，都注意點，不要離得太遠！」

說話間，一道光亮起，有人打開了防水手電筒，掃視了四周一番。

還好，在剛才的漂移過程中，河流沒有出現岔道，並沒有人在一連串的慌亂中失散。只是，杜凡的情況很不好，依舊昏迷不醒，身子像是在遭受有規律的電擊一般，不住地抽搐。

吳奇見狀立即說道：「水太涼，他的體溫降下去就麻煩了，必須先想辦法上去！」

馮隊聽罷，立即取過二條手中的手電筒，尋找可以上攀的石壁藤蔓。

無奈越看越失望，石壁因經年累月的河水沖刷，光滑得像經過人工打磨一般，別說藤蔓，光禿禿的岩石上連棵像樣的草都沒長，遍佈的是綠油油的青苔，一看就知道濕滑得要命。

「這怎麼上去？長翅膀飛嗎？」二條看到眼前的情形，無奈地怪叫一聲。

吳奇也洩了氣，心一下就跟潭水一樣冰涼冰涼的，看來今晚恐怕得在潭中當泡肉了。

「有沒有人帶著繩子？」鬼伍向著幾人問道。

二條道：「繩子都去在黃金鬼出現的那裡了，想都別想，我們現在的裝備就剩這支手電筒。這還是我隨時隨地綁在褲腰帶上幫的忙！」

「你小子別往臉上貼金，怕黑就怕黑，狗屁說了一堆！等等，這是什麼東西……」馮隊沒好氣地對著二條一陣數落，突然手電筒光圈照到一個東西。

他哆嗦了兩下，把光圈移到那東西上，只見上方距離自己不到五米的崖壁上，伸出一個巨大的東西，像極了某種妖獸的腦袋，正齜牙咧嘴著，顯得異常兇悍。

慌亂間，眾人的目光隨著手電筒四處移動，不一會又發現了另外幾隻。

一看到這，眾人一口氣差點堵住，陣陣寒意順著心底泛了上來，若非赤手空拳地浮在水中，早就抄起傢伙防備。

抬眼再望，崖壁的四周，赫然探出四個腦袋，表情各異，在黑暗中泛著陣陣磷光，說不出的詭異！

之前眾人看得清楚，光滑的崖壁上什麼也沒有的，眼下竟然無聲無息地探出四個怪腦袋！

李曉萌連凍帶嚇的，幾乎已經哭了出來，渾身發抖道：「怎麼回事？到底是什麼東……東西？」說話間被馮隊一把捂住嘴巴。

「不對！」趙拐往四周一看，拍著腦袋道：「東西南北四個各一方，排得這麼齊整，不會是活的，應該是石雕！」

他安撫眾人試圖仔細再觀察，可惜夜色中看不清，更令人驚駭的是，那東西好像還會動，已經離他們越來越遠。

吳奇大驚，總算發現異常了，急道：「不好，我們正在往下陷，離洞口越來越遠了！」

他這一呼，衆人皆醒悟，一看果然是這樣，四周的水位正緩慢地下降，而那些所謂的巨獸腦袋，原本應該是埋在水裡的，卻因這個原因裸露出來。

「應該是潮汐，水潭底下可能有暗道通其他地方的水道！」李曉萌見狀，當下把自己學習的一套理論搬了出來。「眼下是望月在即，可能是初潮，到了下半夜，潮水很快會反上來。」

明白過來後，衆人不至於失措，只是現下情形也好不到哪去，再不脫離這冰涼的潭水，別說杜凡吃不消了，就連這幾個健康人也會因熱量流失而發生危險。

「啊？有人！」黑暗中李曉萌突然叫了一聲，隨後捂著嘴巴指了指對面。

吳奇只當她受了一連串驚嚇後，出現幻覺了，正待安撫她，卻聽得馮隊也「咦」了一聲，迅速將手電筒光束聚焦到對面的崖壁上。

對面正是激流沖下形成的瀑布，正肆意製造著僅有的一絲喧鬧。而就在這薄紗般的瀑布後面，的確可見一個古怪的人影。

不對啊！荒山野嶺的深潭裡，除了自己幾個不要命的，怎麼還有其他人？而且這影子怎麼看怎麼透著一股邪氣，就像一個人在瀑布後佝僂著腰，脖子伸得老長，說不出的詭異。

再一想還是不對勁！對面的人影距離他們有十多米遠，在夜色下不可能顯得這樣清晰，也就是說，這個人影比正常人大了好幾倍！

手電筒的光束在人影上盤繞了好幾圈，對方卻沒有一絲反應，氣氛一時變得說不出的尷尬和鬱悶。

趙拐眉頭一皺，默不作聲暗自思索起來，其他人也不敢大聲說話，此時水位暫且穩定下來，並不像之前那樣疾速下陷了。

二條泅過來，輕聲地問吳奇和鬼伍，「你們待在這裡的時間長，有沒有聽說過山中巨人？看這玩意的塊頭，不像是正常的種啊！」

吳奇沒有反應，一旁的李曉萌卻嚇得夠嗆。索籠鎮盛行巨人的傳說，不少山民甚至親眼看到過，傳聞被巨人擄去的一名女子，幾年後幸運逃回來，卻神志不清，只知道光著身子滿村的亂跑。

「什麼狗屁！我說你小子鬼迷心竅了，別盡在這無風瞎扯浪！」馮隊一邊輕聲道，一邊在二條腦袋上敲了一下，又咬牙說：「動搖軍心，這組織上的懲罰我可給你記上了！」說完轉過臉，徵求趙拐的意見。

趙拐一直沒有吭聲，由於在幾人中年歲最長，長時間浸在冰涼刺骨的潭水中顯然有些吃不消，現下卻眉頭舒展，眼神有了一絲激動。

「難道是這裡？」誰也沒理會，趙拐只自顧著尋思掐算。

突然，他猛地奪過手電筒，像吃了興奮劑一般，迅速游到潭正中的位置，向上四處照著，好像在找尋什麼。

眾人都以爲他著了道，正準備追上去時，卻見他一臉嚴肅地對馮隊道：「找到了，四獸朝尊、淵龍遨遊，就是這裡沒錯了！」

第5章

仙影胎

傳聞山中仙人打坐參禪，投影至山石上，山石自此便具備靈氣，日積月累就照著投影的樣子，形成人形山石或洞口，而且隨著歲月和大地靈氣的滋潤，變得越來越大。

「哦？」吳奇沒聽清楚他說什麼，考古隊的人卻像發現新大陸一般。李曉萌這妮子還有些不敢相信，指著瀑布後的人影道：「您說的那個什麼就是這裡？那……那個東西是什麼啊？」

趙拐表情淡定，很肯定地道：「應該是仙影胎！」

「仙影胎？這是什麼東西？」看到趙拐淡定的表情，吳奇不像之前那般驚駭，但對他提出的新名詞卻頗感興趣，「是不是和地芒胎有關聯？」

趙拐沒有回答，只伸手示意眾人往人影方向游過去。

瀑布很小，形成的衝擊力不是很大，眾人輕易就穿過去，再露出腦袋，眼前赫然是一個人形山洞，正是之前看到的那個怪影。

通過洞口，隱約可見參差不齊的石階往裡面延伸，但手電筒的照度實在有限，那些無邊無境延伸的石階就消失在黑暗中。

眾人顯然已經在水裡待不住了，一看有旱地，立刻一個個打著顫，快速準備攀上岸。

突然，一股強大的吸力從洞中傳來，趙拐剛叫了聲不好，眾人已經控制不住迅速地下沉。接著，就感到一陣強大的水壓迅速被吸進一個黑洞中。

在擁擠的角落裡，大夥伴著漆黑貼在一起，在不知長短的深洞中，漫無目的地高速移動著。

這種情形讓吳奇想起冰車運動，七拐八彎的就像玩過山車，他雙手四處亂抓，努力想抓住什麼東西，讓身子停止下來。但水裡的石壁滑得像抹了油。根本抓不住，還好經過河水多年侵襲，光滑至極，不然以這樣的速度，他們估計早已經頭破血流、渾身是傷了。

扭曲的洞內一會眞空，一會又不知道從哪竄來一股河水，衆人呼吸不定，不小心都嗆了水，又無法讓滑動的動作停下來，只覺得五臟六腑都差點被晃出來，除了大腦，身子沒有任何地方還受控制。

更讓他們驚懼的是，還不知道究竟會滑向哪裡，光聽趙拐剛才說的什麼仙影胎，便感到頭皮一陣麻。

再一波河水退去，衆人下滑的速度慢了很多。二條深吸一口氣，對著衆人叫嚷道：「誰把手電筒打開？這裡到底是什麼地方？吃人也得有個盡頭吧！」

話語剛落，大夥突然身子一沉，一頭栽進一汪池水中。

掙扎著紛紛起了身，剛才處於麻痹狀態，竟不知自己是否受傷，忙檢查身體，還好並無大礙，池水僅及膝蓋，可以清楚感覺到腳下踩的是柔軟的沙地。

就在這時，眼前突然一道強光，映得周圍亮了起來，吳奇剛以最快的速度適應光線，便聽見二條和李曉萌同時失聲驚叫起來。

他揉眼睛定睛一看，一口氣差點又嗆住。天！他們跌進的區域竟然是一座巨大空心石洞，穹形頂面和凹凸不平的牆壁上，有無數幾乎等同大小的圓形孔洞，如蜂巢般密密麻麻，而四周一汪清水裡，數不清的白色骷髏以各種扭曲的姿態，泛著駭人的慘白，幾具還未完全腐爛的屍體，歪斜著耷拉在白骨堆上，耳洞、眼洞和嘴裡不時地蠕動出一條條水蛭般的肉蟲……

眾人雖說不是頭朝下栽進水中，也或多或少地嗆了幾口水。一看到死人堆和從死人嘴裡爬出的肉蟲，心裡立即如千萬條毛毛蟲在騷動，當下再也忍受不住，翻江倒海地吐起來。

二條噁心地怪叫道：「媽的！你不知道你條子哥平日最怕的就是這些肉乎乎的蟲類，媽呀！這下要了我的命了！真是晦氣！」

其他人暈乎乎地說著什麼吳奇沒聽清楚，也顧不得聽了。

鬼伍一把拿過手電筒，繼續環顧四周，以便迅速判斷當前的所處的環境是否安全。很快他就發現，除了那些個蜂巢般的無數小洞外，還有不少更大的洞口。他們方才滑出的地方便是其中一個大洞。

不知那些僅有水桶粗，勉強夠一人出入的無數洞口有何用處？按照如此光滑的內壁來看，顯然不是人工開鑿的。可能是因爲這種特殊結構，導致這裡有特殊壓力變化，所以產生獨特的潮汐功能，如虹吸管一樣地控制潭中水的起伏。

鬼伍鎮定地四處望了望，很快就找到出口，順著出口一直往外摸，便到了另一處。裡面的空間越來越大，也越來越乾燥，看來這條道是對的！

洞口處很濕滑，顯然是常年泡在水中所致，石階一路向高，越往裡深入，越顯得開闊。

衆人此時又累又冷，最大的希望就是能生堆火，圍著火堆好好痛快吃上一頓，但眼下的情形顯然只能讓這種想法成爲奢望。

馮隊發表了下自己的看法，之前說的仙影胎，據說是集地之靈氣所化。傳聞山中仙人打坐參禪，投影至山石上，山石自此便具備靈氣，日積月累就照著投影的樣子，形成人形山石或洞口，而且隨著歲月和大地靈氣的滋潤，變得越來越大。

這都可以比擬當年佛教達摩祖師的做影印石了，不過僅僅是傳聞而已，畢竟這種東西存在於傳說中比存在於現實中更讓人信服。

趙拐的興致很大，也不知道受了哪門子刺激，只顧往裡探。

二條快跑兩步，攔住他道：「趙大軍師，你年紀大了怕受涼我能理解，可也不能這麼折騰吧？潭子中的水要是漲起來，我們幾個怕就被溺斃了！」

「放屁！」趙拐自信地道：「我早看過了，這條路是一路通高，不是普通的洞，肯定有通到別處的道，以前的人不會平白無故修這些東西的！」

正如他所說，隨著眾人的深入，洞口變得開闊的同時，也乾燥了起來，顯然不是常年泡在水中的結果。很可能幾人一路向高，已經過了潭水平日的最高水位了。

「你是說這洞口是人工修建的？」

趙拐道：「四獸朝尊，仙影胎，不是人工修築的，還能像你一樣，從娘胎裡出來的嗎？」

第6章

龍紋拓印

趙拐迫不及待地伸手取過，雙手顫抖地仔細端看起來，那細緻勁就像古代大臣在檢查自己即將呈奏給帝王的奏摺，生怕忽視一絲不易察覺的疏漏。

馮隊一聽，即湊上來試探問道：「趙先生，您說咱要找的地方到了？您確定就是這裡？」

趙拐暫時還不敢確定，根據鬼子嶂的地形特點，出現鐘乳林立的地下溶洞，極爲錯綜複雜，進去了可能就再也繞不出來。但眼下這個洞，明顯不是，即便同樣錯綜複雜，卻處處充斥人工修築的痕跡。甚至能隱約看到高處石壁上模糊的圖案，只是沒有顏色，區分不出到底是岩畫還是浮雕。

「難道是山陵？這裡會不會是個陵墓啊？」李曉萌看了看四周，有些發怵地提出自己的看法。

她的猜測很快就被經驗豐富的馮隊推翻，古代的確存有挖空山體的工程，但局限於建造陵墓，多在獨立的山坡挖坑，不會選擇這樣四通八達如溶洞一般的洞穴。這裡雖然也是一處人工修築的工程，但絕對不是陵墓，根據目前一知半解的認識，還不能判斷究竟是個什麼場所。

此時所有人都體力透支，洞內的情形雖然乾燥許多，卻依舊寒氣逼人。好在，洞入並不光有石頭，還零星地散落一些前人生活留下來的物體，諸如獸骨、石灶、柴堆和各類石器金屬器。

雖然不知道是修建工程的人還是後來進來的人留下來的，但對此時的吳奇等人來說，無疑是巨大的驚喜。

考古隊的裝備基本上丟失殆盡了，但生火並不困難，將零散的柴火拾掇起來，就著打火機點燃，衆人很快就感到一襲暖意。

吳奇小心地幫杜凡引血排毒，用兩件衣服裹著讓他在火堆旁睡下。杜凡的情況變得比較嚴重，此時發起燒，能不能挺過去只能看他的造化了。鬼伍則渾身都是蜂刺，像長滿噁心的疹子一般，吳奇費了半天勁才全部挑出。讓所有人稱奇的是，鬼伍中了這麼多下，非但沒有中毒，蜂刺挑出後，螫傷還很快就消退了。

圍著暖暖的火堆，大夥睏意擋不住地襲來，不一會就東倒西歪，各自睡下。吳奇的眼皮也開始打架，剛一合眼，忽感手臂一緊，睜眼即看到趙拐向自己揮手示意，接著拽起自己往一邊走。

吳奇明白是怎麼一回事，來到一處與衆人有段距離的巨石後，便迫不及待地輕聲問道：「我們之前有協定的，你答應要幫我找地芒胎，可照目前的情況看，再耽誤下去可就是兩條人命了！」

趙拐輕蔑地笑了笑，一副與他無關的樣子，冷冷地問道：「那你答應我的事情辦了嗎？」

吳奇哼了一聲，從身上取出早已藏了多時的紙張。當時爲了防止浸水，還特地用防水的油紙包了一層，現在看來還眞是英明之舉。

趙拐迫不及待地伸手取過，雙手顫抖地仔細端看起來，那細緻勁就像古代大臣在檢查自己即將呈奏給帝王的奏摺，生怕忽視一絲不易察覺的疏漏。但他很快意識到自己的失態，收起了表情。

「你好像忘了你的承諾！看來，這其中眞的有隱情！」吳奇帶著點嘲諷味道，笑笑地說道。

「我趙拐混跡這麼多年，怎會跟你個晚輩計較？答應過你的事情，肯定會兌現的！地芒胎的事我不會敷衍你！」

吳奇道：「我指的不是地芒胎，那是咱們之前約定好的。我說的這個，你現在就能辦到！」吳奇指了指趙拐手中那張印著龍紋圖案的白紙，略帶一絲狡黠道：「我指的是這個，你說出來也不過是張個嘴，何況是你親口答應過的！」

「哼！你小子不學好，吳三的鬼心眼倒全繼承了，娘的，我趙拐還是頭一回遇到跟我討價還價的！」趙拐哈哈一笑，略有深意地望向吳奇，一切雖然在他預料之中，但這小子的執拗勁倒是他沒想到的。

趙拐緩緩地點燃一根煙，照例吞雲吐霧起來。「小子，你可知道？這世上的話從人嘴裡說出來，只分成兩種。一種是人聽了會信，另一種是人聽了不信！所以，有些東西知道了也不見得就有用！」

「以我目前的見識，還眞沒有什麼東西不信的！」吳奇嘴上說著，心裡卻想，道我現在稀奇事還見得少嗎？哪有什麼不信的！

趙拐聽罷，吐了一口煙道：「好！憑著我和吳三的關係，既然你想知道，我可以告訴你，但我還是那句話，信不信就由你了！」

趙拐掐滅煙頭，找了塊石頭坐下，顯然意味著這是個很長的故事。

「這事說得難聽點，全拜吳三所賜，我相信他到死都沒對你透露半點！」趙拐很肯定地道：「你曉得的，吳三年輕時幹的不是什麼體面的活，我當時迫於生活，無奈才被他拉下了水！」

吳奇聽了心裡暗罵，你個老滑頭自己想圖財就罷了，還硬給自己立牌坊，搞什麼綠林好漢逼上梁山這一套！

趙拐雖然沒有像吳三那樣遇到山野高人，但憑著一點尋龍點穴的本事和利索的嘴皮子，也成了十里八鄉有名的風水先生。

那個年代像他這類人是掃除的對象，豈料他非但安然無恙，還混得風生水起，實在不能不說是個另類。

但趙拐很識時務，知道這樣混跡下去不會有什麼出路，趁著國內考古風潮興起，憑多年積累的人脈關係，再加上自己的一身本事和一張嘴，順利地混進考古部門，並且混成骨幹。

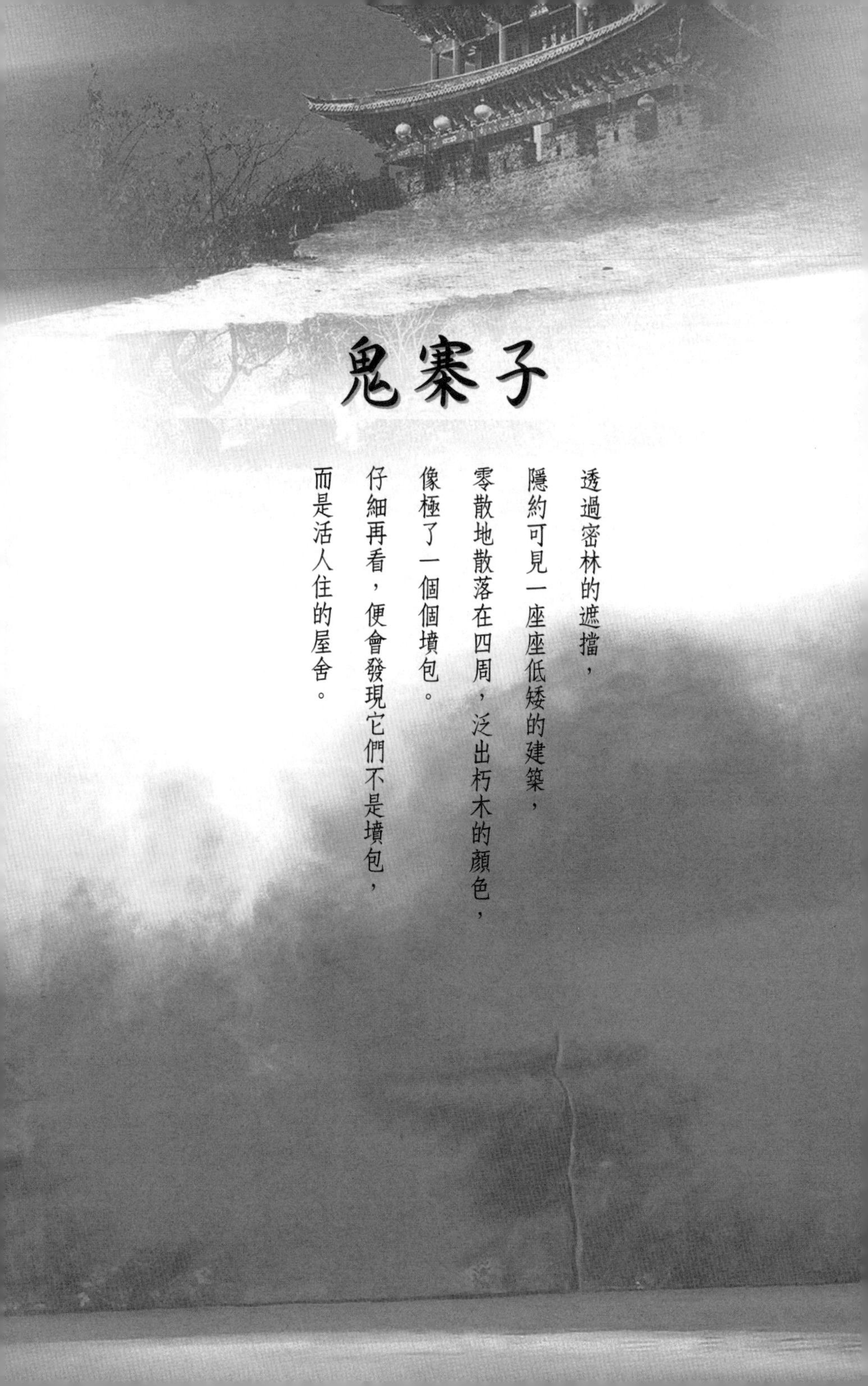

鬼寨子

透過密林的遮擋，
隱約可見一座座低矮的建築，
零散地散落在四周，泛出朽木的顏色，
像極了一個個墳包。
仔細再看，便會發現它們不是墳包，
而是活人住的屋舍。

第1章

九命貓蚺

女屍胸口的衣衫被扯爛，露出一個碩大的洞口，紅艷艷的奪目刺眼，竟然還往外滲出血光，一眼望去就像一個人被活生生地剝去胴體上的皮肉。

趙拐盜過墓，也當過風水先生，眼下順利招安，吃上了皇糧，進了考古部門，倒是之前千算萬算也沒算到的。此後，他一直在考古隊擔任顧問，發掘不少古墓和遺址，也算做出一些成績。

但趙拐沒有什麼文化，也沒受過正經八百的革命集體教育，什麼大公無私、集體至上這些觀念對他來說壓根掛不上檔。當一系列大規模的古墓遺址被開發出來，眼裡塡滿諸多明器的時候，漸漸地按捺不住。

無奈考古發掘是很嚴格的，想渾水摸魚、假公濟私基本不可能，再說偷竊國家文物是大罪，不但吃下去得全部吐出來，還要把牢底坐穿。趙拐是謹小愼微的人，時機未到是不會冒這麼大的風險。

不過，機會總是會出現，一九七八年夏日，考古隊在一處名叫鬼子嶂的深山發掘一座奇特的遺址。

遺址是當地採藥人發現的，當時遭遇了幾場暴雨，山體出現輕微滑坡，入山唯一的通道被堵住，而堵住通道的東西把那些人嚇了一跳，竟是一個個缺胳膊斷腿、樣貌奇特的石人俑，還有一口被摔得已經半啓開的木棺。

考古隊抵達後，進行搶救性的發掘，最後證實這不是一處墓葬，因爲在發掘的十幾具棺木內，並沒有任何人的屍骨，清一色都是一根根黑乎乎，如老樹根般的東西，極爲怪異。

考古隊裡的人不是書呆子就是蠻牛子，根本不把這些東西當一回事，只道是古時山裡人的某種特殊儀式。但趙拐很明白，如果沒猜錯的話，這些枯樹根一定是柳樹或槐樹的根系，裝在棺木內排成品字形，聚氣而成的「極陰煞」。說明這裡不但是個墓室，還葬有特殊器物。

奇物鎮山，必定會引起異變，就如鳳凰落坡之於和氏璧的玉石一般。這座山裡的神物，定是陽氣極旺，所以得用「極陰煞」壓制，以達到陰陽平衡。否則此山就會寸草不生，屢現異象，爲尋寶人覓得。

趙拐一看，心花怒放，心道天助我也，當天夜裡趁著隊友熟睡之際，偷偷溜進了古墓中。

此時的古墓已經沒了棺木，空蕩蕩的圓形內室，看起來不像墓室的規格。趙拐顧不上那麼多，抄起鐵鏟，輕車熟路地繼續往下挖，不久果然挖到一口石棺。

看到石棺，趙拐的眼睛立即發光，迫不及待地啓開棺蓋往裡面一看。

只見石棺內躺著一具古怪的屍體，屍體是女子裝扮，身著紅衣，顏色極爲鮮艷。雖然年歲已久，依舊光亮如新，一眼望去十有八九會被當成是睡著的活人，就連頸部的一道淺淺割縫都清晰可見。

更讓趙拐感到怪異的是，女屍的表情極爲奇特，眯著眼睛似笑非笑。明明是女子裝扮，嘴角卻長出幾根鬍鬚，看起來跟貓臉一樣。這種奇特的屍骸倒是之前沒見過的，光看樣子就讓人發怵。

但由於時間緊迫，趙拐也沒想那麼多，戴上手套，順著女屍的腳跟處，開始往上摸，翻找自己感興趣的東西。

女屍身上的衣衫看似光亮如新，其實已經盡數朽化，一碰就散成灰渣，很快露出上半身穿的一件奇特衣物。

這是件銀白色的馬甲，像是金屬製成，雖然已經灰暗老舊，卻沒有絲毫朽壞。趙拐一眼瞅下去，棺材裡除了這件東西，沒有其他陪葬的明器，難道所謂的寶物就是這麼件破衣爛衫？

疑惑只在腦海中一掠而過，他顧不上那麼多，伸手就去扯。

衣物保存得很完整，是從頭上套進去的，沒有扣索之類，想要拿到，還必須自下而上把它脫下來。

媽的，還以爲是他娘的肚兜，誰想到兩面都有！趙拐心裡暗罵，來時也沒預料到會是這種情況，有些準備不足，好在他算經驗老到，當下扯掉自己的腰帶，打了個死結，當作是套屍索，道了聲得罪，勾住女屍的脖子就將她往上拉。

女屍輕飄飄的，幾乎沒有重量，很順利地就被拉得坐立。趙拐七扯八拉地將衣物扒下來，由於動手太粗暴，女屍竟然被扯得七零八落，碎布撒得滿棺都是。

趙拐捧著那件衣物如獲至寶，轉身就準備離開，忽然發現了不對！

女屍胸口的衣衫被扯爛，露出一個碩大的洞口，紅艷艷的奪目刺眼，竟然還往外滲出血光，一眼望去就像一個人被活生生地剝去胴體上的皮肉。

趙拐大驚，心道難不成這棺種有異物鎮守，女屍已經屍變了？

就在這時候，女屍的胸腔裡猛地探出一張腦袋，朝著趙拐挑釁般地晃動兩下，伺機要向他進行攻擊。那東西長著貓一樣的腦袋，下面卻是蛇身，沒有一根毛髮，全是赤紅發亮的鱗片。詭異的紅光不住閃耀著，就像是陰間的冥燈。

對於走南闖北，在地下討了幾年生活的人來說，遇上兇險的東西不足為奇，但趙拐第一眼看到這東西的時候，還是嚇得差點尿了褲子。剎那間除了逃命，腦中再沒有任何念頭，於是胡亂地捲起那件衣物就跑。

趙拐說到這裡，頓了一下，身子不自覺地哆嗦起來。

從他的神情，吳奇很清楚地感覺到，那東西給他造成多大的恐懼，以致於現在還有種身臨其境的感覺。

趙拐碰見的貓臉蛇身的東西，名叫九命貓蚺，據說是怨氣極重的死人，外加各類毒物幻化而成的，具有九命陰陽之毒，別說是被它咬傷，就是沾上它呼出的氣，照樣必死無疑。

趙拐自然聽過這東西，知道它的厲害，所以他的逃命純屬條件反射，稍有猶豫就直奔地府而去了。但那九命貓蚺的速度更快，趙拐第二腳還沒邁出，即感到雙腿一涼，一陣冰冷刺骨的腥風朝他直襲過來。

九命怪蚺毫不客氣的一口黑煙，讓趙拐根本無法閃躲，身子迅速僵直，立即中招倒地。

趙拐看著一片紅色絨毛般的東西從下身蔓延上來，噁心恐怖的程度可想而知，但他已經來不及多想，絨毛很快就蔓延全身，一種奇痛奇癢的怪異感覺讓他難受得幾乎想自殺。此時他渾身僵硬，就像被冰凍住，除了尚能呼吸眨眼外，連手指頭都沒法動彈。

這種撕心裂肺的感覺讓他很快意識模糊，慢慢地暈厥過去。在失去意識之前，他看到怪蛇慢慢從石棺中爬出，越來越近地朝著他湊過來，以一張似笑非笑的貓臉，詭異地盯著他看。

第2章

煉丹爐

眼前這個東西怎麼看都感覺裡面裝著什麼，特地用鐵鍊鎖住，不讓它出來似的。難道是傳說中仙人收服妖怪用的寶葫蘆？想到這，他甚至想到了《西遊記》中，孫猴子大鬧天宮時踢倒的煉丹爐。

趙拐沒想到自己還能醒來，而且情況不至於死，沒來得及慶幸，他又發現一絲不對勁。

下意識地掃視四周，他已經不在原來的地方。四周是一個巨大的山洞，極爲空曠，除了不加任何修飾的山壁碎石外，沒有任何能入眼的東西，好像整個世界都消失，就剩自己孤零零地在這裡一般。

怎麼回事，難道自己已經入地府？這裡是地府的什麼地方，怎麼不見黑白無常和小鬼來收啊？

再看自己的身子，那件古怪的衣物竟被他當成馬甲穿在身上，之前中毒而導致的赤紅已經消退，詭異的九命貓蚺也不見蹤影，好像一切都沒有發生過。

趙拐越想越摸不著頭緒，索性順著山洞，小心地往四周探。

除了無數岔道，並沒有任何異常，難道是九命貓蚺把昏迷的自己背到這地方嗎？背自己來這地方做什麼？

納悶之際，他忽然看見洞穴深處騰起一道黃綠色的光，瞬間將四周山壁映照得一片綠色。光亮來源之處，充斥著詭秘霧氣，使得光線減弱許多。要不是情形詭異，趙拐還眞以爲自己來到仙境。

又過了一會，霧氣淡了一些，一個黑乎乎的影子在霧氣中若隱若現。那影子很是高大，一動不動地矗立著，看起來像是一尊雕像，又像是一座小型的寶塔。

對趙拐來說，自己莫名其妙被帶到怪異的山洞來，肯定有古怪。眼下看到這樣的情形，更讓他覺得難熬，現在再來十隻九命貓螞痛痛快快地把他咬死他也認了，這樣子的折騰消遣他怎麼也受不了。

他發了狠，壯著膽子摸進帶著異光的霧氣中，慢慢地接近那個黑影……

吳奇聽到這，整顆心被提起來，感到驚悚的同時，有個問題引起他的注意。趙拐也強調了，那個黑影和他們之前看到的群蟻圖案非常相似，也就是說鬼伍身上紋的很有可能就是那種東西。

「到底是什麼啊？」吳奇小心翼翼地問。

趙拐淡然一笑道：「小吳，你絕對猜不出是什麼！就連當時我只離它幾步之遙，都沒有想到，等我貼上去才斷定出來。」他故作神秘地朝吳奇使了個眼色，又點上一根煙，繼續說下去。

趙拐小心地探到那東西的跟前，那東西杵在一個石台上，用四根鐵鍊牢牢束縛住，就像一件金屬葫蘆，用手一摸，微微有些熱，上面凹凸不平，刻著很多複雜的紋路文字。

趙拐圍著那東西轉了幾圈，除了看出是銅製的外，什麼也看不明白，而與恐懼並存的是越來越深的困惑。

眼前這個東西怎麼看都感覺裡面裝著什麼，特地用鐵鍊鎖住，不讓它出來似的。難道是傳說中仙人收服妖怪用的寶葫蘆？

想到這，他甚至想到了《西遊記》中，孫猴子大鬧天宮時踢倒的煉丹爐。

對了！煉丹爐！

這個葫蘆狀的金屬物，就是一只古代煉丹用的煉丹爐！

趙拐之前接觸過不少有關神奇煉丹術的傳說，也知道一般煉丹者選擇的煉丹處，應在人跡罕至、有神仙來往的名山大川，否則「邪氣得進，藥不成也」。

鬼子嶂群山環繞，數十里荒無人煙，又佔據絕佳風水穴所，是極好的選擇。

趙拐做過倒斗和文物營生，對這種東西很有印象，從外觀上看，這只煉丹爐的塊頭雖然大了很多，但確實是古代用於煉丹的設備——煉丹爐！

這裡怎麼會有這種東西？而且看樣子，好像還在運作著，難道自己真的進了仙山，遇到正在山裡煉丹的神仙了？

趙拐雖然倒過斗，但也是場面上的人，儘管沒讀過什麼書，在耳目渲染之下，卻接受了不少唯物主義思想，這樣的想法顯然連他自己都無法相信。

不過，現在麻煩來了，即便這東西算是個寶物，這麼大的塊頭，拿不回去也是白搭。而且這地方鬼氣森森的，自己該不會是被綁來當煉丹的材料吧！

想到這，他不由毛骨悚然，也不敢待太久了，只想著該怎麼逃離這鬼地方。

就在這時，捆著巨大煉丹爐的四根鐵鍊子忽然晃動兩下，嘩嘩作響，在寂靜的山洞中，顯得極爲空靈而尖厲，無疑像針一般，刺在趙拐的神經上。幾乎是同時，趙拐發現濃霧中的幾根鐵鍊上，多了幾個影子！

他不清楚影子是之前就有還是剛出現的，但他看得很清楚，濃霧中的影子並不是靜止不動，而是順著鐵鍊徐徐攀爬，並且離自己越來越近。

一看是活物，趙拐立即找個角落躲藏起來，只探出腦袋，小心地觀察著對方一舉一動。那幾隻東西離得近了，顏色也跟著變了，原本黑乎乎的一團變成鮮艷的紅色，趙拐估計那是牠們的本色，只因之前被濃霧遮擋沒法看清。

當那幾隻東西爬到煉丹爐頂上，趙拐才看清牠們的面目。

從體形來看是人形，但手臂奇長，臉部也怪異得無法形容，完全看不到眼睛和鼻子，只有咧到耳根的大嘴。

牠們渾身赤紅，牙齒也都長在嘴外面，就像全身的皮都被剝去一般。趙拐當時也說不上是種什麼東西，只當牠們是山裡一種特殊的猴子。

幾隻怪猴熟練地撬開煉丹爐的蓋子，倒騰一陣後，從裡面取出幾粒花生一樣的丹丸。趙拐看到這，就知道自己沒猜錯，這裡果然是煉丹的場所，花生大小的丹丸很可能是最後的成品。只是，這些怪猴子是什麼？難道丹丸是牠們整出來的？這年頭真是什麼古怪事都有，猴子都會煉丹了？

趙拐覺得好笑，抬眼又見那幾隻猴子已經蓋好爐頂，順著鐵鍊往回爬去，慢慢消失在濃霧中。

他暗自慶幸沒讓這些東西發現。待那些東西走了以後，才小心地回到丹爐前，就在這一瞬間，他又萌生了一個想法。

趙拐做過盜墓賊，有賊不走空的思想，即便在這樣的情況下，也抑制不住內心的悸動和慾望，當下就想試探能不能從裡面掏出幾粒丹丸，說不定無意間搞出什麼重大成果，升官發財都有可能。

這想法一冒出來，他幾乎沒猶豫，順著銅丹爐就往上攀，實行自己的計劃。

丹爐壁很粗糙，而且多凸起物，他順利攀上丹爐頂，伸手去提頂蓋，卻打不開。仔細看才發現，頂蓋並不是簡單扣上去的，而是旋轉式的密碼鎖，分成兩層，密密麻麻刻滿了幾十個古代的文字。趙拐很清楚，如果對不上雙層的密碼字，要打開丹爐蓋是不可能的。

他頓時士氣大落，沮喪到極點，但也只能自認倒楣。轉過身，準備從丹爐上跳下去時，他忽然感到手臂一緊，一個東西猛地抓住他。

趙拐大驚，腦門的汗蹭地滲出來，一回頭，赫然見一張瓷盤大的血紅色怪臉立在眼前。

血紅大嘴齜著牙，流著口水，幾乎就要貼到他的額頭。

趙拐驚得大叫，腳底一滑，直愣愣地從丹爐頂上摔下去。

好在，丹爐不高，摔得並不嚴重。但紅色怪猴卻不放鬆，緊緊攢住他的手臂，跟著一起摔下來。落地後仍舊不放，反而捏得更緊，像員警抓犯人一樣，迅速將趙拐反手銬住。

紅色怪猴的力氣大得驚人，趙拐被擰得差點手臂骨折，忍不住大叫。沒掙扎幾下，又感覺後腦勺一緊，一隻大手揪住他後腦的頭髮，狠命地扯起他的腦袋。

趙拐被迫仰起頭，看到幾張相同的怪臉，像盯著捕獲的獵物一般，緊緊盯著他，冷汗瞬間濕了全身。

眼看掙扎已經無濟於事，趙拐只能認命。這下徹底完了，八成會被這幫怪東西活生生地開膛剖肚、挖心取肝，更慘一點就是直接塞進煉丹爐給蒸了！

此時，他萬念俱灰，索性閉上眼睛等死，可是等了好久也不見那一刻到來，一睜眼，只見那幾張怪臉依舊冷冷地盯著他，沒有任何表情，不知道究竟要搞什麼名堂。

越是這樣，趙拐越是心裡磣得慌，自己已經是案板上的豬肉了，現在只想來個痛快，但從這幾個怪東西陰冷的表情來看，似乎還打算耍什麼恐怖的鬼名堂。

思索間，趙拐突然感到嘴巴一緊，還沒等他明白怎麼回事，嘴巴硬生生地被塞進一個東西。他下意識地想往外吐，嘴巴卻又被牢牢合上，一個不小心竟稀裡糊塗地吞下去。趙拐知道不妙，但已經晚了，那幾隻怪猴放開他，像避瘟神般地躲開，四散而去。

第3章

夢魘

每次從夢裡醒來，趙捞都是渾身冷汗，更令他毛骨悚然的是，只要出現自己被剝皮的場景，都真實地感覺到那種撕心裂肺的疼痛。

說到這，趙拐又停頓下來，顫抖地抽出一根煙，點了好幾次才點著火，猛地吸了好幾口。

吳奇已經意識到了什麼，肯定地說：「那些猴子讓你吞下的，應該是牠們之前從煉丹爐裡取出的丹丸！牠們竟然強迫你呑那個！」

說完，他自己也感到不可思議，再看眼前這個人，突然覺得對方透露出一種不平常的古怪。

「是的！」趙拐微微點頭，「等我猛然意識到時已經晚了，那種感覺很快就來了，差點要了我的命！」

「什麼感覺？」吳奇悚聲問，他早已料定那丹丸不是好東西，只是不明白究竟有何恐怖作用。

話說趙拐知道自己被強迫服用丹丸後，頓時嚇得魂不附體，拼命摳喉嚨想把那東西催吐出來。但丹丸的藥效極快，沒等他折騰一會，便感到腹中一陣巨熱，像被灌進滾燙的開水。

緊接著，這股巨熱迅速蔓延到全身，他明明沒進煉丹爐，卻像是在高溫的爐裡薰烤，奇熱無比，很可能自己一說話，就會向外噴出火來。

再具體的感覺，趙拐已經無法描述，因爲那時他已經被逼得完全失去理智，用他自己的話說，當時最想幹的，就是找塊巨大的冰鑽進去，要不就一頭撞死在山壁上。

之後趙拐失去意識，清醒後也不知持續多久，直到再度昏迷過去。最後，他發現自己躺在一條山溪中，溪水並不急，他被突出的山石擋住。

趙拐不知道自己昏迷多久，但此時已經恢復正常。

他順利地走出大山，之前的經歷對他來說像一場夢。嚴格來說，是一場噩夢，而且這噩夢還沒有結束。

此後，趙拐無數次做著同一個夢。夢裡的場景是一處空闊的山野，看起來就像一座宏偉的山寨，許多身著奇裝異服的男女老少，圍著火堆扭動身軀，做著各種古怪的動作，像是一種舞蹈，又像某種儀式，但無論是什麼，都感覺不到一絲的歡快，反而極爲詭秘。

所有人的輪廓都很模糊，趙拐看不到他們的臉，更看不出臉上任何表情。

然後，一轉瞬間，四周的場景竟然變了，原本的山寨變成一處巨大的亂墳崗，所有人都停止動作。

亂墳崗的深處，突然抬出一頂花轎，衆人的臉孔此時才顯現出來。那一張張蒼白臉上的眼睛，顯然已經睜到了極限，他們痛苦地張著嘴，眼中折射出一種怨怒，並發出陣陣嘈雜的詭異聲響，似乎在謾罵，更像是在痛苦地哀號求救。

花轎的簾子被掀開，緩緩走出一個女子，渾身濃妝艷抹，一副新娘子打扮。趙拐覺得她有些面熟，但女子的臉部模模糊糊的，怎麼也看不清楚。

人群中有人背起女子，被人簇擁著向前走。其他人的表情依舊，一路走一路悲呼，看起來根本不像是婚嫁，而是出殯。

不知道走了多久，人群忽然靜止下來，女子轉過臉對著眾人說了些話。所有人像得令一般，目光立凝聚到趙拐身上，一張張蒼白的臉好像看到仇人，充斥著凶光。趙拐看得莫名其妙，那些人忽然瘋狂地飛奔過來，把他壓綁在石板上，接著人手一刀，像要分食他的肉一般。

趙拐拼命地掙扎，卻無濟於事。那些人舉著明晃晃的匕首，喪心病狂地割著他的肚子。

趙拐只感到一陣鑽心劇痛，不久那些人便捧著血淋淋的人皮，朝新娘裝束的女子走去。再低頭看，自己肚子上一片腥紅，皮肉早已經不翼而飛。

女子滿意地取過從趙拐身上剝下的皮，似笑非笑地顯現出一張詭異的貓臉……

每次從夢裡醒來，趙拐都是渾身冷汗，更令他毛骨悚然的是，只要出現自己被剝皮的場景，都真實地感覺到那種撕心裂肺的疼痛。而且，幾天之後，身上的表皮便無緣無故地自行脫落，變成一大塊白斑，像得白癜風似的。更邪門的是，脫皮的位置恰好是穿過那件衣物的地方，看起來像是穿了一件白色馬甲。

趙拐極度不安，先不說這稀奇古怪的怪症，單是噩夢中利刃切膚剝皮的痛苦就讓他忍受不了。

他不信中邪之說，認爲很可能是服用丹丸導致的，於是直接去找和自己還算有些交情的吳三，看能不能用醫藥的方法，驅除這令他既尷尬又痛苦的病症。

吳三對他的話將信將疑，直到趙拐拿出那件衣物，才吃驚地相信。

看到衣物的第一眼，吳三便肯定自己也曾有過一模一樣的東西，那便是極爲詭秘的火烷屍衣！

他自然不相信這種東西到處都有，認定這是當年自己盜出來的。就像看到了久違的老朋友一樣，他顯得異常激動。

看到吳三這副表情，趙拐也不拐彎抹角。自己的一切後果，都是這東西帶來的，眼下它已經成了累贅，既然吳三愛不釋手，只要能醫好自己的病症，這件火烷屍衣便拱手相送。

吳三檢查趙拐的病症之後，判斷一切只因體內臟匿之氣過重，引發陽火過盛所致。他並說明趙拐體內雄盛業火，是外來物激發所致，具有很強的規律性，以二十四候爲週期，候之初始，必烈火灼燒。噩夢中的剝皮之景，其實是烈火灼燒胸腹產生的劇痛。

二十四候周而復始，永無止境，等體內積聚的業火到了一定程度，就會像人體自燃一樣，烈火燒身而亡。目前沒法根除，只能以引釋的辦法，減少它的凶烈程度。

吳三教授趙拐一套針法，名曰鬼門十三針。鬼門十三針極爲複雜多變，沒有深厚的中醫功底，是不可能掌握的。

之所以叫鬼門，是因爲要求極其嚴格，略有偏差，便可能直奔鬼門關。

趙拐所習的這套，是最基本的引釋法，專門引釋業火，以排解體內多餘的陽燴之氣。說實話，這類東西著實讓他頭疼，但事關性命，也就不敢怠慢。

趙拐在學習過程中還鬧過痲煩，某次因引釋偏差，業火至右腿三陰交，水火衝突，險些廢了右腿，幸得吳三及時扭轉脈流，才轉危爲安。但趙拐的右腿爲此而留下創傷，變成跛腳瘸子。

除了那次有驚無險的意外，其他還算順利，最後他熟練地掌握鬼門十三針的技法。也因爲這僅是權宜之計，治標不治本，所以多次跟隨考古隊來深山，一方面是爲了考古發掘，另一方面則是爲了替自己尋找根治的良藥，同時希望能再次尋到那種丹丸做爲研究。

趙拐說完一切，就像完成一項巨大的任務，長長地吁了口氣。

一旁的吳奇感覺像是聽了一個傳奇故事，很難想像故事的主人公現在就站在自己面前。他從趙拐堅毅不蒼老的臉上，看到做決心，至於故事裡的東西可信度有多少，已經不再重要。

「好了，你已經知道事情的全部，火烷屍衣重新回到吳三手中，也算是一種天意吧！」趙拐自嘲地笑道：「吳三可能破解了火烷屍衣上的秘密，我相信以他的個性，一定會對這裡進行追查。所以，你來到這裡，是吳三的遺願，其實也算是上天的安排啊！」

吳奇訝道：「火烷屍衣上的秘密？那……你要龍紋秘盒上的圖案幹什麼？你剛才說的那一切，又和那秘盒有什麼關係？」

趙拐無奈笑道：「小吳，怎麼你和吳三的個性這麼像，一副執拗勁！你已經知道很多了，事情很複雜，但絕對和你沒有關係，我們只是做場交易嘛，你幫我個忙，我也幫你個忙，兩不相欠！這是我自己的事情，你還是不要問了！」

吳奇這下無異是硬生生地被捂住嘴巴，一時也沒轍。

就在這時，火堆那邊突然有騷動，二條扯著嗓子喊道：「趙軍師，小吳大夫，出來一下，有新情況！」

第4章

岩畫

岩畫上記載的那些人，手持石製的鏟子，用籃筐一樣的東西垂降著，讓它進入深不見底的洞穴。從行頭上來看，極像是山中採藥人。

吳奇和趙拐當即一愣，趕緊回去察看，發現除了杜凡依舊昏迷之外，其他人都已經醒來。

眾人睡眼惺忪地望著二條，顯然對他打擾自己的睡眠抱著些許不滿。

二條驚惶失措地對著趙拐道：「趙軍師，你帶的路有問題，這裡頭他娘的有……有情況！」一邊說一邊小心翼翼地觀察四周，生怕山壁有什麼東西竄出來。

看他魂不守舍的樣子，趙拐厲聲道：「慌什麼！到底是什麼情況！」

二條哆嗦地指著前方不遠處的一條石壁縫，悚然道：「那……那地方不太平，我剛才看到幾個不乾淨的東西從那裡經過！」

「你嚇傻了吧，胡說八道些什麼！」馮隊活動了下自己的手腳，對著二條又教訓起來，「你小子最近中了哪門子的邪了？思想作風盡出問題，現在怎麼又跟怪力亂神這類的卯上了！」

二條聽了直叫冤，馮隊還想訓斥他一番，卻被趙拐攔住，二條這才詳細說出事情的原委。

原來，他守夜讓眾人先行休息，待到下半夜再找個人換班。

眾人經歷先前的一番折騰後，都精疲力盡，圍著暖暖的火堆，當下倒地就睡。

二條原本也想睡個好覺，才剛躺下沒一會，肚子卻不爭氣地叫起來，接著一陣劇痛，一時憋不住就要去方便。

他估計是在涼水泡太久搞出來的，當下只能自認倒楣，因爲不好打擾其他人，索性一人摸到不遠處的偏僻角落，一陣翻江倒海起來。

完事之後，頓覺一陣舒暢，準備返回時，不經意往左邊一瞅，居然發現一個籃子一樣的東西，看起來像是籃筐。

二條感到很奇怪，怎麼會有這東西？而且看它的塊頭，不像是用來裝小件東西，可能是一種運輸工具。

他小心地走近前，發現籃筐裡裝的東西，被一塊布匹嚴實地蓋住。他的眼前則是一塊巨大的石壁，這一走近，石壁上的岩畫便看得更清楚了。

石壁的中間裂開了一條縫，只容得下一人通過，二條離點燃的火堆雖然不遠，但岩石的遮擋讓他沒法看清縫裡是什麼，也不知道到底往裡延伸多長。

二條不敢往前探，打算回去告訴大家，但這只是一個小發現，說不定是沒什麼意義，貿然打擾大夥，也許會覺得自己大驚小怪。

他索性壯了壯膽子，往前一湊把蓋在大籃筐上的布掀開。突然一隻人手垂下來，把二條嚇了一大跳，裡面竟然是一具死屍！

屍體顯然陳放不短時間，風乾得只剩一層枯皮，緊緊裹著整副骨架，輕輕一碰就可能散架。籃筐的上段則是用三根粗大的麻繩打了道死結，各自固定住了幾個角，似乎是用來吊這籃筐的。

二條做的是考古發掘，對於屍骸已經司空見慣，一見是具枯朽的乾屍，微微鬆了口氣。不過，心裡還是疑惑不解，沒見過屍骸裝在籃筐中的，難道是古代一種特殊的葬制？

說到這，衆人都覺得他有些囉嗦離題了，當下讓他趕緊直奔主題。

馮隊訓斥道：「看來，你是嚇傻了，現在的情形你還跟說書似的搞什麼！快挑有用的說！」

二條繼續道：「有用的！噢！馮老大你知道我性子的，好奇心強得不得了，一看這黑乎乎的怪洞就忍不住想進去看看，剛把頭伸進去，你們猜怎麼著？」

他說著睜大了眼，一副極爲吃驚的樣子，「裡頭冷颼颼的，什麼也看不見，我腦袋伸進去，忽然聽到聲音，就像很多人在唱歌！」

「扯蛋！這裡幾百年都沒人來，恐怕你是大半夜活見鬼了！」馮隊笑了一聲，這一下把一旁的李曉萌嚇了夠嗆，縮了縮脖子，緊張地望著四周。

二條也不辯解，繼續道：「這還不算什麼，更邪門的在後頭呢！我聽到動靜，當時也嚇懵了，趕緊退出來準備跑。沒想到一出來，竟然看到山壁上的那些畫變了，畫上有一隊穿著奇怪衣服的人，都背著個籃筐，好像在採集什麼東西。那些人對我一笑，一下子又不見了！」

聽他說完後，眾人面面相覷。

二條意識到眾人不太相信，特地強調，「天地良心，我說的絕對不是夢話！我可沒心思消遣你們，那邊肯定古怪！不信你們去看看，乾屍還躺在籃子裡呢！」

吳奇還是不太信，轉頭看一旁的鬼伍。只見鬼伍托著下巴，若有所思地看著眾人，依舊神情自若。

他想起趙拐剛才對自己說的，又再看看鬼伍，一種莫名的感覺不自覺地湧上來。眼前這個和自己朝夕相處的男人，此刻彷彿變得陌生起來，原因不在於他本身的疏遠，而是身上籠罩一層越來越濃的迷霧。

「過去看看！」趙拐鎮定地說道，聲音很小，卻有十足的分量，不是命令但勝似命令。

二條和已經嚇得夠嗆的李曉萌負責照看杜凡，其他人則順著二條所說的方向小心地探過去。

那條裂了縫隙的山壁並不遠，只是隱藏在巨石後不易發現。眾人越過巨石，首先看到的就是二條所說的山壁上的岩畫。

岩畫已經斑駁脫落不少，顏色也褪得差不多，內容勉強看得清，記載的都是一些無聊的生活場景，不足爲奇。很可能是古代的某個時期，生活在這裡的居民，出於某種紀念意義，順便把一些內容記載下來。

岩畫內容平淡無奇，讓人感到微微驚訝的，就是一些零星的戰爭畫面。

馮隊對歷史比較有研究，只掃了一眼便道：「應該是軍閥混戰時期留下來的。鬼子嶂雖然荒蕪，但處在三省交界，當時可能是攻伐對方的必經之路，所以戰略位置很重要。風倉河改道，一方面是風水的原因，另一方面也可能是戰爭需要，現在改道後成了護衛的作用，原來的河道則可能變成了糧道。」

馮隊侃侃而談，儼然博學者的樣子，語畢又順著岩畫來回走了幾趟，並未發現任何的異常，更別提什麼壁畫人物自動消失之類的。

吳奇邊聽著馮隊的解說，邊看著那些岩畫，突然發現一些異常的地方，「馮隊！你說的那些戰爭好像不是主要內容，我覺得畫中人的生活方式非常原始，和軍閥混戰的戰爭時代有些脫節！」

他的感覺並不是憑空而來，岩畫上記載的那些人，無論衣著裝束還是工具，都顯得十分原始，似乎是還未進入文明時期的原始人類。

他們手持石製的鐽子，用籃筐一樣的東西垂降著，讓它進入深不見底的洞穴。

從行頭上來看，極像是山中採藥人。

馮隊進一步解釋道：「這應該是世代居住山中的山民，他們脫離外面的世界，過著與世無爭地生活。採集藥草是生存的需要，千百年來，他們與山中的瘟疫、毒蛇、毒蟲和各種疾病鬥爭，積累大量經驗。之前我們就曾經在鬼子嶂深處，發現一處奇特的遺址，看起來像是祭祀遺址，其實是當地人研究藥物的場所，也就是他們的藥坊！」

「藥坊？」吳奇訝異地問道：「怎麼大山中隱居的人，也對醫藥有這麼大規模的研究？」

馮隊道：「不是平常你們說的那種藥，這種藥是有某種特殊用途的，而且需要人研習煉製。說得直白一些，就是並非用來治病的，而是有其他特殊的用途，比如古代的丹藥！」

吳奇當下來了興趣，繼續追問：「丹藥？傳說中吃了讓人長生不老的丹藥？這地方眞的有那種東西？」

馮隊回道：「片面理解而已，你要知道，並不是所有的丹藥都是爲了長生。丹藥也分很多種，傳說中的長生丹也只有特定的人才有機會服用。不過，諷刺的是，大多數丹藥吃了不但不能長生，反而死得更快。丹藥的成分你們都懂，就不用我解釋了，我認為那些東西對人體有毒害作用！很多開明的君王都免不了俗，最後死在這東西手中！」

「既然不是為了長生，那你說的丹藥，是出於什麼作用而煉製？」

「也許是戰爭需要吧，反正原因很複雜，得等我們進一步勘察才能知曉！」

說完這些，馮隊似乎又覺得不宜透露過多，話鋒一轉，「這些都成了過眼雲煙，不過，從上面不難看出他們當年的繁榮。後來的戰爭打破他們原來的生活，甚至造成他們文明的終結！」

趙拐一直沒有發表麼意見，對岩畫似乎也沒有多大興趣，馮隊話語剛落，他便指著黑黝黝的洞口道：「這不是普通的山洞，是蜂巢居！」

第5章

寨子

透過密林的遮擋，隱約可見一座座低矮的建築，零散地散落在四周，泛出朽木的顏色，像極了一個個墳包。仔細再看，便會發現它們不是墳包，而是活人住的屋舍。

「趙先生，你怎麼知道是這個名堂？」馮隊吃了一驚，當即問道。

趙拐雖然很肯定，但一時之間還拿不出東西證實，於是小心地走到洞口，先是探了探，接著將火把往深處扔進去。

一閃而過的火光忽地照出一張碩大的臉。

衆人被嚇了一跳，往後退了好幾步。

鬼伍鎮定地取過手電筒，把光束聚到洞內。那張所謂的臉當下顯出了原形，原來是壁洞裡的岩畫。

洞內並不開闊，蜿蜒曲折如隧道一般，不知道通向什麼地方。洞壁光滑圓潤，看得出是經年受水力打磨。往前探了一小段，便發現頂端和底端都出現其他洞口，不知相連到多深的地方。

趙拐一看到，便知道自己之前的推斷無誤，很肯定地道：「果然不出我所料，這是蜂巢居！」說著，又指著裝著乾屍的籃筐道：「這是那些人的交通工具，他們在山頂上要下到底部，必須借助這種工具！」

巨大的山體內部，其實是錯綜複雜的通道，非常密集，再加上洞壁光滑，幾乎無處可供攀爬，要進入底下，必須借助吊籃。

這些通道雖然雜亂，但最終會有個交會的場所，也就是說地底下會出現一個空曠的地帶，所有的通道都在那裡匯集。就像是無數條支流匯集到一個湖泊裡，又像蜂的巢穴，多孔密集，中間爲蜂卵室。

就現在的情形看，目前衆人所在的山洞，是處在上端的位置，距離地下的盡頭還有不短的距離。

吳奇對地質方面瞭解不多，這種蜂巢結構的古怪岩洞也是第一次看見，心道難道之前的古人進入底下，在裡面發現什麼，才以古怪岩畫的方式記錄下來？會不會就是之前考古隊發現的藥坊呢？

吳奇控制住自己的遐想，問道：「底下會不會已經淹在水中？按照這種深度，通道的盡頭肯定在河的水位下，說不定已經灌滿水！」

趙拐敲了敲岩壁，隨即說道：「應該不會，底下可能有暗河流過，但絕對不會是滿灌的，要不然，這些通道不可能保持得這麼乾燥。聽動靜，其實已經離我們這地方不遠！」

聽趙拐的語氣，好像有下去一探究竟的意思，但所謂巧婦難爲無米之炊，考古隊所有裝備已經盡數丟棄，沒有攀岩用的工具，想下洞顯然是不可能的。即便趙拐此刻有這個心思，也不敢拿自己和其他人的性命開玩笑。

衆人被這麼折騰一下，都有些精神疲憊，當下悻悻而回。一到地方才吃驚地發現，二條和李曉萌躺倒在地，杜凡卻不見了！

若是其他人消失，倒不值得奇怪，只當是探尋出口去了，眼下卻是不省人事的杜凡失蹤，不得不讓人感到驚愕。他中毒昏迷不醒，不可能自己走動，唯一的可能就是被什麼東西帶走了。

不會被什麼野獸叼走了吧？

吳奇想到這，心裡大驚，隨即被鑽入鼻孔的異香打消了猜測。這是睡夢草的香味，難怪二條和李曉萌一齊昏睡過去，怎麼搖也搖不醒。應該是有人在火堆中放了催眠的睡夢草，趁著空檔背著杜凡離開了！

吳奇不能理解，這人帶走杜凡，究竟是善意還是惡意？難道荒山野嶺的還有人居住？他能背著杜凡去哪呢？又是什麼目的？

「莫非裡頭還有其他人？」馮隊驚愕地道，目光隨即瞟向趙拐。

趙拐卻冷冷地說：「一時還真不好說，怕就怕來者不善啊！」

只一瞬間，吳奇便渾身不自在起來，黑暗中彷彿藏匿了諸多危險，隨時會向眾人襲來。

眾人都有些慌亂，唯獨鬼伍閉著眼睛，好像努力在感知著什麼。不一會，他忽地睜開眼，轉身指著身後的山壁道：「在那邊！」說完向前躍了一大步。

「我聞到一股特別的味道，應該是那些人發出來的，跟著味道說不定能追出去！」鬼伍一邊往前探一邊道。

「跟上！」趙拐似乎很相信鬼伍的實力，當下不願放棄這樣的機會。說話間，馮隊背起二條，吳奇背起李曉萌，由鬼伍引路，順著往裡探。

吳奇從不懷疑鬼伍的辨別能力，果然，他就像串自家後院一樣穿梭在洞中。不知繞了多遠，洞中的植被漸漸茂盛許多，接著竟然看到依稀的光線。

光線越來越明顯，由原本的一線天變成通天，等衆人意識到已經走出山洞時，又被眼前的景象驚呆了。

前方是一堆亂石堆砌的短牆，橫在那裡像是一座墳塋。短牆中間的一塊巨石刻著幾個字就像是一塊警示牌，只是已經模糊得無法辨認。這裡是叢林深處，因爲處在半山腰，植被極爲茂密，可惜陽光無法透入，看起來陰沉沉的。

透過密林的遮擋，隱約可見一座座低矮的建築，零散地散落在四周，泛出朽木的顏色，像極了一個個墳包。

仔細再看，便會發現它們不是墳包，而是活人住的屋舍。

一時間吳奇想到了桃花源記，可桃花源是山清水秀的福地，這裡怎麼看都透著古怪和邪氣，實在看不出有一點世外桃源的氣派。

「這是什麼地方？」趙拐睜大了雙眼，情緒有些悸動，「之前從來沒聽說過深山裡有座這樣的寨子，難道鬼子嶂裡真的有居民嗎？」

鬼伍也停下腳步，環顧四周，對著吳奇道：「味道越來越重了，應該就是這裡！你聞出什麼古怪了沒？」

吳奇下意識地聳了聳鼻子，猛然感到不對勁，再仔細一辨別，驚愕地肯定道：「這種味道和周家老爺子的一樣，怎麼會這樣？」

怎麼可能？難道周老爺子的怪病和這裡有關？

洞人

這裡似乎是塊死地，寸草不生，
只是，前方竟有一棵高聳的參天大樹，
孤零零地矗立在中心，
枝繁葉茂，峭楞楞如鬼一般。

第1章

處女懷孕

桃木灰很快就冷卻下來，迅速凝固。吳奇輕輕一揭，只見女子原本白皙的小腹上，出現一條條線狀物，交錯在一起，看起來像大樹密集的枝椏。待桃木灰完全揭去之後，便又消失不見。

吳奇問道：「這裡會不會是古代的什麼遺址啊？如此龐大的居民聚集區，不太可能這麼久都沒發現人啊，現在哪有隱居世外這種事！」

馮隊道：「也不是不可能！鬼子嶂很少有人進來，密林的隱蔽性又很好，無論從哪個角度看，都不容易發現他們。隱居深山的人不是沒有，如果是群體，最大的可能性就是肩負著某種使命！使命是世襲的，在這種與世隔絕的地方，很可能無限期地傳承！」

趙拐接過道：「剛才我們也看見了，這裡確實有人在，如果他們是爲了保護自己的傳承，那我們可能就遇上麻煩了！」

衆人都知道趙拐不是在危言聳聽，生活在原始森林裡，人類該具有的特性早被自然消磨掉，嗜殺可能成了他們最顯著的特徵。

「有人！」馮隊小心地叫了一聲。

衆人抬眼一看，便見密林之中，一隊身著黑衣，臉戴面具的人，手持棍棒，快速地奔襲過來。

吳奇一行人還未想出對策，那些人便一擁而上，用堅硬的藤製繩索，將他們綑了個結實。接著，抬著獵物一般，將他們抬回去，關進一座低矮潮濕的房間中。

房間裡又黑又潮，瀰漫著一股木質黴變發出的味道，聞起來十分不舒服。但此刻，最讓吳奇不舒服的倒不是四周的環境，而是莫名其妙被一群不知來歷的人，捕獲獵物般地抓了回去。

不知道這些人到底什麼目的，吳奇當下又著急又恐慌。

那些人腦袋上都套著椰子殼一般的面具，自始至終，吳奇都沒看到他們的臉。藉著稀稀疏疏僅有的幾道光線，他隱約看到一齊被塞進房間的幾人，清點一下，發現居然少了鬼伍！

吳奇自然希望這位師兄身手不凡，逃脫了，如此一來，自己還有機會得救。這幫人怎麼看也不像善類，落到他們手裡，定然沒什麼好事！想到這，吳奇越加驚悚，對鬼伍的寄託便更大了。

二條和李曉萌藥力已過，甦醒過來，一聽自己落入野蠻人手裡，嚇得直哆嗦。李曉萌更是暴露平日嬌生慣養的本性，一路受得委屈驚嚇夠多了，此刻再也忍不住，哇哇痛哭起來。經過馮隊和趙拐一陣勸慰，才微微穩住情緒。

就這樣度過兩天，那些人時間到了就會把吃的東西送來，還幫他們添了些柴火，一時倒還相安無事。但對趙拐來說，比他當年坐牢還要痛苦得多，用個不恰當的比喻，他們就像是圈養的肉豬，隨時可能會被拉出去宰殺。

第三天剛入夜，眼看原本就少得可憐的光線一點點地即將散去，突然房門噹噹打開，走進來幾個人。

吳奇意識到情況不妙，前兩天都是一個人送飯，今天卻進來三四個彪形大漢，還有一個相對嬌小的身影。

眾人剛準備入睡，一下子都被驚醒，火光亮起，才看清眼前人的樣子。

那些大漢身形魁梧，光著個膀子，沒有戴那種怪面具，除了看出目光呆滯無神外，其他的都和常人無異。

站在大漢中間的，是一位面貌清秀的年輕女子，穿著一襲輕便的淺綠色異族服飾，頭上裹一條藍色的頭巾。

此刻，她正掃視著眼前的幾個人，眉宇間透出一絲威嚴。

「哪個是大夫？」那女子張嘴便問道。

對方的口音很濃重，但肯定不是當地方言。

眾人被關在這不見天日的地下，原本就一肚子疑問，現在聽到對方開口說話，也不知該喜還是憂，一時間竟沒人回應。

女子眉頭一皺，又說了句：「我問哪個是大夫？站出來！」

「我是！」吳奇應聲，輕輕往前走兩步。

幾年的從醫生涯告訴他，眼下這幫人可能遇到麻煩，才會找大夫。雖然不知道對方如何得知們之中有醫生，但出於醫者的本能，還是毫不猶豫地站出來。

果然，那女子點頭一揮手，「跟我走！」

說完也不等吳奇答應，幾名大漢便走上前，半拉半押地抓住他，跟著女子就往外走。女子腳步匆匆，吳奇得一路小跑才能跟得上。夜幕降臨，黑暗很快吞噬了整個山寨。吳奇不知道究竟穿梭多遠，才來到一座矮舊的竹板樓。

屋內點著一盞油燈，光線渾濁而昏暗，只照得見黑色床板上的一個大肚子女人。她滿頭大汗不住地呻吟著，一旁應該是她的丈夫，正焦急地爲她擦汗。如果吳奇沒判斷錯，應該是一個難產的孕婦。

吳奇一看頭就大，行醫他雖然在行，這方面卻是個門外漢，婦產科和內外科根本就不是同一個層面的東西。

「村裡沒有會接生的嗎？說實話，我實在有些愛莫能助啊！」吳奇一眼便看出這孕婦的情況不妙，很可能不是普通的難產。

說話間，那孕婦又痛苦地大叫一聲，緊緊揪住男子的手臂，硬生生地抓出了幾道血痕。

「她快不行了，你救救她吧！」綠衣女子說道，表情雖然依舊冷漠，但已經不再像之前那般咄咄逼人，語氣中居然有幾分哀求。

吳奇不再推辭，當即道：「我盡力吧！先把我的東西拿過來，再按我的要求準備一些！」吳奇很快又成了主角，當下麻利地交代好一切。

一切準備妥當，吳奇很快地下了兩針，暫且減輕她的痛苦。接下來卻不知從何下手，之前應付些疑難雜症還算順手，眼前這小手術卻讓他犯了難。

就在這時，一旁的綠衣女子說了一句讓吳奇極爲不解的話。

「信姑是處子之身，怎麼可能早產，她是中了邪症！」綠衣女子一本正經地道：「你救救她，我會想辦法放你們走的！」

吳奇大駭，冷汗立即淌了下來。

不是早產？那情況更嚴重！

若是什麼腫瘤的話，在這種醫療條件之下，恐怕只能活活疼死，眼下也只能盡力而爲了！

「這肯定是妖孽在作怪！」一旁那男子道：「信姑替祖神爺守陵三天，回來就出了事情，妳說是不是觸怒冥王公祖神爺遭到報應？」

綠衣女子道：「你這樣說，是褻瀆祖神爺！」說完轉過臉對吳奇道：「信姑能救嗎？你幫我們一回，我替你們向族長求情。」

吳奇不明白他們到底在說什麼，事情的確有蹊蹺，一聽又是怪症，也覺得不能再按正常套路走了。

現在鬼伍不在，自己少了個得力助手，實在有些犯難。再說，對於這種情況，鬼伍確實是比自己更在行些。

「先看看吧！有辦法弄到桃木灰嗎？嗯，就是桃樹木頭。」吳奇問道。

著《六壬奇方》記載：邪氣入體，淤積於部，驅邪之物於上，可察其變。

從信姑目前的症狀來看，很可能是邪氣入體，在她腹中成了氣候。

男子劈了家中的桃木桌，用烈火燒成灰燼。吳奇再囑咐他用金質的首飾或飾品扔在水壺中，燒一壺開水。

這窮鄉僻壤的，金子還真是稀缺貨，倒是那綠衣女子夠爽快，伸手就將手上戴的金手鐲摘下來。

準備就緒後，吳奇將桃木灰倒入金子煮過的水，調和成泥狀，輕輕塗抹在女子隆起的小腹上。

桃木灰很快就冷卻下來，迅速凝固。吳奇輕輕一揭，只見女子原本白皙的小腹上，出現一條條線狀物，交錯在一起，看起來像大樹密集的枝椏。待桃木灰完全揭去之後，便又消失不見。

吳奇眉頭一皺，正色道：「果然有問題，這是陰穢的東西在作怪！」

第2章

紅皮怪嬰

這東西絕不是正常的嬰兒，渾身濕漉漉的，雖然有人形，卻全身血紅。一張怪臉更是出奇的大，兩隻綠色的眼睛如酒杯一般，幾乎佔據了半張臉。

在目前的條件下，桃木已經是上好的驅邪物件，結合驚魂湯的奇特效應，普通的陰邪之氣早該散去。但女子的小腹除了仍有增無減地膨脹，並沒有任何療效。

女子滿頭大汗，疼得死去活來，手指甲都陷進男人的肉裡。

吳奇急壞了，自己身處險境，也算是逼上梁山，再弄出人命來，還不讓這幫野蠻人活剮！他感到極為棘手，一時也不知道該怎麼辦。

男人看到女子的慘狀，又悲又怒，眼看就要上前找他拼命，卻被綠衣女子伸手攔住。綠衣女子眉頭一皺，轉過身，嚴肅地對吳奇道：「族長不會寬恕殺戮者，如果你救不了她，我也幫不了你！」

吳奇暗暗叫苦，當然清楚自己現在的處境，但這種事不能強來吧，治不好他也沒辦法。什麼奇症怪狀都讓他碰上，再做幾十年大夫，估計都能出本《奇症錄》了。不過，此時他無暇他顧，腦袋疾速過濾一本本醫書。常言道病急亂投醫，現在的吳奇也算是病急亂尋方，只不過病在別人身上而已。

「我有個法子！但要不要再試，還得看你們的意思！」情急之下他猛然想到什麼，不過，很快又意識到這方法太極端，不得不徵求病人家屬的意見。

如今已經找到女子的病因，正是魍邪之氣入體。人體內有種啃食靈魂的鬼蟲，叫做三屍蟲，邪氣到了極致，三屍蟲便猖獗起來，累積成氣候。

一般來說，驅除人體內的病害，通常是用一物降一物的方法。

舉例來說，如果一個人感冒，服用藥物後，藥物就會和病毒產生對抗，最終藥物勝利，便治好了感冒。

同樣的道理，魍邪之氣鬱結體內，也可以用藥物或者其他方法進行對抗，然後消滅它。但這女子體內之氣已經相當頑固，如果強行對抗，會出現極大危險。

除了對抗，還有一種療法，稱做「鳩占鵲巢」，便是爲用另一種更厲害的邪氣，驅除體內現有的邪氣。

吳奇身上剛好有趙拐送他的極邪之物——墨陰沉。雖然這種方法也很危險，但現在已經沒有選擇的餘地。

吳奇把自己的想法一說，二人皆將信將疑，可從目前的情況來看，又不能不破釜沉舟一回。只是那名男子，仍一副不情願的樣子。這也難怪，之前吳奇的表現他也看到了，現在想讓他痛快決定，當然不是件容易的事。

「塔布，如果讓族人知道信姑的事情，我們都逃不過懲罰！」綠衣女子只略思索，便下定決心，「只有這樣才能救信姑，你忍心讓她繼續這樣痛苦嗎？」言外之意已經很明顯，成敗在此一舉，無論結果如何，起碼信姑不會再痛苦了。

「莫伊！把妳牽連進來，我眞的很過意不去……」

「好了！別說這些了，大夫，我們開始吧！」被喚做莫伊的女子說出攸關生死的話，卻絲毫不顯得慌亂，雙眸在燈光的映射下，盈盈閃動。

吳奇極為動容，也拿出十足的勇氣，挽起袖子道：「那開始吧！」

幾人開始了準備工作，為了避免病人失控造成不好的後果，吳奇建議將她雙手綁在床頭上，二人負責束縛住她的雙腿。

接著，他快速就位，分別就鬼門、鬼壘、鬼府、鬼嶂、鬼壁五穴下了針，再補充堵塞任督脈麥氣門，封三陰交、三陽交，暫時關閉邪氣可能通行的氣門。

這麼做的目的是因為墨陰沉乃極邪之物，本身邪氣逼人，一旦使用不當，受施者很可能當場暴亡。再一方面，關閉大多數供氣通行的脈絡，免得病人體內淤積的魍邪四處竄流分化，發揮不了很好的驅除作用。

幾針下去，信姑叫痛的呻吟聲小了不少，取而代之是拼命地掙扎，整個床板都被震得噹噹作響，各抱一隻腿的塔布和莫伊幾乎無法控制住她。

吳奇知道這是體內濁氣積聚，鬱結難受，不得已而為之的反應，當下不敢怠慢，道了聲「抓緊了」便伸手去掰她的嘴。

信姑身上的氣力大，嘴上就更不必說了。極度不適感讓她喪失理智，嘴巴緊緊咬住，使得吳奇死活掰不開。

吳奇當下急了，她的大多數氣門都已關閉，鬱結在腹部的魍邪之氣如果得不到釋放，極可能直接沖斷脈絡。

他不敢多想，急中生智地取出一根針，直接刺在信姑的天突穴。天突穴是人體的痛穴之一，這一針雖然是在她劇烈掙扎下倉促完成的，卻分毫不差地正中穴位。

信姑吃痛，「啊」一聲慘叫，控制不住張開了嘴。

吳奇看準時機，將墨陰沉塞到她的口中。一手牢牢捂住她的嘴，不讓她吐出來，另一隻手的大拇指則頂著她的喉嚨，以免墨陰沉滑落卡在喉嚨裡。

墨陰沉一進嘴，信姑猛地一蹬腳，險些將莫伊二人掀倒在地。

吳奇雙手絲毫不敢放鬆，心也跳到嗓子眼。他明白，真正的成敗在此一舉，要是出了任何差錯，可就真的沒下文。

即便三人的雙手用力得幾乎要抽搐，還是沒有人敢放鬆，簡直就是玩命地從閻王小鬼那裡把信姑往回拉。

就在三人快要頂不住的時候，信姑的動作慢慢緩和下來，好像氣力用盡了，不再拼命掙扎，只是身子抖動得厲害，一顫一顫地彷彿觸電。

吳奇鬆開一隻手，剛想擦擦遮了眼的汗水，信姑又猛地大叫一聲，一把掙斷捆著手臂的繩索，整個上半身幾乎要立起來。

吳奇大驚，一把將她按回原位。

信姑力量驚人，揪住吳奇的頭髮便掙脫，接著伸出雙手，想掐住他的脖子。

吳奇也顧不上什麼，當下借助身子的重量，將她牢牢壓在床上。

信姑反覆掙扎好幾次，最終還是沒能站起來。

最後，她發出一聲淒厲的慘叫，猛地將口中的墨陰沉吐了出來，身子便像海綿一般，鬆軟昏死過去。

吳奇還沒來得及吃驚，便感覺她隆起的腹部迅速乾癟下去，接著耳邊傳來莫伊和塔布驚恐的叫聲。

「生了！生了！」

「啊？這……這是什麼鬼東西！」

吳奇回頭一看，信姑的腹部果然已經恢復正常，床頭則是一片狼藉。此時，一個血糊糊的東西正盤在床尾，瞪著一對綠油油的眼睛，警惕地盯著眾人。

這東西絕不是正常的嬰兒，渾身濕漉漉的，雖然有人形，卻全身血紅。一張怪臉更是出奇的大，兩隻綠色的眼睛如酒杯一般，幾乎佔據了半張臉。那模樣既像猴子又像貓，總之絕對不是人！

吳奇從未見過這種怪胎，也嚇了一跳，之前在城裡看過一齣《狸貓換太子》，與眼前的情形有如場景置換。

這怪東西還真像是一隻被剝了皮的狸貓。

「這是妖怪！就是這妖怪在作祟！」塔布發出一陣怒吼，轉身抄起一把小板凳就打。

那東西警惕地縮了縮腦袋，嘴裡發出一陣「咯咯」聲響，眼珠子一轉，眼中的綠光就更亮了，泛出陣陣詭異之氣。

它咧開嘴，朝著眾人一笑。

在場的人嚇得幾乎要暈倒，吳奇不是沒有見過凶厲邪物，卻還是頭一次看見這般詭異的物件，一時不知道該怎麼應付。

塔布對它自然是恨之入骨，管不了那麼多，手一甩，就將板凳砸過去。

那東西靈巧一閃，直接跳到桌子上，惡狠狠地瞪了他一眼。接著縱身一躍，順著窗沿跳出窗外，「咯咯」地叫著，轉眼就消失在夜色中。

「不好！」吳奇心裡一驚。

邪氣養成的妖孽，極其兇險，萬萬不能放生，必須當場打死燒掉，才能斷了禍根。現在這東西溜了出去，早晚會禍害當地居民！

莫伊在一旁道：「塔布，你想辦法通知一下村裡的人，讓他們多加小心！」

塔布點頭應允，頭也不回地衝進夜色中。

吳奇探了探信姑的脈搏，表情漸漸舒展開來。雖然她的脈象比常人微弱，但與先前相較平穩不少，已經不足為慮，此刻只需要靜養調理便可。

他長長地舒了口氣，只感覺渾身就要散架虛脫。

莫伊略帶感激地朝他點頭，接著幫信姑洗淨身子，安頓她睡下。

第3章

古怪的村寨

等那些人緩緩走近，吳奇才看清楚，他們目光呆滯，像是在漫無目的地遊蕩，又像是在追隨著什麼東西。

一切忙完後，已經是後半夜，吳奇在竹樓外室急躁地徘徊。這回來深山裡可是找救命藥，根本容不得無限期的耽誤。

「謝謝你！」彷徨中，耳邊忽然傳來莫伊的聲音。

莫伊臉上帶著笑意，及一絲感激道：「幸虧他們扣下你的東西，不然我哪裡知道你就是大夫！謝謝你救了信姑！」

吳奇不自然地一笑。藉著油燈黯淡的光，他才仔細看清楚莫伊的模樣。她身形小巧、眉清目秀，尤其是一對小酒窩，楚楚動人。

隱居山野兩年有餘，除了之前村民起鬨的張二柱外甥女外，他還沒見過其他養眼的美女，眼前的這位比自己先前見過的都要好看。

深夜和一名女子單獨相處，讓他一時有些適應不了，但又想到自己的處境，便不敢大意，直接向莫伊表示自己的困惑。

莫伊正色地道：「對不起，這是我們這裡的傳統，凡是有陌生人闖入，都不能輕易放行。你們身份不明，我們族人又怎麼能放心？」

吳奇訝道：「傳統？你們這是什麼傳統，就爲了不讓外人發現你們在這裡生活嗎？」他很詫異，不相信世上眞的有桃花源記裡描寫的那些人。

這裡是大山深處，極爲隱蔽，加上人跡罕至，說與世隔絕都不算過分。難道他們眞是古代的先民，在這裡生活了很多年？

莫伊道：「嗯，這是上天安排的宿命，我只知道我們會繼續一直待在這裡。因爲，我們根本離不開冥王公神祖爺！」

吳奇原本想告訴她這不是什麼宿命，但一想到山中人的信仰觀念很重，一旦發生衝突，就會很麻煩，只好轉變話題，說明自己眼下的緊急情形。

莫伊點頭，對吳奇道：「你們要離開這裡，得看族長的意思，你幫了我的忙，我一定會幫你好好求族長的，只是……」她露出異樣的表情，接著皺眉道：「等一下，我先帶你去見一個人！」

吳奇應允，滿腹狐疑地跟著她，往寨子的深處走了十幾分鐘，來到另一座磚土搭建的矮房前，推門而入。

只見枯黃的油燈下，一個和塔布裝束差不多的中年男子坐在竹凳上。他的身後是一個竹板床，上面隱約可見躺著一個人。

燈光很昏暗，加上那男子的遮擋，吳奇看不清裡面那人的具體情形。

見莫伊進來，男子起身，對她行了一禮。

莫伊揮手輕聲問道：「樂旺，他現在的情況怎麼樣了？」

被喚做樂旺的男子望向一旁的吳奇，轉而對莫伊道：「已經按著我們的規矩辦了！」說話間，他挪開身子，將燈火往前移，躺著那個人的身影便顯露出來。

吳奇大吃一驚，失口叫出了聲，「杜凡？」

眼前之人確實是在洞中無故失蹤的杜凡。

此刻，他已經不再昏迷，而是半睜著眼，目光呆滯地望著前面，口中喃喃自語，一副精神恍惚的樣子。

「怎麼？你們對他做了什麼？」吳奇扭頭驚駭地問道。

莫伊看著杜凡，搖了搖頭，指著樂旺說道：「他已經盡力了！我們的人在洞裡發現有人中了黃金鬼的毒，趁你們不備把他運過來醫治，沒想到，你們居然能找到這裡！」

「醫治？你們也懂得醫術嗎？」吳奇將信將疑地問。

樂旺道：「不是！我們在深山裡生存，整天和毒蟲打交道，自有一套對付這些東西的法子。只可惜他中的毒太嚴重，而且耽誤多時，蜂毒已經入腦，縱使用藥驅除了毒液，腦子卻已經受侵害，神志不清了！」

吳奇皺了皺眉，雖然不願接受這種結果，卻又不得不相信。他是醫者，自然了解杜凡的情況，能保住性命已經相當不錯，不能再要求更多了。

短短的幾個小時，他還沒來得及爲自己救了一條性命感到慶幸，又遇到一個好好的人變成癡傻，強烈的反差使他情緒低落得緊。

「有人！」吳奇目光一轉，忽然看到一群人走向這邊來，當下戒備地道。

莫伊皺眉一看，平靜地說：「沒事，他們不會發現我們的！」

吳奇大奇，心道這叫什麼話？

明明有一大群人朝自己所在的方向走來，難道會看不見？莫非他們都瞎了眼？還是壓根對自己視而不見？

等那些人緩緩走近，吳奇才看清楚，他們目光呆滯，像是在漫無目的地遊蕩，又像是在追隨著什麼東西。當中有幾張面孔是白天見過的，此刻再看到他們，吳奇只覺一股妖異的氣息撲面而來。

莫伊告訴他，杜凡已經沒有生命危險，會安排人照顧好他。有她的保證，吳奇微微放了心，接著在她的指引下，回到冰冷潮濕的地窖。

吳奇將自己的經歷告知其他人，立即引起惶恐。

二條加醋添油地道：「聽說過亞馬遜食人族沒有？這玩意咱中國八成也有。現在碰上的叢林怪人，該不會就是那些玩意吧？」

他的話還沒說完，就被其他人按住狠揍。

李曉萌沒好氣地道：「還食人族，你二條渾身上下加起來也沒幾兩肉，你當食人族對排骨感興趣啊？」

「真要是食人族，也得把咱們養肥才吃啊，關在這地方，二百斤的胖子也憋屈成鹹魚乾了！」馮隊自嘲地戲謔道。

眾人都在無聊閒侃，唯獨趙拐一言不發，只知道一根根地抽著煙。不一會整個地窨裡都佈滿煙霧。

眾人都看得出，他雖然沒有發言，卻在思索。

馮隊見狀，湊到趙拐前問道：「趙顧問，你怎麼看？這古怪村寨，到底是個什麼名堂？」

趙拐看了他一眼，很肯定地說：「馮隊，論玩史學，你可比我在行，你應該聽說過有那麼一種人吧！」

第4章

血信紅

此物由惡鬼所化，專好攻擊女子，借其宮胎孕育成型。據說它們行蹤飄忽不定，逢夜則出，喜歡蹲守在人的住所，伺機攻擊。

「哪種人？」馮隊條件反射地問。

趙拐解釋，「聽小吳的描述，我感覺似乎能和洞人掛上鉤！」

衆人一聽皆愣然，面面相覷，有些不敢相信。

洞人並不是遠古人類的一種，也不是指隱居生活在山洞裡的人。洞人的命名，源於幾年前考古隊的發現。他們在鬼子嶂裡看見一個巨大的遺址，上面佈滿無數的空洞，就像蜂巢一般。

考古隊在那些洞中，發現很多人類生活的痕跡，以及人和動物的骸骨，但因爲連日暴雨，使洞中灌滿了水，無法再進行下一步勘探，才不得不罷手。

他們將這次的發現稱做洞人遺址，並以此爲基礎，再做大量勘察，獲得大量資料，證實洞人建造這種特殊結構的居室，是有某種特殊原因的。可惜連日的陰雨導致局部的泥石流，遺址一下子被嚴嚴實實地掩埋住，從此不見天日，考古行動才戛然而止。

二條忍不住問道：「趙軍師，你的意思是，蜂窩一樣的玩意，是這幫人建的？敢情這幫人都是肖蜜蜂的，沒事拿咱幾個當花粉採！」

馮隊打斷他，「趙顧問的意思是，這裡的人跟幾年前咱發現的洞人有關？」

趙拐沒有直接回答，悶頭又思索一會兒，才道：「就算沒有直接聯繫，本質上也可能是一樣的。他們選擇生活在這麼惡劣的環境，並不像是普通隱居，而是在守護著什麼！」

「守護著什麼！」吳奇一驚，很快就想起莫伊口中提到的冥王公祖神爺。

從言語中，不難看出他們極端敬畏，趙拐的說法極有道理。莫伊等人很可能是為了某種傳承，才選擇千百年來以這樣的方式生活下去。

馮隊略帶興奮地道：「這麼說來，咱這回的委屈沒白受，目前為止好像還沒有這方面的發現先例，正所謂塞翁失馬焉知非福。」

雖然一切只是猜測，但相對於之前的一無所知，現在顯然明朗許多。的確，對於考古隊來說，雖然沒有達到預期的目標，有這樣的意外發現還是讓他們感到欣喜，原本低迷的情緒頓時高漲許多。

這時幾人已經睡意全無，閒侃著又度過一夜。

第二天，莫伊將他們放出地窖，安排住在鄰近的一座高腳竹樓內。

雖然還是被限制人身自由，但畢竟環境好了許多，最起碼還能感覺到光的存在，比起之前陰暗潮濕如地牢的地窖，已經是天壤之別。吳奇還沒來得及向莫伊道謝，卻聽到她警告道：「沒事的話，不要隨便走出這個屋子。這幾天村子裡事情比較多，要是你們不小心看了不該看的東西，我是沒法救你們的！」

吳奇知道她不是開玩笑，點頭應允間，才發現整個村寨空蕩蕩的，極爲空曠寂靜，就像一夜之間所有人都消失一般。

他感到奇怪，輕聲問道：「村裡的人呢？到哪兒去了？」

莫伊顯然不想透露，目光從幾人身上掃過，正色嚴厲地說：「不要試圖逃走！沒有族長的許可，從來沒有人能夠從冥王公祖爺的地頭逃走，如果你們想要活命，就必須得按照我說的做！」說完，她就準備離開。

「姑娘！」趙拐突然叫了一聲，上前說道：「如果我沒猜錯的話，你們一定是遇到什麼麻煩！」

他臉上帶著一絲奇怪的表情，顯然對自己的猜測極爲自信。

吳奇意識到什麼，對莫伊道：「昨晚的事，我已經告訴他們。我的意思是，也許我們之中有人能幫你們！」

莫伊只淡淡地說道：「那東西是冥王公祖神爺對我們的懲罰，現在村裡所有人都去後山拜祭，乞求他老人家的諒解！那東西如果不除去，整個村子以後都不會有安寧的！」

吳奇有些吃驚，這村子的動員體制也太有效率了吧，不過，從他們的重視程度來看，事情似乎非同小可。難道貓狀的紅色怪物當眞有那麼可怕？

其實，從吳奇的描述中，趙拐已經判斷出紅色怪物的來歷，那是一種稱做「血信紅」的極邪之物。

此物由惡鬼所化，專好攻擊女子，借其宮胎孕育成型。據說它們行蹤飄忽不定，逢夜則出，喜歡蹲守在人的住所，伺機攻擊，並剖開女子的腹部，摘取胎盤和子宮食用，手段極其血腥殘忍。只要出現血信紅的地方，當地必定多發金屬兵刃造成的血光之災。

李曉萌悚聲問：「怎麼會出現那東西？它是怎麼跑到人的肚子裡去？」

二條聽了搶道：「妳沒聽趙軍師說了嗎？那是極邪之物，怨氣入了人體化成的。小吳大夫昨天也說過，還得靠著更邪的玩意才能把它逼出來！」

吳奇自然不信邪氣之說，那東西很可能是某種特殊的寄生物，雖然這樣的病例之前沒有見過，但在某些醫書上確有相關記載。只是，萬事皆有源頭，魎邪之氣從何而來？難道山中存有古怪的陰邪場所？記得昨夜塔布說過，信姑是拜祭冥王公祖神爺之後出事的，該不會是他們拜祭的是位邪神？

「血信紅神出鬼沒，沒有特別的法子和伎倆根本掌握不到它的行蹤，人再多也沒用！」趙拐淡淡地說道，顯得胸有成竹，不難看出他的眼中掠過一絲得意。

莫伊聽了有些吃驚，雖然不清楚趙拐從哪得知這東西的來歷，但對他的話也不得不贊同。幾年前村子裡確實發生過血信紅傷人的事件，當時村人盡數出動，足足折騰了兩個多月才將它誘捕殺掉。

「你的意思是……你懂得如何找到血信紅？」莫伊將信將疑。當然，和趙拐這老奸巨猾的世俗人相比，隱居山中的女孩顯然不諳世事。在趙拐一番言辭激勵下，她已經深信不疑對方是有能力找到血信紅的。

莫伊自然也明白，趙拐並非沒有條件，一番思索後，又道：「我得請示族長，不過，還是要提醒你們，即使你們幫助我們，沒有冥王公祖神爺的許可，你們照樣不能離開這裡！」

吳奇道：「那妳呢？你一個女孩獨自在村裡穿梭，不怕被那東西傷到嗎？」

雖然與莫伊還沒到很熟的程度，但面對這樣的危急情形，吳奇還是忍不住表示一下自己的擔憂。莫伊淡淡一笑，回道：「我有祖神爺保佑，任何東西都傷不到我的！」說完轉身走出竹樓，鎖上了門。

第5章

鬼血妖槐

這裡似乎是塊死地，寸草不生，只是，前方竟有一棵高聳的參天大樹，孤零零地矗立在中心，枝繁葉茂，峭楞楞如鬼一般。

事情發展正如趙拐所料，次日族長果然同意讓他幫助村人一起捕殺血信紅。

夜幕降臨，村中除了老幼和女子，其他人都聚集一起。

這是吳奇第一次看到這麼多人聚集，但伴隨這些人而來的，而且熟悉的氣味，熟悉得讓他感到恐怖。

在他們剛到達村寨時，他就已經聞到了，此刻衆人聚集，氣味越加明顯，他也更加肯定自己的判斷——周老爺子的怪病和這裡有關！

趙拐帶著衆人繞了村寨一大圈，接著掐指一算，最後請示族長，將所有人分成八組，按他認爲妖孽最有可能出現的八個地方搜尋。他自己則要求與吳奇一組，和十幾個村民，一起進入北面的後山。

有十幾個村民看守，族長不擔心趙拐和吳奇會趁機逃脫。吳奇卻很納悶，趙拐無緣無故叫上自己幹什麼？難不成抓血信紅也要搞出什麼針法？

趙拐指定的位置十分的偏僻，處在村寨的正北方。

這裡的叢林植被茂密，幾乎無法辨清方向，而且佈滿各類陷阱，若趙拐選擇在這種地方逃脫，簡直是找死。

村寨中的人熟門熟路，很快就繞到了後山。

趙拐用羅盤探出的方位，是一座低矮但是很險的陡坡，距離村寨並不遠，甚至在村子中的某些位置就能透過密林直接看到這座山坡。

趙拐實在不明白村民爲什麼不走直線，非得繞了個大彎，走這條陷阱密佈的路。村人回道，那一帶曾發生過戰爭，當時勝利的一方將戰死的軍士埋在後山，又屠殺了大量俘虜，給軍士殉葬，因此陰氣太重，一直沒有人走。

趙拐當即一皺眉頭，抬眼又望向眼前那座顯得有些怪異的陡坡。難怪會感到氣場如此陰鬱，原來是埋了大量屍體啊，這樣一來，血信紅出現的機會是十有八九了！再看，這座陡坡處在村寨的正北方向，位置明顯高於村寨，好像特地爲了阻擋那些陰氣的。

越往前走，密林變得越稀疏，陣陣月光竟然透了進來。再走一陣，前方突然出現一塊巨大的圈狀地，黑乎乎的一片，足有兩個足球場那麼大。朦朧的月光下，赫然可見滿地的枯葉和死物屍骨，四周散發著陣陣難聞的腐臭。

這裡似乎是塊死地，寸草不生，只是，前方竟有一棵高聳的參天大樹，孤零零地矗立在中心，枝繁葉茂，峭楞楞如鬼一般。

深山之中山巒疊嶂、層林盡染，出現光禿禿的一塊死地本來就不正常，死地中居然還有如此繁茂巨大的樹木，更讓人匪夷所思！夜色朦朧下，巨樹似靜似動，在四周成堆的枯骨映襯之下，越加顯得極其詭異。

更奇怪的是，怪樹繁茂的枝椏上，密密麻麻地掛了許多葫蘆形狀的巨大物體，黑黝黝的，在月色下只能看到一個個輪廓，看不清它們的樣子，感覺就像一個個巨大的蠶繭。一陣風吹過，物體便左右晃動，搖搖欲墜，更像蜷縮成一團的死屍掛在樹枝上。

一行人臉色立即變了，幾乎是條件反射地往後縮了縮，將身子埋在草叢裡，不敢再向前走。

趙拐道了聲：「找到了！」表情卻是一臉凝重，看不出一絲大功告成後的輕鬆感。接著，他壓低嗓音問道：「我探出來的就是這裡。這是什麼地方？怎麼有棵孤零零的樹？」

人群中有個年齡稍長的人輕聲回道：「傳說以前這也是片樹林，後來有人在這裡屠殺了一批人，血把這塊地染紅了。結果，血流過的地方，樹啊草啊一夜之間全枯死，剩下一棵小槐樹，現在竟然長這麼大了。這是妖孽積怨而生，冥王公祖神爺保佑！」

趙拐臉色立即變了，脫口道：「難道是鬼血妖槐？這東西竟然在這！」

吳奇立即問道：「這就是培育那種怪蜂的樹？那這附近……」

話沒說完，趙拐馬上制止他，伸手拿出攜帶的手電筒，小心地探出。

只見在手電筒的光圈映照下，那些巨大葫蘆般的垂吊物分明是一個個的蜂巢！

「果然沒錯！」趙拐吃了一驚。

怪蜂的厲害他們可是領教過的，一旦蜂巢裡面的蜂群傾巢而出，在場的人只怕頃刻就會被裹成蜂球，就算不毒死也得活活疼死。

趙拐暗暗罵了一句，媽的！這血信紅倒真會選地方作避難所！

眼前的情景讓村人發怵，在這裡生活這麼久，他們還沒到過這地方，也壓根沒想到是這樣的情況，一點準備也沒有。

他們之中一個年輕的小夥子道：「我回村裡叫人來，讓他們做些準備，這幫黃金鬼，我們是對付不了的！」

趙拐眉頭一皺道：「不行！現在正是陰氣最旺的時候，人一多不僅容易驚動妖蜂，而且陽氣一盛，血信紅馬上就能察覺到。要是讓它跑出這片山林，以後想再抓可就難了！」

眾人一聽有些犯難，雖然不信任趙拐，但村寨中大多數人都不知道的死地，居然被這個人輕而易舉地找到了，不得不佩服。最後在一個年長者的鼓動下，眾人表示按著趙拐的意思做。

趙拐心裡很清楚，村民們的話都是有保留的。鬼血妖槐的來歷遠遠不像他們說的那樣簡單，既然叫妖槐，自然是妖異之樹，絕不只因黃金而可怕。

他思索了片刻，讓衆人都熄滅火把，分散開來，再小心翼翼地往妖槐靠近。

鬼血妖槐枝葉相當繁茂，杵在空曠的死地裡，就像一把撐開地巨大的傘。一個個蜂巢懸掛在衆人的頭頂上方，讓人心裡直發怵。

吳奇知道稍有閃失，這裡就是所有人的葬身之地，要是換做自己，絕對不會冒這個險，實在想不通趙拐爲何如此瘋狂。

遲疑間，趙拐又擺弄了他的羅盤，接著在樹下轉了兩圈，指著頭頂上方，示意自己得爬上去看情況。村人不明其意，卻沒有阻攔，經過短暫的相處，他們已經了解趙拐的脾氣和做事方式。

這株鬼血妖槐的樹幹很長，得向上爬十多米才能進到枝幹部，趙拐雖說年紀已過半百，但年輕時的身手猶在。夜色中他就像一隻碩大的馬猴，抱著水桶粗的大樹幹，不一會就上了頂，掩沒在茂密的枝葉裡。

樹下的人立即做防禦狀，好像害怕枝葉叢中會突然鑽出來什麼怪物一般，心弦都繃得極緊，後來索性趴倒在滿是枯葉的地面上靜候。

趙拐鑽進鬼血妖槐的枝幹區，早已經不見蹤影。衆人在底下等了好久，仍舊不見任何動靜，就好像他被妖樹吞噬了一般。偏偏這時候，既不能用火光照，也沒法扯著嗓子招呼，著實讓人難受。

陣陣山風吹過，妖樹的枝椏不自然地扭曲幾下，樹葉嘩嘩作響，不時有幾片枯葉瑟瑟往下落，飄在夜空中就像是一隻隻人手。

吳奇倒不擔心，以趙拐的身手和閱歷，就算遇到危險，慘叫和逃命的能力還是有的。他不禁懷疑，那傢伙該不會是找到機會逃了吧？

可是四周空蕩蕩的，村人警惕性如此之高，任何風吹草動都逃不過耳目，不可能一個大活人從十幾米高的樹上跳下來都察覺不了。

突然，他感到頭頂上傳來一陣嗖嗖的聲響，枝葉劇烈晃動起來，斷枝夾雜著樹葉傾倒般地往下落。

衆人立即戒備，警覺地退離樹下，將馬刀拿在手上。

只聽「咯吱」一聲，一個黑黝黝的東西徑直掉了下來，重重地砸到地上。

衆人立即臥倒，就地滾了幾圈，起身就準備逃。

吳奇退得慢，險些被砸中。等那東西直接摔在眼前不到一米的地方時，他的第一反應就是完了。

那一瞬間，他幾乎以爲自己聽到怪蜂殺氣騰騰的聲音。

但出乎意料地，那東西摔到地上，一點反應也沒有，不像是高速墜落的蜂巢顯現出的情形。

吳奇覺得奇怪，心道難不成是空的蜂巢？那些怪蜂早就不住這裡了？

還沒來得及慶幸，他便感到一絲異樣，那東西距離他很近，只是下意識一瞅，就看清它的模樣……

這黑乎乎的東西根本不是什麼蜂巢，居然是一個死人！

第6章

趙拐的詭計

眼前所在的地方，已經不是細碎密集的枝葉，而是粗大的血紅色枝幹。它們盤繞交錯著，形成一個卵狀的內室，足有五六平方公尺的大小。

一看是死人，吳奇的第一反應不是害怕，而是趕忙上前瞅個清楚。

光線依舊很暗，但勉強能看清此人的裝束。

這是一具已經死去多日的人骨，渾身乾枯腐爛，只剩黑色的緊身衣物包裹著。一些不知名的紫紅色細蛇狀怪草從他的胸腔長出來，將整具屍骸包裹得嚴嚴實實，彷彿木乃伊。也虧得這些東西的纏繞，不然屍骸一下從這麼高的地方摔下來，早七零八碎了。

看到不是趙拐的屍體，吳奇微微鬆了口氣，大概是趙拐在上面搗鼓著什麼，不留神把這具屍骸給弄下來。

只是，妖樹上怎麼還有古怪的屍骸？

吳奇邊想邊往後退，擔心會不會一不小心又從上面掉下來一具。

不一會，枝葉密集的樹梢瀉下一縷淡淡的光，向四周徐徐閃動著，正是手電筒發出的光線。

吳奇一抬頭，便見趙拐從枝葉中探出腦袋，朝他一個勁地打手勢，輕聲地喚道：「小吳，你也上來一下！」

吳奇吃了一驚，姑且不說樹上的妖異危險，光這高度就驚駭嚇人，自己算是個文弱書生，雙手不是拿筆就是拿針，爬樹實在是強人所難。

眾人知道趙拐遇到麻煩，當下一個勁地催促吳奇。他們當然不會擔心二人趁機逃跑，除非樹頂有熱氣球或直升機，否則根本沒有跑路的可能性。

吳奇無奈之下，只好硬著頭皮上，雖然不在行，但好歹年輕體壯，試了幾次總算勉強爬到趙拐所在的位置。等趙拐伸出手，將他拉上一棵枝椏坐好時，已經氣喘吁吁，幾乎要虛脫。

沒等他喘夠氣，趙拐便用手電筒掃了四周一下，輕聲說道：「再往上就是那些黃金鬼的老窩，我們動靜小一點，剛才掉下去的，就是之前中了招的倒楣蛋！」

吳奇一頭霧水，忍不住問道：「怎麼？還要上去？告訴我你上來做什麼，怎麼還叫上我？」

「幹什麼？當然是逃跑，老子費這麼大的心思，唬弄住那幫混球，你以為是為了和你上來乘涼啊！快跟著我！」趙拐呸了一聲，沿著粗壯的樹幹繼續往上爬。

逃跑？怎麼跑？難道上面真的有熱氣球？這怎麼可能！

吳奇很不解，但看趙拐一副胸有成竹的樣子，又沒辦法回絕他，畢竟老狐狸混跡多年，吃的鹽巴比自己吃的米還多。

枝葉群中密不透風，每爬動一步，就會被無數的樹枝樹葉緊緊遮擋著。四周充斥著一股類似腐敗物堆積的味道，雖然談不上臭，但是有點嗆人，聞多了讓人頭暈。枝葉密集的地方，恰恰是毒物最愛聚集的場所。妖槐的樹葉蹭在臉上又涼又癢，彷彿無數條四腳蛇伸著舌頭，在舔舐自己的臉，說不出的憋屈難受。

趙拐的動作很是利索，揮舞著馬刀，沿路開出一條可供一人通行的通道，再往前，便抵達一處相對開闊的區域。

吳奇一看又吃了一驚。

眼前所在的地方，已經不是細碎密集的枝葉，而是粗大的血紅色枝幹。它們盤繞交錯著，形成一個卵狀的內室，足有五六平方公尺的大小。

那些枝幹就像一根根粗大的手臂，互相緊緊地握住，從旁長出無數條蛇一般的細小側枝，裹著一個個黑色的屍骸，圍繞著整個卵室排了一圈。

那些屍骸缺了一具，束縛它的紅蛇般的藤狀物被砍斷了，此刻正一滴滴地往下淋著鮮紅的血！

「你到底想幹什麼？怎麼逃走？」吳奇直接問道。

趙拐做了個輕聲的手勢，指著缺了屍骸的地方。

吳奇定睛一看，那裡已經被割開一個臉盆大小的洞口，在手電筒映照下，隱約可見外面懸掛的蜂巢。

趙拐道：「屍體是我扔下去試探的，一會我們瞅準時機從這跳下去逃跑！」

「什麼？跳下去？」吳奇還是搞不懂老傢伙葫蘆裡賣什麼藥，眼下也沒空猜他心思了，直言不諱道：「你處心積慮就爲了搞這招？說得具體點！」

趙拐道：「你小子沒注意嗎？這裡外面一圈都是黃金鬼的窩，我隨便一刀下去，那幫人肯定全部遭殃！」邊說邊冷笑了一聲，眼睛中瞬間掠過一絲殺機。

「機會只有一次，你我瞅準時機跳下去，包準沒有閃失！」他表情嚴肅，顯然已經下定決心，不給吳奇任何拒絕的機會。

吳奇自然不同意，即便萬無一失，但要用十幾條人命墊背，哪是他接受得了的？更何況他們所在的高度，跳下去不死也得缺胳膊斷腿，哪還有逃跑的份兒？

趙拐的主意一定，立即準備動手，吳奇卻是一個勁地不贊同。

趙拐咬著牙罵道：「臭小子，別耍婦人那一套，現在人爲刀俎我爲魚肉，這幫人不明不白的，關住你一輩子你能甘心？咱這一下手先亂了他們的陣腳，能不能活下來就看他們的造化吧！你小子拿出點當年吳三的狠勁來吧。」

吳奇心道，三叔公是殺過人，但殺的是小鬼子、狗漢奸，和你這興致不同，杜凡只是被怪蜂螫了一下，就變成現在這副樣子。這一窩蜂巢掉下去，只怕整棵樹的怪蜂都要被激出來，到時候哪還有漏網之魚！

「媽的！你小子別礙手礙腳了！」趙拐忿忿罵了一句，上前準備砍斷蜂巢。

吳奇見狀大驚，剛想上前阻止，卵室猛地震盪了兩下，頭頂立即出現一陣怪異的騷亂。趙拐馬上收住手，手電筒疾速地往上一掃，忽見一個黑乎乎的影子，在血紅色枝幹的間隙一閃而過，接著便看到頂部猛地向下一沉，好像有什麼東西踩在那上面。

「有情況！」趙拐一驚，立即揚起馬刀，對著凹陷下來的粗藤劈過去，頓時鮮紅的血有如泉湧一般噴射出來。接著，粗藤的間隙突然伸出一隻血紅色的怪手，一把牢牢地扣住趙拐握著馬刀的手腕。

怪手看起來很纖弱，只有擀麵棍般粗細，五指齊長，像小蛇一般彎曲自如，十分的怪異。雖然細小，但它五指的力量奇大，趙拐被這一下牢牢捆住，無法動彈。吳奇見狀大驚，正準備上前幫忙，卻見另一隻怪手從藤縫裡伸了出來。不一會，整個藤縫裡就像爬滿了蛇。

「不能碰這東西！」趙拐大聲喝道。

吳奇一驚，呆愣不動。

趙拐也算是個人物，眼見右手被擒，左手立即接過馬刀，對著怪手猛地剁了過去。一刀下去，怪手一顫，噴出一股紅色血液，手掌和手臂已然分了家。

趙拐再轉身，揮刀又斬斷兩根束縛著蜂巢的樹枝，頃刻間，兩個火爐般大小的蜂巢徑直跌落下去。

「快走！」趙拐招呼著吳奇，二人順著之前扒開的通道，快速地下到先前的位置，探出腦袋看底下的反應，然後準備往下跳。

剛一伸頭他們又感到驚愕不解，兩顆蜂巢從將近二十米高的樹枝上跌落，居然沒有絲毫反應。盤算中眾人慘叫奔逃的場面並沒有出現，取而代之的是村民睜大了眼，驚恐地看著樹頂上方，一邊看一邊向後退著。

四周的亮度瞬間增強許多，樹下的場景盡收眼底。吳奇還沒明白怎麼回事，就感到一陣焦糊的味道撲鼻而來。

他嗆得咳嗽兩聲，心道不好，樹頂上居然著火了！

禁地

這個近似圓形的洞口，
內部赫然是一級級的石階。
洞口的高度僅有一人高，呈斜切狀直通而下，
像是斜置的圓柱體，
更像是一條巨大的蟒蛇張著血盆大口，
隨時準備吞噬渺小的他們。

第1章

蛻殼

二人壓低身子，注意力全集中到那隻手所在的地方。綠色怪手五指岔開，以蹼相連，整隻手佈滿綠色的斑點，看起來就像長滿青苔的老樹枝。

這種情況著實出乎二人的意料，蜂巢落地無反應極，可能是裡面不再有黃金鬼生存，可樹頂著火實在讓他們驚駭異常。

今夜月色朦朧，也不見有閃電，怎麼說著就著火，難不成樹頂上有人放火？眼下最麻煩的還不只這些，樹頂失火，勢必蔓延下來，要是其他蜂巢還有黃金鬼，那他們是橫豎逃不出去了。

妖槐被大火一烤，發出「唧唧」的恐怖聲響，彷彿是在慘叫。沒過多久，吳奇便感到身後一陣灼熱的氣浪襲來，陣陣濃煙幾乎就快將他二人淹沒。

「跳！再這樣下去我們得活活烤死！」趙拐騰出一隻手，猛地一甩，指著地面喝道。

吳奇原本還有些猶豫，但抬頭一看，紅通通的火焰近在咫尺，烤得二人幾乎透不過氣。二人發狠，縱身一躍，徑直摔了下去。好在地面堆積的是幾尺厚的枯葉層，這一下倒不至於受傷。

吳奇翻滾著，剛直起身，卻見無數大大小小火團從天而降。

地面的枯葉腐骨年代已久，佈滿烷沼之氣，極易燃燒。火團一落下，頓時死地一片火海，濃煙四起，已經無法辨清其他人的情況。

「快跑！」趙拐猛地拽過吳奇，往著叢林深處急竄而去。

等逃離死地躲進四周的草叢中，再回頭一看，整棵鬼血妖槐已經渾身大火。接著，只聽得「轟」一聲，妖樹被燒得坍塌下來，如燃起的巨大火堆。

就在這時，吳奇隱約看見一個黑色人影，從熊火四起的死地中疾速穿梭而去，一頭鑽進對面的密林中。人影的速度奇快，吳奇根本沒法看清他的身形樣貌，但可以肯定，絕對不是一同前來的村民。

他有些不敢相信，難道樹上那些怪手的主子是人？這樹上居然還有人？

記得曾聽三叔公說過，那些怪手是一種叫做鬼手血藤的東西，因邪物的滋養而催生出來的。莫非天長日久，邪物已經成了氣候，幻化成人形？

趙拐原本想藉黃金鬼的力量撂倒眾人，自己好跑路，誰知半路殺出程咬金，害得自己險些被烤成人乾，不過，眼下順利逃脫那幫人的視線，倒也達成目的。

他按住吳奇，兩人小心地趴在草叢中靜候，等火光造成的通天亮光滅掉，再順著往密林的深處逃竄。

此時，他們躲在暗處，可以清晰地看到村民疲於奔命的慌亂景象，心裡忍不住升起了一股快意。

死地中充斥的都是些極易燃燒的東西，很快便燎燒個精光。在靜靜的等待中，火光慢慢地暗淡下去，四周充斥著焦臭刺鼻的味道，夜風一吹，成堆成堆帶著餘熱的黑色煙塵便撲面而來，幾乎要把人淹沒。

眼看著已經到了逃跑的最佳時機，趙拐卻沒有動靜，像是遺漏了什麼，眉頭緊皺，死死地盯著冒出零星地火花的一片焦土。

他「咦」了一聲，然後輕喚吳奇，「把那東西拿出來，好像有些不對勁！」

吳奇還沒明白，趙拐已經上前，從他身上摸出那塊墨陰沉。

藉著殘留的火光，趙拐放在眼前一看，突然拍著腦袋，指著墨陰沉對吳奇道：「氣場有些古怪，你看這麼大的火場下，這東西的顏色竟然有增無減，難道妖槐的地下……」

吳奇定睛一看，墨陰沉的顏色果然加深許多，黑灰色的表面就像抹了層油似的，油光可鑑，黑亮黑亮的。握在手中，直感一陣陰寒順著掌心往裡鑽。

就在這時，他看到鬼血妖槐燃盡的殘灰中，好像有些異常動靜。

整棵妖樹化成的殘灰還冒著熱氣，頂端部位卻慢慢地鑽動著，好像有什麼東西要頂著爬出來一樣。

吳奇剛想看個仔細，突然，墳包狀的灰堆頂部猛地伸出一隻綠油油的手！

不僅吳奇一怔，連一旁的趙拐也吃驚不小。

二人壓低身子，注意力全集中到那隻手所在的地方。因爲距離不算遠，眼下的觀察角度又合適，兩人看得很清楚。

綠色怪手五指岔開，以蹼相連，整隻手佈滿綠色的斑點，看起來就像長滿青苔的老樹枝。不！確切地說，應該不算是手，說是動物的爪子更合適一點。

那手四處扭動幾下，便開始扒動四周的灰，緊接著探出腦袋和身子。二人定睛一看，分明是隻四腳怪物，看不到頭和尾，渾身遍佈綠色的鱗片，一眼望去像隻縮成一團的犰狳。

那東西從灰堆上爬下來，就地打了個滾，竟然順著吳奇他們所在的方向爬過去。趙拐怕驚動躲在密林裡的村人，沒敢輕舉妄動，只屏住呼吸不出聲，心裡倒也想看看，妖槐地下爬出的到底是個什麼名堂。但該做的防備他也沒鬆懈，當下便把吳奇拖到身後，右手依舊緊握馬刀，做出一副如臨大敵的架勢。

怪東西似乎有感應能力，認準二人所在的方向便直線而來，竟絲毫不偏移。眼看已經要爬到二人幾尺近的地方，它突然停住動作，緊接著肚子就像充了氣般，迅速脹大一倍。然後伴隨著一陣「咯咯」的聲響，綠色鱗片開始往下掉，後背也慢慢向上隆起，好像什麼東西要長出來。

趙拐大腦一熱，心道不好，鬼血妖槐所在的死地陰氣橫流，從底下爬出來的東西絕非善類，八成都能要命。思及此，他連氣都不敢喘，握著馬刀的手掌心都滲出了汗。

那東西的後背猛地裂開一條縫，接著只聽得一聲貓叫，一個血糊糊的東西，金蟬脫殼般從鱗片中鑽出來，朝著趙拐的臉部撲上去。

趙拐反應極快，猛一低頭，那東西便撲了個空，竄到他身後的一棵樺樹上，兩下便爬到三四米高的位置，齜著牙惡狠狠地瞪著二人。

吳奇一眼就認出它，這東西居然是村人苦苦搜尋的血信紅！

那模樣吳奇可是化成灰都認得，沒想到才一天不見，塊頭就大了許多，而且越加兇悍。

趙拐自然也認得血信紅，此物不但劇毒無比，而且極其狡猾，普通人倒楣遇見，斷無逃脫的可能。幸好這隻剛剛成型，還成不了多大氣候，但同樣不可小覷。

此時他心裡不是畏懼，而是感到哭笑不得。

自己設了局唬弄這幫山野村夫，主要的目的是跑路，可不是豁上性命幫他們除害，眼下計劃就要完成，不料真的把禍害給引出來。

現在血信紅似乎認定了自己二人，說什麼也不輕易放手，和它一番廝殺，必然暴露行蹤，想跑出去就不可能了。

「我引開這玩意，你先走吧！」趙拐發了狠，無奈之下做出權宜之計，「我剛才在樹上辨了方向，你一直往北走，那裡沒有他們的人！現在跑一個人是一個。你按我說的走，我要是能出去馬上追上你！」

「那你呢？你怎麼辦？」吳奇聽趙拐說得如此悲壯，當下有些急，看那血信紅妖異兇殘的模樣，不由得替他擔心起來。

趙拐哼了一聲道：「別他娘的磨嘰了，再不走咱倆就算有命，也得回去繼續住地窖！快走！」

吳奇也覺得對，有人逃走就有希望，於是一咬牙，埋頭朝著黑乎乎的密林，摸了進去。

此時，密林中的樹木比較稀疏，易於穿梭，吳奇藉著月光一路朝北，不知跑了多久，直到再也挺不住，才喘著粗氣，一頭栽倒在草叢中，摔得滿嘴都是泥，趴在地上怎麼也爬不起來。

許久，吳奇才騰出一隻手，扶著跟前的一棵銀杉站起來，呸呸吐了兩口，轉頭看原來火光的位置。

自己所在的位置樹木繁茂許多，一眼望去，原先死地的方向被樹木遮擋得看不見火光。

深夜的密林中，瀰漫鬼魅的淡藍色霧氣，幾隻貓頭鷹矗立枝頭，卻突然受了驚嚇一般，怪叫兩聲，展開寬大的翅膀迅速飛離，消失在夜空中。

吳奇定了定神，掃了四周一眼，準備繼續往北跑路，倏地，他感到一絲不對，猛然一抬頭，只見正前方的銀杉樹上，一隻血信紅正瞪著綠色的眼珠子，目無表情地盯著他。

吳奇雖然料定這鬼林不會太平靜，自己也沒那麼容易全身而退，但萬萬沒想到，血信紅陰魂不散地追到這，好像對自己有極大的興趣。這東西是自己逼出來的，難不成現在就卯上自己了？

第2章

巫術籠罩的地方

「難道那些黃金鬼蜂也是你馴養的？也是為了幫你守護著某些東西？」吳奇試探著問道。事已至此，各種可能接踵而來，似乎把它們聚集起來，就變成一種叫事實的東西。

遲疑間，那東西一咧嘴，露出滿嘴滿嘴鮮紅的細牙，縮了縮腦袋躍躍欲試，又似乎有所忌憚。

吳奇想起之前趙拐描述過血信紅的恐怖，此時更呆立在原地，動也不敢動。雙方就這樣對峙著，誰也不敢先行動手。

不一會，血信紅按捺不住，焦躁不安地沿著在銀杉樹上盤桓兩圈，身上的血色越加艷麗，好像是血從它體內滲出來一般，在灰濛濛的夜色裡顯得極爲扎眼。倏地，血信紅展開四肢，像一隻巨大的蝙蝠，朝吳奇的臉孔撲了過來。

那東西的動作實在太過迅速，吳奇根本沒反應過來，一陣腥寒的涼氣剛入鼻腔，便見一大團血塊般的物體貼在自己的臉上。

血信紅的攻擊手段極爲殘忍，對於有反抗能力的人，首先會展開自己的身軀，將人的頭部緊緊裹住，讓其窒息或者中毒而死，一旦它的身軀遭受攻擊，便會將人的頭皮臉皮一起剝下來，快速竄離。平常人遇到血信紅，其實和獨自遇到饑餓的猛虎沒有什麼區別，橫豎都逃不過死劫。

這隻血信紅即將開始人生的第一次殺戮。說時遲，那時快，眼看著就快貼到吳奇的臉上，卻突然怪叫一聲，身子猛地傾斜，側著吳奇的面門，不可思議地飛了出去。

吳奇只感覺幾滴冰涼的液體濺在自己臉上，恍惚間抬眼一看，那血信紅徑直向左，撞到一棵樹的樹幹，接著便再也支持不住，重重地摔在地上，發出陣陣「唧唧」的慘叫。

吳奇側眼一看，一個人影立在自己右側不足一丈的地方，他平舉著左臂，夜色之下，赫然可見赤紅色的胳膊上綁著袖箭盒。

吳奇吃了一驚，再看那張臉時，頓時激動得有些語無倫次。

「鬼伍？怎麼是你？你怎麼在這裡？」

此人正是鬼伍，方才虧得他的凌空一箭，不然吳奇這張臉皮肯定會被活生生地剝下來。他的出現實在讓吳奇有些吃驚，失蹤了幾天，卻在這時候突然出現，救了自己的性命，也太像武俠電視劇的情節了。

鬼伍放下舉起的左臂，大步向前跨了兩步，血信紅一見此，慌亂地跳上一旁的大樹，逃竄而去。

鬼伍也不追，直接走到大樹旁，觀察樹幹上帶血的袖箭。鬼伍的袖箭是機關擊發，力度奇大，不僅從血信紅身上穿膛而過，還深深地沒入樹幹小半截。

他小心翼翼地拔出那枝袖箭，轉頭對吳奇正色道：「現在還不能殺它，還要讓它幫我們找東西，我在它身上留了點記號，想找到它不難的！」

吳奇對他自然信服，只是心裡還不明白，於是忍不住問道：「你怎麼突然出現在這，這幾天去哪了？」

「樹上！」鬼伍淡淡地回了一句，若無其事的樣子。

「樹上？」吳奇愕然道：「火是你放的？剛才從火中跑出去的影子也是你？」吳奇說完，意識到自己的猜測得沒錯，在這種地方，正常人都找不到，更別說有剛才火場中那般身手的人。

鬼伍道：「我跟蹤這東西，就是爲了找那個，沒想到會碰到你！」他頓了一下，繼續道：「這幾天我檢查了四周，再往前走，就是他們的捕獵區，到處是陷阱和捕獸夾，你根本走不出去的！」

吳奇顯得鎮定，鬼伍的出現讓他安心不少，他繼續問道：「那你爲什麼要燒掉妖樹，爲什麼又會在那上面？」

「那是我的巢穴，就像那些黃金鬼一樣，我也得有自己的巢穴，守護某些東西！」鬼伍表情茫然，好像在爲自己燒毀妖樹感到悔意，看得出他有迫不得已而爲之的無奈。

「難道……那些黃金鬼蜂也是你馴養的？爲了幫你守護某些東西？」吳奇試探著問道。事已至此，各種可能接踵而來，似乎把它們聚集起來，就變成一種叫事實的東西。

鬼伍輕輕點頭，用近乎滄桑的語氣道：「這是我的使命，現在我不得已毀了這些東西，也是爲了不讓它落到一些居心叵測的人手裡。」

吳奇知道鬼伍的脾氣，再追問也問不出結果的，但鬼伍的態勢陡然增加他的好奇心。的確，誰會想得到古怪的妖樹上有什麼不可告人的玩意？

「你的使命？就爲了守護一棵樹？難道你也是這裡的人？」

鬼伍沒有回答，望著吳奇，愣了許久才嚴肅地道：「你發現這村寨裡的人，有什麼和常人不一樣的地方嗎？」

這點問到了吳奇心坎上，即便鬼伍不問他，他也準備表達心中的疑惑。「我在這些人的身上，聞到和周家老爺子身上一樣的味道，你說的是這個嗎？」

鬼伍點頭，許久才道：「都是一群行屍走肉，他們表面看起來和正常人一樣，其實只剩一具軀殼，這裡的人只懂得盲目崇拜、服從，抗爭對他們來說是不可能的。我實在不知道這種古老醜陋的惡俗，究竟還要持續到什麼時候！」

「那……我們下一步該怎麼辦？」吳奇顯得窘迫。按著鬼伍的說法，眼下不僅自己，那些被囚禁在村裡的人，勢必仍處在極度危險之中，天知道這幫古怪村民會對他們做些什麼。

在自己的印象中，活人祭祀是常見的項目，只希望這幾人千萬別成爲村民獻給冥王公祖神爺的祭品。

鬼伍辨聞了下袖箭上的氣味，很肯定地道：「它往後山的方向去了！跟上它，我們要找的東西應該在那。」

吳奇此時想的是怎麼救出其他被抓的人，實在搞不懂鬼伍帶自己去後山做什麼。鬼伍給自己的感覺是對這裡有印象，但又好像不是特別地熟悉，如果鬼伍也是村寨的人，沒理由帶著自己像做賊一般，在林中亂竄啊。

二人一陣小跑，沒遇到什麼陷阱和獸夾，一路順利地來到後山。所謂的後山，其實只是一座很小的山包，鬼子嶂是丘陵地帶，後山與四周聳立的無數小山相比，顯得像個侏儒，或許叫它大土丘更合適一些。

在吳奇看來，覺得它更像一個巨大的墳包，不禁懷疑是不是某個巨大的陵墓。這裡和荒涼的村寨相比，除了地勢略高，顯得通亮一些外，並無其他區別，似乎是同樣的死地。幾處殘垣斷壁倒在地上，渣石狼藉，黑乎乎的磚石有的深深陷進泥土裡，從表面的灰跡來看，似乎遭受過大火的洗劫。

「這是什麼地方？怎麼看起來像有建築痕跡啊？」吳奇看著這縱橫輻射到周邊不小範圍的滿地的磚石，疑惑地向鬼伍問道。

鬼伍先是一陣沉默，接著搖頭表示不敢肯定，隨後俯下身，就地抓起兩塊斷磚端詳一番，接著隨手扔掉，指了指四周道：「這是磚窯燒製出的青磚，應該是另外的建築，在這荒山野嶺建造的建築，恐怕只有山神廟了！」

山神廟？吳奇有些吃驚，若眞是山神廟，從這斷壁殘垣、碎磚斷瓦的散落範圍來看，足以說明它的規模不小。

大山深處的居民崇拜山神，是司空見慣的事情，但是按照眼前這座山神廟的大小，看來裡面供奉的神足以影響周邊一大片地區。

「這不像是自然災害損毀的，肯定是人爲造成，被人硬砸掉的！」鬼伍指著滿地的碎磚瓦，很肯定地道。

「該不會是村人祭祀的冥王公祖神爺造成的？」吳奇一聽，不明白什麼人要砸掉他們崇拜的山神，但一想便覺得有可能是因爲某些信仰衝突的緣故。

人爲破壞供奉山神的場所，其實在古代很常見，比如太平天國早期的傳教運動。因爲太平天國是宗教性質的組織，洪秀全、馮雲山等人鼓動當地人也信上帝，便進行一系列的砸神活動，破除當地人對大大小小山神的迷信。比較有名的就是砸六烏神像、砸甘王爺廟！

再追溯至前，太平教、五斗米教、白蓮教，以及之後的義和團，屢屢上演此幕，總之是罷黜百家，唯我獨尊！只要有宗教信仰衝突的地方，就會出現砸神運動。

根據考古隊搜集掌握的資料來看，這個偏遠的山區當時是個非常龐大的少數民族聚集區，壯、瑤、侗、苗等族在這裡廣泛分佈，出現信仰不同的情況屬於極正常的現象。

鬼伍冷冷地道：「你不了解這裡，這裡的人其實有一種特殊的信仰！」

「什麼特殊信仰！」吳奇一聽來了興致，當即問道。

第3章

永恆不死丹

吳奇再一看，這石碑上所刻的，記述：常天井本是南朝人，曾北遷入胡，效忠北魏拓跋氏，專司煉丹之職，後隱居深山，潛心研習醫藥，終於煉成永恆不死丹，流芳千古！

「拜物教！」鬼伍帶著一絲肯定道：「古代的山民很多都有拜物教和巫術信仰，他們相信某種物體能夠賜給他們某種力量，便對此產生崇拜，也許這裡曾經是巫術籠罩的地方！」

「巫術籠罩的地方？」吳奇皺了皺眉：「你的意思是，這裡的村民都是巫術高手？」說完又感到有些好笑，自己也算有些閱歷，對這類東西的可信度自然有些打折，村民身上的古怪味道難道也和巫術有關？

二人一路說著，鬼伍在前面領路，帶著吳奇悄悄溜進一個山洞。這是一處開鑿在山體內的空曠場地，到處是石製雕像，如隧道一般。

往裡一直深入一百多米，空間才陡然增大，前方洞穴中央，有一座幾丈見方的石台，似乎是祭祀的地方。山洞最裡端的供台上，赫然是一個人的銅像，那人正襟危坐，長鬚及地，顯得仙風道骨。

「這裡究竟是什麼地方？」吳奇環顧四周，感覺一股詭秘的氣息撲面而來，忍不住問鬼伍。

鬼伍淡然地回道：「這是後山禁地，寨子裡的人視為至高無上的神聖之地！」

吳奇一聽，嚇出一頭冷汗。

他奶奶的，誤闖入村寨都會被抓去關禁閉，說不定一輩子都出不來，這下直接溜到人家的禁地，一旦被抓住，還不直接給活活分食了？

看到鬼伍對這裡輕車熟路，好像很熟悉的樣子，吳奇心中的疑惑到了極點，當下不吐不快：「你到底和這裡有什麼關係？怎麼會這麼了解？」

鬼伍看了吳奇一眼，淡然地道：「你忘了？我其實和這裡的人一樣，也是一具行屍走肉！」

「爲什麼？」吳奇還是不解，「我實在不明白你在說什麼？這裡到底發生了什麼事？」

鬼伍指著供台上的銅像，對吳奇道：「這就是這裡人跪拜和敬仰的冥王公祖神爺，是這裡的主宰者，這裡的人相信他能夠主宰一切。他們所守護的，正是他的秘密！」一邊說，鬼伍一邊緩緩踱著步，走到山洞東南角立著的一塊石碑前。

石碑上刻滿文字，吳奇湊上前看，掃了一眼後感到興奮。原來這塊石碑上記載的，正是有關冥王公祖神爺的生平。

頓時，一個熟悉的人名竄入吳奇的眼球：常天井。

常天井？吳奇一怔，覺得這名字似曾相識！雖然並不知道究竟是何方人物，只是《六壬奇方》上多次出現這個名字，想必這位主兒是古代的一位知名醫師，怎麼這麼巧在這兒又見到這個名字？

吳奇再一看，石碑上所刻的，記述：常天井本是南朝人，曾北遷入胡，效忠北魏拓跋氏，專司煉丹之職，後隱居深山，潛心研習醫藥，終於煉成永恆不死丹，流芳千古！

永恆不死丹雖說比較扯蛋，碑文上的生平估計假不了，要說此人是當世名醫，也合情合理，但從碑文上的記載來看，此人似乎更注重丹藥的煉製，上面著重記述他窮極一生都在研習不死丹藥，最終功業大成，自己食用丹藥成仙。

然而，從正史上的記載來看，常天井經常被劃入煉丹家、金屬冶煉家和化學家一類。對於他煉製不死丹，很多是野史傳聞，和其他歷史傳聞一樣，誇大其辭的成分比較多。

「這能說明什麼？難道這裡是常天井煉製某種丹藥的遺址？」吳奇猜測道：「村寨裡的人剛好生活在這些遺址附近，有些太巧合了吧？難道這裡的人和一千多年前的常天井有什麼關聯？」

鬼伍一時也無法斷定，環顧四周許久，才淡淡地道：「或許有另一種可能性，這個遺址本身就是個囚籠，外人進到這裡，就再也沒法走出去了。」說完，微微一聲長歎。

繞過常天井的坐像，前方又是一處山洞，洞很寬敞，內壁和頂地平淡無奇。正面赫然是兩尊奇特的人形石像，它們非常高大，足有三米多高，和洞壁洞頂連在一起。雕像臉孔和體格線條雕刻得非常細緻，體格健碩、表情兇惡，六隻手共同握著一件像叉的兵器。

吳奇定神才發現沒看錯，雕像確實有六隻手，加上站立的雙腳，一共是八隻，配合兇悍的表情，顯得極爲嚇人。它們要是被雕成俯地爬行的姿勢，人們肯定會把它們當成是某種古怪的蟲子！

兩尊石像並不是並列，而是錯開留下可供一人通過的距離。吳奇小心謹慎地往裡探，只見又一尊石像以同樣的方式矗立在後方。

這是一條特殊的通道，由一排雕像將通道的路線設置成波浪形，就如無數個「S」首尾相接而成的路線。

顯然，後面還有與之相連的空間。

吳奇正疑心後頭應該才是村寨裡的人所說的禁地時，卻見鬼伍提著光源，領先鑽入石像群中，吳奇趕緊跟上，二人沿著石像排列而形成的蜿蜒通道緩緩深入。

大約經過二十多尊石像，穿過通道，一個空曠區域展現在眼前，光線所至，將周圍的景象從黑暗中剝離出來，頓時讓他們驚出一身冷汗。

「這是什麼東西？」吳奇輕聲問道，身子卻不由自主地退回原本進入的通道洞口。就連鬼伍的身子都微微顫動起來，顯然同樣被眼前不可理解的景象震懾。

眼前是四根通頂的石柱，足足有一人手環抱起來那麼粗，分別矗立在四個角上，柱面上刻滿各式古怪的圖案，一個個肥碩的大猴子以各種姿態呈現在眼前：有的在捕食獵物，有的似乎在進行交配繁育。

最醒目的是畫面上矗立的那一個個像籠子一般的鴨梨狀物體，被關在裡面的人痛苦地張著嘴顯出掙扎的樣子，身子和表情嚴重扭曲，顯得異常畸形。

看著這些逼真的雕刻，吳奇幾乎能身臨其境地感受到那些人的痛苦和絕望。

第4章

儺面鬼洞

這個近似圓形的洞口，內部赫然是一級級的石階。洞口的高度僅有一人高，呈斜切狀直通而下，像是斜置的圓柱體，更像是一條巨大的蟒蛇張著血盆大口，隨時準備吞噬渺小的他們。

石柱上的內容很繁雜，大部分都是敘事類的，很容易辨別出其中的內容，幾乎所有的雕刻都和煉丹密切相關。

與石柱相對應的，便是一人高左右的木柱，多達十數根。上面雕著一個個猙獰醜陋的面孔，一眼望去，根本沒法讓人相信是人的面孔，即便具有人類的五官面貌，但看起來更像遭受過嚴重失敗的整容手術而形成的面孔，應該是妖魔鬼怪和兇悍的野獸才具有的。

二人站在石柱之間，感覺就像一大群恐怖的妖怪正貪婪地盯著自己看，貪婪地嗅著他們所散發出的人肉香味。

「這些東西是幹什麼的？」吳奇沒見過這麼多的恐怖面孔如此密集地排列，從那些敘事雕刻來看，似乎並不是單純的圖騰柱。

鬼伍道：「這是儺！」

吳奇還在疑惑，心道什麼鑼？

鬼伍繼續道：「這些是儺神面具，地方儺師們驅鬼戴的，據說儺師們戴著儺神面具，配合著鼓樂和舞步，既能通靈與鬼神進行對話，又可以驅逐妖魔鬼怪！」

一聽他說是儺，吳奇恍然大悟，記得聽三叔公說過，中國某些地方存在特色儺文化，是歷史悠久的一種神秘文化。湘西、贛南、西南等地儺文化廣泛地分佈著，基本上都與祭祀神靈、驅除鬼神有關。

火光抖動著，陳腐的朽木上，一張張猙獰的臉孔被襯得煞白，越加讓人心寒。吳奇仔細一看，突然發現：儺面具目光聚焦的方向並不是他們進來的位置，而是朝裡面的方向，幾十張臉一齊盯著一個黑黝黝、深不見底的洞口。

「不是儺神的面具嗎？怎麼不是儺師們戴在臉上，而是刻在木頭上直接豎在這裡？那裡是什麼地方？」吳奇看著那深不可測的洞口，不解地問。

鬼伍拿著手電筒，順著他手指的方向照向那邊，將整個洞口毫無保留地顯現出來。這個近似圓形的洞口，內部赫然是一級級的石階，由近及遠漸漸模糊蹤影，通往未知的深處。

洞口的高度僅有一人高，呈斜切狀直通而下，像是斜置的圓柱體，更像是一條巨大的蟒蛇張著血盆大口，隨時準備吞噬渺小的他們。

這裡的人把驅鬼的儺神面具豎立在這，目光都盯著古怪的洞口，這種情形不用多想已經足夠讓人膽寒，難道它們要驅逐的鬼怪就處在深洞內？

一想到這，吳奇不寒而慄。

鬼伍又道：「當時的煉丹術已經氾濫成災了！」他指著那些石柱，「上面刻的就是丹藥對那些人生活的影響，它們的藥力很強，對當時這裡的人們產生很大的控制力！」

吳奇輕聲問道：「難道他們要驅除的鬼怪就是丹藥？可是爲什麼這裡流傳的是丹藥崇拜呢？人們對丹藥的崇拜，並不是把它們當瘟神一樣的驅逐啊！」

鬼伍正色道：「可能和人們觀念的改變有關，崇拜有兩種，一種是敬畏型的，一種是尊崇型的。即便是惡神，在某些少數民族眼中的地位也極高。石柱的年代已經很久遠，也許後來某段時期，人們對煉製丹藥的態度開始發生變化。可能人們認爲是上天的安排，從而乖乖地順從，也可能是這些丹藥幫了他們很大的忙，使得人們對它們產生好感……」

「順從的可能性不大吧！」吳奇道：「如果蜘蛛氾濫成災，這裡的人早遷徙到別的地方，惹不起難道還躲不起嗎？不過，誰能想像出這些噁心玩意能給人們帶來什麼好處？」

鬼伍繼續說道：「事物都是有兩面性的，蠍子毒蛇蜈蚣雖然有劇毒，但醫藥價值很高。當地人或許利用丹藥，治好許多疑難雜症，也可能憑藉它們戰勝某些瘟疫。」

吳奇靜靜地看著鬼伍，彷彿他就是這裡的主人，正向自己訴說這裡的歷史。但對鬼伍所說的丹藥，吳奇內心並不完全信服，從嚴格意義上來說，古代煉丹製藥也屬於中醫的範疇，丹藥屬於高級消費品，熱衷這類產品的人非富即貴，並不是尋常人能享受得起的。

吳奇頓了頓，試探地將手電筒光從洞口照進去，一眼還是打不到底，只看到一級級的台階，他開始疑心這是個陵墓，頓時聯想到古墓裡各種古怪的機關，又將目光瞟向了鬼伍。

他的餘光瞥見表情兇悍的一張張儺神的臉，雙目圓瞪警惕地緊盯著洞口，彷彿隨時會有某種鬼怪會從洞中竄出。此刻，看著那些儺神面具，彷彿它們的表情也充滿驚懼膽怯。

「進去看看吧！」吳奇道：「既然到了這地步，不破除這裡人的迷信，根本沒辦法救出其他人！」說著，便小心地順著洞口探進去。

洞內極其黑暗，二人沿著腳下的台階，憑感覺邊探邊走，周圍的石壁比較乾燥，黯淡的光線下只勉強看出灰黑色夾雜著些許的淺綠色，吳奇根據他們走的路線，肯定這裡是個斜切下通的通道。

「奇怪！」黑暗中除了呼吸和腳步聲，沒有一絲其他聲響，吳奇打破闇靜。「這個斜切的通道有古怪，台階和通道都是人工開鑿的，而且曾經一段時間使用率很高！這……這難道是礦道？」

鬼伍摸了摸石壁，沒有回話，反而眉頭緊鎖，加快了腳步。很快地便穿過通道，抵達盡頭，眼前是一處寬廣的空曠地，手電筒光線所到之處，依稀地泛出陣陣綠色。不，不是光的原因，而是手電筒照在帶著綠色的岩壁上，比起礦道中，這裡的綠色顯然濃厚許多，模糊的光線下，像是岩壁上長出一層苔蘚。

「沒錯，是銅礦！」鬼伍迅速掃了四周一眼，十分肯定地道：「這果然是個礦地，是黃銅礦！」

第5章

慘烈的屠殺

一張張高度扭曲的肢體和驚悚駭人的場景，讓一股濃濃的血腥味不可阻擋地透射出來。眼前一系列畫面看得讓人心裡發毛，可以確定這是一場極為慘烈的屠殺。

「黃銅礦？」吳奇將信將疑地望著鬼伍，只見他笑著道：「只不過是一個很普通的黃銅礦，規模也不是很大，有一定實力的地方豪紳就可以私自進行開採！」

的確，只要在當地有錢有勢力，開採礦物並不是太大的難事，可是歷朝歷代對開礦管理的都很嚴格，私自開礦是重罪，如果一個顯赫的家族爲了一個規模不大的銅礦而獲罪的話，其實是很不划算的事情。

眼前這個礦道的開採時間應該不長，因爲眼下所見的開採量很小，相信這種進度規模，加上古代黃銅的價值，基本上是賠本的買賣！

「有發現！」這時，空曠的洞內傳來鬼伍的聲音，在四周迴響著。

吳奇循聲迅速湊上前，朝著他手指的方向望去，只見暴露在手電筒光圈下的，是岩壁上一塊巨幅圖案。

圖案在正對面的一塊巨大石壁上，佔據極大的篇幅，談不上是壁畫，勉強只能算是一幅敘事型的雕刻。

它沒有任何色彩，只有粗獷的線條，不難看出雕刻時的倉促。

所有的人和物件，僅用簡單的線條勾勒出輪廓，人們赤裸著上身，腦後垂著一條長長的髮辮，有的佇立在巨石前高舉著鎬頭，有的手推著滿載礦石的推車，一片忙碌的情形，異常的生動。

看著這幅場景，吳奇彷彿感到畫面上的人都活了起來，熱火朝天地唱著高歌，來回不停地穿梭。

「怎麼？清朝時期的人？」吳奇指著那些人腦後垂著的辮子道，說話間目光仍舊不離那些畫面，很快便證實他的猜測。

再往右手邊，赫然是一個身著清朝官袍的人，躊躇滿志地注視著眼前的場景，看著這些人賣力地爲自己攫取著財富。

二人一頭霧水，越來越亂，一會兒北魏，一會清朝，壓根都不搭調兒，著實讓他們摸不到邊際。

畫面上的場景顯然比他們現在所在的礦地大上許多，看來礦洞不止一個，肯定有通道通往其他更大的礦洞。即便如此，從畫面的描述來看，這個礦場也不會大到哪兒去，而且觀察礦石的顏色，礦石的含銅量並不是很高。

「這裡的人守護的所謂秘密，難道就是這些並不豐富的礦藏？」吳奇皺眉道。轉念一想又不對，守護這些秘密，沒必要把一個古代醫師當成神靈般膜拜吧？按這礦的開採程度，很像是在中途就戛然而止了。

吳奇疑心這個清代的銅礦，一定是在開採過程中出了什麼不可抗拒的變故，迫使那些人不得不放棄礦藏。

鬼伍道：「我覺得事情沒有那麼簡單，礦藏是後來人才發現的！」一個小小的黃銅礦能讓人世代守護，本身就已經是令人匪夷所思的事情了，更何況它還和古代一位著名的煉丹家牽扯上關係，實在無法讓人草率地做出判斷。

煉丹會用到黃銅嗎？吳奇不禁思索道。古代煉丹原料中含有重金屬元素，而丹藥的很大一部分成分就是重金屬。長期服用這些東西，唯一的功效就是讓人死得更快，更別提什麼助顏長生了。但丹藥中的重金屬多爲鉛、銻、汞等，銅則比較少見，倒是煉丹用的煉丹爐大多是銅質。

吳奇一邊想著，目光一直停留在那些雕刻劃上，接下來的內容是延續之前的故事，卻有很大的轉點。畫面上突然多出一扇巨大的鐵門，是柵欄式的鐵門，牢牢地卡在通道的口子處，雖然線條粗陋，但可以感覺到那扇鐵門的堅固厚實，不知道那些人用它隔擋隱藏些什麼東西。

相鄰不遠的畫面上，地面突然出現一個洞口，應該是某些暗道，也可能是礦道。一些赤膊長辮的人，將一個個方形物體從地洞裡搬出來，看樣子像是在搬運箱子，他們將這些箱子從地洞中搬出，再一個個搬進那巨大鐵門的暗道之中。

帶著謎題的畫面到此而止，其後的則讓人感到匪夷所思：畫面上的人驚慌失措地拚命要從鐵門中逃脫，好像遭遇什麼巨大的變故。

接下來，畫面中突然出現許多用紅色標識的惡鬼。他們渾身赤紅，舉著刀叉肆意屠殺那些人，很多人甚至被硬生生地撕裂，身首異處，斷臂、人頭、血污遍佈滿地。雖然畫面只用少許淡淡的紅色進行渲染，但一張張高度扭曲的肢體和驚悚駭人的場景，讓一股濃濃的血腥味不可阻擋地透射出來。

眼前一系列畫面看得讓人心裡發毛，雖然不確定遭遇如此悲慘境遇的是什麼人，但可以確定這是一場極爲慘烈的屠殺，他們的最終命運，和爲王侯將相修建陵墓的工匠們是一樣的。

更讓人不解的是接下來的場景：一個巨大的石塊矗立著，上面佈滿了孔洞，一群人被強行驅趕著進入那些孔洞中，而巨石一旁則形象地刻著堆積的骷髏。

「這是屠殺，這些人完成某些事情，最後都被滅口！只是，這……」吳奇心有餘悸地說道，對鬼伍後面說的內容有些似曾相識，「這好像……和趙拐說的蜂巢居挺像的！」

「哦？」吳奇聽他這麼一說，立刻扭過頭一看，眼中立即多了一樣東西。手電筒的光比較微弱，泛出淡黃色，那東西在弱光下顯出輪廓，吳奇看到後不禁倒吸了一口涼氣。

「這到底是什麼地方？這些是什麼？」吳奇怪叫了一聲，爲原本就黑暗神秘的場所平添幾分恐怖。

鬼伍順著他手指的方向望去，只見一個個長方形物體整齊地排列在四周，一眼盡是，他們先前都絲毫未發現，原來他們一直都處在這些東西的包圍之中。

「這是棺……棺材！」吳奇頭皮一麻，指著那些長方形物體道：「這裡怎麼會有這麼多這東西？難道……」

吳奇聽說過洞葬的風俗，就是將棺材按著某種規律，排列放置在山洞中集體安葬，這種風俗在苗人中最為多見，難道他們誤打誤撞，不小心闖入古人安置死者的棺洞中了嗎？

但再一想便覺得不對，開礦怎麼開到這地方，而且又怎會在這種地方大肆雕刻記述呢？

各種疑惑接踵而來，讓處在這樣環境中的吳奇感到有些恐慌，當下連呼吸也變得沉重起來。

鬼伍道了聲：「不對！」快速地掃了四周一眼，二人一齊走近那東西的前面，再仔細一看，立即又是一頭霧水，這東西根本就不是棺材！

那些東西分明是一個個用磚石澆鑄而成的固定石台，石台大概接近三米長，一米寬一米高，表面半光滑半粗糙，上面很多毫無規律的刻痕。這種刻痕絕不是作為裝飾而有意爲之，更像自然的損傷，大概是被某些硬器長年累月地摩擦形成的，還有些痕跡是高溫薰烤留下的。

石台的台面比台基寬上了些許，上有凹槽，沿著另一個邊延伸過來，位於中心的位置，長度占了整個石台面的一半，寬度只有一尺左右，深度不超過二十公分，上面鑲著一個鏽跡斑斑，如鍘刀一般的小鐵架子。

所有的石台造型一致，整齊地排列著。這般大小的東西，無論從任何角度看，都像極了一具具棺材，也難怪吳奇會杯弓蛇影。

吳奇想起畫面上的屠殺場面，當下疑心是某種刑具，粗略地數了一下，這些東西多達上百個，一眼望去，石台排列在石洞中，泛出陣陣詭異的氣息，實在搞不懂究竟是什麼用途。

一看不是棺材，吳奇鬆了一口氣，心道總算不是什麼棺材洞之類的。但也只是些微放鬆，他明白，這些東西絕不是乒乓球桌，更不會是集體食堂的飯桌。

「這好像是個密室！」鬼伍邊踏著步，邊用手電筒掃著四周。

藉著亮光，吳奇看到那些用堅硬磚石堆壘而成的牆面，每隔一段距離，上面就有一道被火薰烤過的黑色痕跡，很顯然是照明的用火導致的，從這裡開始很明顯已經不再是山洞，而是人工建造的某種工程。

除了一個個石台，這裡顯得空空蕩蕩，看不到其他的門和出口，彷彿是個有進無出的地方。

最近發生的一系列事情讓吳奇有些精神緊繃，驚恐之餘，趕緊調整好自己，安慰自己這裡不過是個普通的密閉場所，至少還可以順著原路折返，不至於無路可走，被困死在這裡。

他們的目光一直沒離開過石台，鬼伍忽然「咦」了一聲，小心地往像鍘刀的鐵架上一摸，等他的手縮回來時，手中多了一個閃閃發光的東西。

吳奇一看，有些吃驚：居然是一枚硬幣！

這下，吳奇他們更摸不著頭緒了，在這地方發現硬幣，當眞讓人匪夷所思，這裡不是與世隔絕嗎？怎麼還有人曾經光顧？

第6章

餵丹

吳奇只感到舌頭一涼，一個花生米大小的東西被塞進嘴裡，一股辛辣味便湧上腦門。恍惚間，感到那雙毛茸茸的手緊緊捂住他的嘴，強迫他吞下那東西。

吳奇取過那枚硬幣，看了看上面的圖案：一隻老鷹張著翅膀，嘴裡叼著一隻蛇，矗立在石頭上的一棵樹上——看樣子更像是仙人掌。圖案下面，便是某種樹的枝葉環繞著。

吳奇眼前一亮，當即道：「我認得這東西，這是鷹洋！老鷹的鷹，洋人的洋，也是銀元，是以前的人使用的大洋中的一種！」

鷹洋就是墨西哥銀元，清末時期在國際市場上流通很廣。鴉片戰爭之後，這種貨幣大量流入中國，當時可以和銅錢、銀子一起被當作合法的貨幣流通。吳奇認識這種東西並不奇怪，吳三好古，在耳濡目染之下，當然也見識過一些。

無意間發現一枚特定時代的產物，不得不讓二人感到驚愕，鬼伍眉頭一皺，就著所有的石台搜尋起來。果然，很多散落的銀元、方孔銅錢陸續被找到，有墨西哥鷹洋，還有道光通寶、咸豐通寶……

鬼伍說道：「原來是這樣，這是造幣用的密室，有人曾經在這裡私自製造錢幣！」

吳奇當下終於明白，這群人爲什麼搞得這麼秘密，私自開礦私自鑄幣都是重罪，只有利慾薰心的人才會鋌而走險，這裡居然是古代的私人鑄幣廠！

吳奇道：「看來就像你說的，壁畫上那些說的是鑄幣的事情，他們爲了滿足鑄幣的需要，才會就地開採銅礦，可能是在開採過程中，發現了什麼古怪！」

他邊說，邊轉頭徵求鬼伍的意見。就在這時，手電筒忽閃了兩下，大概是使用時間過長，眼看就要熄滅了。

他象徵性地拍了拍手電筒，再次瞄了一眼來時走的路線，以便憑著記憶原路返回。突然，他的目光又捕捉到異樣：對面那堵原本光禿禿的石壁上，不知什麼時候多出一個巨大的人影，正以一種古怪的姿勢站立著。

那影子巋然挺立著不動，腦袋出奇的畸形，看起來就像是一個巨人頭上長滿了菜花狀的肉塊一般，說不出的怪異！

吳奇嚇了一跳，就在這時，手電筒的光一下子熄滅，四周一片黑暗，陷入伸手不見五指的境地。同時，一陣「噹噹」的聲響，從未知的黑暗深處傳遞過來。

空曠的石洞內極其安靜，沒有一絲聲響，眼下燈光熄滅，所有的感官知覺都凝聚在耳朵上，任何細小的聲音都逃不過。

吳奇豎起耳朵傾聽，不一會，那聲音再次響起，有節奏感的，像極兩條鐵鍊撞擊的聲音，並且越來越近，似乎有某個東西拖著沉重的鐵鐐，緩緩地朝著自己所在的地方靠近。

只聽那聲響的頻率變得快許多，越來越多的怪聲交會一起，嘈雜一片。吳奇心裡一緊，冷汗就冒出來了：奶奶的，這不知名堂的鬼東西居然不止一個。

「這是什麼東西？」吳奇只感到眼前一亮，驚駭地發現漆黑的石洞中不知什麼時候開始多出一些東西。

他的正前方，交錯排列著一個個血紅的光點，左右晃動地向他們所在的方向靠近，像極了狼群一雙雙貪婪的眼睛，殺氣騰騰。他們很快就意識到，這些聲音就是這些眼睛的主人製造出來的。

伴著越來越頻繁的鐵鍊撞擊聲，一股無法形容的怪味撲鼻而來，乍聞起來感覺就像是燒焦的腐屍發出的怪味一般，極其難聞，沒幾下，吳奇被嗆得險些嘔吐。

那些東西已經近在咫尺，味道也越來越重，吳奇清楚地感覺到自己被幾隻東西包圍，而它們正慢慢地縮小著包圍，眼下逃脫是不可能的了！

就在這時，吳奇只感到一隻毛茸茸的大手摸上他的臉，迅速牢牢卡住他的腮幫，狠命地一捏。

吳奇痛得張大了嘴巴，還沒來得及掙扎，嘴裡突然多出一樣東西。

吳奇只感到舌頭一涼，一個花生米大小的東西被塞進嘴裡，圓乎乎的不知道是什麼，只感覺東西剛入口，一股辛辣味便湧上腦門，整張嘴又酸又澀又辣，麻木得沒有一絲知覺，好像嘴巴已經不屬於自己了一般。

恍惚間，感到那雙毛茸茸的手緊緊捂住他的嘴，強迫他呑下那東西。

黑暗中的鬼伍和吳奇有相同的遭遇，他立即意識到危險，只憑著感覺反手一扣，便掙脫對方。

他一口吐掉塞進嘴裡的東西，大聲驚叫道：「不好！千萬不要呑下去！快……快吐出來！」說話間，順黑迅速移動到吳奇所在的位置。

吳奇驚愕之下一個囫圇，東西忽然掉入喉嚨，想吐也吐不出來，掙扎之下，那東西居然順著食道往肚子裡掉。

他一聲驚叫，還沒等合上嘴，鬼伍一把拽過他，單手如鐵鉗般，死死掐住他的脖子，大拇指猛地一按，同時另一隻手狠狠捶在他的後背上。

吳奇差點被敲得吐血，嗆了一大口氣，劇烈地咳嗽起來，卡在嗓子眼的東西硬生生地被吐了出來。

鬼伍剛才使的力度實在太大，吳奇剛通上氣，腹中的一股噁心感便頂了上來，使他劇烈地嘔吐起來。

一陣翻江倒海，幾乎把胃裡的東西都吐乾了，鬼伍道了聲「快走」，拉著吳奇就往前跑。

沒跑幾步，突然前方一陣騷動，只見光影灼灼，人頭鑽動，一群人舉著火把，順著他們所在的方向疾速地竄過來。

人群中不時有人大聲叫罵著，火光映照下，明晃晃的馬刀反射出一道道光影，顯得殺氣騰騰，衆人滿臉怒容紅著眼，彷彿祖墳被人挖了一般。

「有人闖進我們的禁地，絕不能輕饒！」

鬼醫

令人驚愕的一幕出現了，
被刀片刮掉的一小片傷口裡，
突然噴出一股紅色液體，
朝著鬼伍的臉部襲來。
鬼伍雖然動作敏銳，但這一下實在太快，
躲避不及，被噴了一整臉。

第1章

中蠱

鬼伍正眉頭緊鎖立在一旁，淡淡地道：「那些人沒有騙你們，我們都吃了回籠丹，就算現在放我們走，我們也走不出多遠的！」吳奇雖然不信邪，但這種奇特的約束讓他猛然想起一種東西——蠱。

火光照徹整個石洞，先前那些被鐵鍊鎖住的東西露出了真面目，這些東西體型似人，渾身赤紅，手臂奇長，臉龐極其怪異，一眼看不到牠們的眼和鼻子，只有白森森的兩排巨齒長在嘴外面。

吳奇看了兩眼，立即想起趙拐對自己提到的一段經歷，這東西像極了他所說的那種守衛煉丹爐的怪猴。

怪猴很怕光，一見到如此的強光，都齜著牙齒拼命地怪叫，發了瘋地逃命，倏地，牠們一個個鑽進山壁上的孔洞中消失不見了。

山壁的正前方，赫然是一扇巨大的鐵門，足有一丈餘高，矗立在那裡就像是通向地府的死亡之門。

闖進來的那幫人早已經圍上來，上前一把按住吳奇和鬼伍二人，二人掙扎了幾下，很快被控制住，衆人上前就準備五花大綁起來。

這時，人群中傳來一個女子的聲音：「先住手，我有事情要問他們！」吳奇循聲抬頭一看，發現正是那位叫莫伊的女子，此刻她正舉著手，示意衆人停下動作，目光卻帶著一絲仇視，望著二人。

「你們來這裡幹什麼？可知道這是什麼地方！」

「剛才聽你們的人說，這是你們的禁地！」吳奇此刻反倒沒了害怕，泰然道：

「我們先前並不知道，只不過是想離開這地方，惹得你們這麼興師動衆的！」

莫伊冷冷地看了他一眼道：「離開這裡？之前或許可以，但你們來過這裡，就不可能了！」

話說完，她的身後一陣回應：「對！絕不能輕饒他們，執行寨規！」

莫伊一揮手，身後一黑衣男子便捧上一個精緻的小瓷瓶，押著吳奇、鬼伍，架著他們上前，黑衣男子從瓶中倒出一粒藥丸，小心翼翼地拿在手中。

「剛才那些東西餵你們吃的就是這個，你們看到不該看到的東西，按我們這的規矩，不吃下它，我們絕對不可能讓你們走出去的。」

莫伊冷笑了一聲，對黑衣男子一點頭，女子特有的溫婉和柔美已經蕩然無存，此刻她看起來更像準備施展害人法術的恐怖女巫。

「放心，不會死人的，信姑，還有你們的朋友，都吃了它！」

吳奇聽了一怔，頓時火冒三丈。「你們……你們把他們怎麼樣了？」

莫伊依舊面無表情，眼神迷茫起來，許久才淡淡地道：「吃了它，他們就和我們一樣了，你們吃了它，也會和我們一樣！」邊說邊揮手指向她身後的人群，望著吳奇淺淺地一笑，目光中竟然有幾許淒然。

吳奇聽得似懂非懂，再緊盯著面前那一張張臉時，一股說不出的妖異之感撲面而來。

黑衣男子得令上前，伸手就掰開吳奇的嘴巴往裡塞。吳奇自然不肯就範，拼命掙扎著就是不張嘴。之前是一幫猴子以這種方式餵他吃這古怪的藥物，現在又換成真人逼迫，簡直人猴一路，都是他娘的禽獸！

吳奇的掙扎激怒了對方，當下又有幾名大漢上前，不容分說一齊動手。吳奇和鬼伍再掙扎也敵不過對方人多，伴著一陣辛辣苦澀，兩粒藥丸最終分別被吞入肚中。突然，人群中發出一陣慘叫，兩名壯漢被硬生生地甩了出去，重重地砸在人群中。

眾人不知緣故，惶恐地抬頭一看。只見一個身影一個箭步，跳到了凸起的石墩上，一把扯掉上衣，裸露出赤紅的肌膚。

眾人先是警惕地舉起手中的馬刀，緊接著忽然一片愕然，瞪大雙眼，張著嘴，那情形就像是親眼見識了某種不可思議的東西一般。

莫伊更是不敢相信自己的眼睛，她反覆地搖著頭，許久才確信自己沒有看錯。

「你？不可能！你是……這不可能！」莫伊有些語無倫次起來，邊說邊惶恐地搖著頭，目光始終沒有離開鬼伍的後背。煉丹爐的圖案清晰可見，火光映照在他赤紅的肌膚，彷彿丹爐的四周燃燒著熊熊的火焰。

「你們還認得我？眞是三生有幸！」鬼伍冷笑了一聲，目光犀利地掃視著人群。

很快，有人開始表現畏懼和妥協，緩緩向後退著步，就好像在躲避患有嚴重傳染病的病人一般。

「鬼伍！是鬼伍！他居然沒有死！」人群中發出一陣惶恐的吼叫，所有人呆立著，既不敢上前，又不敢後退，雙腿顫慄著似乎就要跪下來。

「不可能！你不可能還活著！」只見莫伊不住地搖著頭，顯然不願相信眼前所看到的。

這一切也完全出乎吳奇的意料，一切來得太突然，恍然如夢中一般，完全不明白怎麼一回事，吳奇的心裡直犯嘀咕，這些人怎麼會認識鬼伍，難不成鬼伍和這鬼地方有什麼千絲萬縷的瓜葛？

「把他們抓起來！」莫伊有些無力地命令道，但是心裡明白，此刻不會有人有這個膽量。

果然，連喊兩聲，衆人非但哆嗦著不敢上前，反而擠壓著向後又退了幾大步，絲毫沒有之前那般強勢威風。

鬼伍哈哈一笑，從石台上躍下來，昂首向出口方向走去。

吳奇和鬼伍在衆人看押之下，一齊回到村寨，再次和馮隊一行人被鎖在之前的高腳樓裡。令他不安的是，馮隊、二條、李曉萌都被強迫服用了古怪藥丸，那些人還警告他們，服用藥丸之後，就再也別想走出去，只要離開寨子超過半里路，便痛苦得生不如死。

「什麼時候才能離開這鬼地方，我再也受不了了！」李曉萌帶著哭腔道。這丫頭出身幹部家庭，自小在蜜罐中長大，加入考古隊完全是爲了興致，遇到現在這種情況實在始料未及，當然接受不了。

鬼伍眉頭緊鎖地立在一旁，看了一眼在場的所有人，淡淡地道：「那些人沒有騙你們，我們都吃了回籠丹，就算現在放我們走，也走不出多遠的！」

「那該怎麼辦？」二條一聽急了，趕忙道：「哥們兒還有大半輩子沒過，可不想終老在這個鬼地方，你說的那什麼丹究竟是個什麼玩意兒？」

「用回籠蠱煉製成的藥丸，對人的囚禁力量比鐵鍊鐵鎖管用多了！」

「啊？你的意思是我們都中了……」吳奇聽到這已經明白了，忍不住插嘴道。

雖然不信邪，但這種奇特的約束讓他猛然想起一種東西——蠱。

蠱是中國民間奇術，甚至可以說是一種特殊的文化，此術在南方偏遠地區極其常見，有的地方，甚至整個村子的人都會使用蠱術。

下蠱之說古來有之，歷經多年變遷，各類蠱術層出不窮。雖然很多已經失傳，但在這偏遠與世隔絕的山區中，一群與世隔絕的人掌握著某種特殊的蠱術，著實不是什麼值得奇怪的事情。

某些蠱術極其厲害且陰毒，中蠱之人往往會痛不欲生，此時，莫伊之前說的那番話讓吳奇產生不好的預感。

鬼伍進一步的解釋更讓眾人陷入巨大的恐懼之中，回籠蟲是一種極其怪異的蟲子，在苗疆地區又被稱做走屍蟲，是製作這種藥丸的材料，數量極少，母蟲更是極其罕見。

人們誘捕雌性回籠蟲，用特殊的方法讓其休眠，封在用北陽土（正北方清晨第一縷陽光照到的巨石磨成的粉末）製成的藥丸中，當作下蠱之用。

據說，人中了回籠蟲的蠱，無論走得多遠，不久都會莫名其妙地回到先前所在的地方，就連中蠱者自己都不知道到底是什麼原因。

幾人聽到這都皺起眉頭，一時間不知所措，中蠱的經歷對他們來說，全是一片空白，既不相信，也不願意自己的身子裡有古怪的蟲子，並且還控制自己的行為。

「我看都是吹出來的，沒有那麼邪門的事情！」馮隊大聲道：「當務之急還是要先逃離這裡，不管怎麼樣都要冒一次險，再這樣困下去，組織上的考古任務肯定就告吹了！」

李小萌和二條當即表示贊同，眾人立即開始研究逃跑路線。

吳奇沒有參與，靜靜地作了一番思索，突然道：「也許，他們並沒有嚇唬我們，我覺得這東西並不假！」

吳吳奇話一出，眾人的目光全聚焦到他身上。

他繼續肯定地道：「這裡的人世代不離這裡，已經能夠說明問題了，我相信這裡的人留在這裡，並不都出於自願，而是受到某種控制，無法掙脫！」

馮隊正想說什麼，二條立即搶道：「那你的意思是……我們也和那些人一樣，今後就在這裡，陪這幫人守著那麼幾個破磚頭爛瓦的，我二條還光棍一條，還指著老婆孩子熱炕頭的日子哩！」

他的話一出，所有人都鼻子一酸，心裡極不好受。

吳奇努力地鎮定下來，輕輕走到鬼伍一旁，試探著問道：「你應該比我知道的更多，爲什麼這裡的人對你……」

鬼伍轉過身，炯炯有神的雙瞳緊盯著吳奇，許久，才淒然地一笑回道：「因爲我本來就不應該會出現的，他們看到不可能存在的東西，當然會感到害怕！」

「不可能存在？你是在說你嗎？」吳奇問道。在自己看來，自己的師兄一直以來從未以眞面目示人，現在，心中這樣的感覺越加的強烈了。

鬼伍表情黯然，再次陷入沉默。

馮隊卻憋不住，身爲領隊，他有責任和義務確保所有隊員的安全，現在全隊的人都遭了殃，自然心急如焚，當下急求對策。

鬼伍一個勁地搖頭道：「回籠蟲的蟲不解除，你們又能走到哪？也許……」說著望了一眼吳奇，接著道：「也許今天夜裡，我們必須再去一趟後山！」

吳奇大感不解，當即回道：「再去後山禁地？爲什麼還要冒這個險？」

一想起那種滿嘴是牙的無皮怪猴，吳奇便感到一陣噁心，渾身不自在。想不通鬼伍這時候怎麼突然又有這個想法，還嫌上次玩得不夠刺激嗎？

第2章

門後的秘密

「你們還要去後山禁地？」莫伊直言不諱地問道，很顯然，她已經聽到吳奇他們的談話內容。吳奇帶著一絲敵意地看著她，並不回答，只是靜靜地等待莫伊下一步的反應。

鬼伍答道：「不這樣做，我們又有什麼辦法能夠救自己？」說完之後面色黯然，臉上的無奈倒顯得極其眞切。「不進入最後一道關口，我們或許永遠只能是一副行屍走肉！」

「我不明白，爲什麼這裡的人對你如此畏懼，你到底和他們有什麼關聯？」吳奇直言不諱地向鬼伍問道。這個問題已經困擾他許久，再也忍不住了。

鬼伍淒然一笑，無比惆悵地道：「因爲我已經死了，任何人看到已經死去的人，都會感到害怕，你也一樣！所以他們看到我，自然就無法接受！」

吳奇聽得一頭霧水，茫然地問：「你已經死了？我不明白你在說什麼！你和這裡到底是怎麼一回事？」

鬼伍頓了頓，苦笑了一聲，問道：「你想知道？我怕我說出來，你不會相信的！」

吳奇心道你的身手、異能我可是完全領教過，幾年相處下來，還有什麼不相信的啊？便道：「沒有什麼不相信的，只要你的事情有讓人相信的理由！」

鬼伍沉默了片刻，接著喃喃說道：「村裡曾經有一個男孩，從小就與衆不同，他不知道自己的父母是誰，也不知道自己到底是從哪來的！他的身上有著特殊的紋身，就像背負某種特殊的使命一樣。所有人都對他另眼相看，沒有人願意搭理他，都把他當成怪胎。十年前，他突然感到身體不適，渾身腫脹得厲害，似乎快要爆炸了一樣，同時體形發生巨大的變化，原本好好的皮膚，突然出現崩裂蛻皮，渾身都是血，撕心裂肺的疼！一連過了好幾天，全身的皮都褪盡了，最後變成一個渾身赤紅的怪人！」

吳奇一怔，傻子也能聽得出來，他說的分明就是自己，疑惑地望向鬼伍。只聽鬼伍繼續說道：「後來，村裡的人都說他是妖孽，必須剷除，全村人一起動手準備殺掉他！誰料到這個男孩出現了身體上的異變後，體能上也發生巨大的變化，由原來的羸弱不堪，變得精力極其充沛，能以一敵百，渾身都充滿了力量，是種很可怕的力量！那男孩不甘於坐以待斃，總是拼命地反抗，最終激怒村裡人。村裡人更加相信他是妖孽附體，必須除之而後快，於是全村集體出動，設計擒住男孩，直接在後山活埋處死！」

「你沒死！活了下來跑掉了？」吳奇驚道，未曾想到鬼伍曾經有過如此悲慘的境遇。

鬼伍依舊淒然笑道：「死了！他們發現我的屍體，並且將我裝進棺材裡掩埋起來，至少在他們看來，我肯定已經死了，不會再像妖孽那樣禍害他們了！」

吳奇道：「實際上你沒死，頑強地活下來了，是師父救了你？」

鬼伍點點頭，接著說道：「那種普通的木棺根本關不住我，我從棺材裡爬出來，開始逃亡，每天與林中的野獸為伴，吃過林中任何一種生物的肉！直到後來遇到師父！」

鬼伍說到這就此打住，默不作聲地茫然望著窗外，許久，話鋒一轉道：「明天我要去後山，這一切該來個了斷了！」

「我和你一起去！」吳奇知道嚴重性，也隱約預感到，問題的真相此刻正向自己靠過來。他邊說邊伸出右手，搭在鬼伍厚實的肩膀上。

鬼伍剛一點頭，屋門突然毫無徵兆地打開了，一個熟悉的女子身影顯在眼前，目光犀利地盯著他們。

吳奇一看，來者正是莫伊，心道不好，這個人居然還安排人在屋外監視他們，剛才的計劃肯定被竊聽。

「你們兩個出來！」莫伊並沒有進屋，照例用咄咄逼人的命令式的口氣道，說完轉身就走下樓。

鬼伍和吳奇緊隨其後，卻發現她這次獨自一人，並沒有任何人跟隨。

「你們還要去後山禁地？」莫伊直言不諱地問道，很顯然，已經聽到吳奇他們的談話內容。

吳奇帶著一絲敵意看著她，不回答，只靜靜地等待莫伊下一步的反應。豈料，莫伊的下一句話讓他丈二摸不著頭緒。「我知道你們想去那道門後面，可是那道門鎖得非常嚴密，沒有我的幫助，任何人都不可能進得去的！」

莫伊並沒有誇大其詞，後山禁地那道巨大的鐵門上了重鎖，鑰匙的確由莫伊獨有，村寨中的任何人，包括族長要進那裡，都需要徵得她的許可才行。讓吳奇不解的是，她此刻的表現似乎有些反常。

「妳什麼意思？」吳奇道：「是不是要我們爲妳做些什麼？」

一貫強勢的莫伊，這時態度居然出現極大轉變，臉色也柔和起來，秀美的眉間掠過一絲愁雲。

莫伊抬眼看了鬼伍，突然「撲通」一聲跪下，聲淚俱下道：「你一定要救救我們！只有你才能救我們了！」

鬼伍倒沒有多大驚愕，目無表情地看著眼前跪在他面前的少女，似乎一切本該順理成章地發生，沒有表現出一絲憐憫，一副置身事外的樣子，就連吳奇都有些看不下去了。

「第一次看到你，我真的不敢相信這是真的，我們所有人都……族長說這是對我們的恩惠，其實……」莫伊抽泣著，齊腰的長髮淩亂地在地上，恭敬地對鬼伍俯首跪拜著央求道。

「你們所有人都吃了？」鬼伍打斷了她的話，冷冷地問了一句。

看到莫伊婆娑的淚眼，咬著嘴唇狠狠地點了下頭繼續抽泣起來，他的臉色越加的凝重。

鬼伍正色道：「什麼也別說了，先去後山！」

在莫伊帶領下，通向後山的路似乎變得平坦起來，至少不必再為陷阱、獸夾的威脅而提心吊膽。三人熟悉地穿過昨天才走過的石洞，小心翼翼地往裡探，直到巨大的鐵門再次顯現在眼前。

上次情形緊急，吳奇甚至沒來得及仔細觀察這扇巨大的鐵門。鐵門通體泛出紅黑色，表面佈滿方塊狀的凸起物，顯然是出於加固的用途。從高度來判斷，它的厚度至少有一尺以上，這種情況下，除非用強酸溶解，否則鑰匙是打開它的唯一辦法，很難想像山體裡鑲嵌如此巨大的一扇鐵門，究竟是用來鎖什麼東西的。

吳奇還在為這樣的神蹟慨歎，四周突然又一陣騷動，仔細一聽，居然又是那熟悉的鐵鍊撞擊聲。

「又是那東西！」吳奇示意鬼伍做好打鬥應對準備，莫伊倒胸有成竹般，不慌不忙地從袖口取出一枝短簫，放在嘴邊吹奏起來。

短簫的聲音本應該是悅耳動聽的，但此刻交雜著嘈雜的鐵鍊撞擊聲，在山洞中錯綜反射著，顯得極其刺耳。

不過，簫聲很管用，那些怪猴聽到簫聲，很快便停止躁動，捆縛在門頭上的八根鐵鍊猛則地震盪幾下，迅速地繃直，幾乎到了一觸即斷的境地。鐵門在如此巨大的扯動力之下，緩緩地掀開一條縫，伴隨一陣「霍霍」如軸承轉動的聲響，後方像有某種力量在推動一般，轟然打開，露出內部光亮如新的銅門。

「這門有兩層？」吳奇問道。

莫伊點頭，解釋道：「先人馴養鬼面馬猿，世代守護他們傳承下來的秘密。」她一邊說，一邊小心翼翼地走近銅門，取出一把如短簫一般的鑰匙，插進銅門上的鎖眼，用力一擰，接著便聽得「咯噔」一聲，開啓了一個五尺高左右的門洞，衆人推著門扇探了進去。

內部是極大的空間，以三人火光的照度，根本無法照到邊際，無論朝哪個方向走，都被一片黑暗包裹，顯得極度空靈荒蕪，似乎永遠都沒有盡頭。

三人害怕迷失方向，不敢亂走，只順著直線小心地往裡探。越往裡深入，一股類似硫磺的氣味便越來越濃，不一會，三人已經直線向裡走了三十多步距離。

表情。

「這裡妳沒有進來過？」吳奇對莫伊的表現很是不解，看著她茫然不知所措的

「打開銅門的鑰匙雖然是我保管，但禁地只有族長和儺師才有權力進去，我只負責打開銅門。」莫伊看了一眼吳奇，強調道：「雖然我是村裡的畢節（聖女），但如果讓族人知道我帶你們進入這裡，他們同樣不會放過我。」

火光映照著她清秀的臉龐，她的話，吳奇倒沒有產生一絲懷疑，喃喃自語道：「究竟是什麼樣的秘密，就連妳都不能知道，你們這裡所有人都怎麼了？」

話音剛落，沒等莫伊回話，前面的鬼伍猛地停下腳步，警惕地做戒備狀。

吳奇和莫伊被他這一下驚了一跳，藉著火光的亮度抬眼一看，發現前方出現些許異常，濃密的黑暗中，隱約可見一個東西，孤零零地矗立著。

第3章

地芒胎

令人驚愕的一幕出現了，被刀片刮掉的一小片傷口裡，突然噴出一股紅色液體，朝著鬼伍的臉部襲來。鬼伍雖然動作敏銳，但這一下實在太快，躲避不及，被噴了一整臉。

火光隱約地照出那東西的輪廓，看不清具體面目，第一眼望去，只看到一個模糊的人影。吳奇以為是矗立的雕像，但感覺又不太像。從輪廓上看，人形物體的身上佈滿粗大的毛刺，極不平整，就像是密佈的枝椏一般。

鬼伍舉起帶著袖箭盒的左臂，小心翼翼地打頭陣，在接近那東西的過程中，發現四周的環境有變化。四周已不再是虛無的黑暗，反而模糊地顯現出青褐色的山壁，越往裡深入，山壁越顯得清晰明朗。

吳奇很快反應過來，這裡的山洞很可能呈現出喇叭口狀，進門的地方是寬闊的洞口，越往裡深入口子越小，一直往前就會出現細長的通道，是喀斯特地貌，也是山地褶皺層地帶很常見的山洞樣式。

吳奇的判斷沒錯，沒走多久，兩邊的山壁果然靠得越來越近，而對面的人形物體也顯露出真面目。

那東西大約兩米高，呈半透明狀，通體泛出赤紅色，夾雜著一塊塊金黃色的斑，渾身稀稀落落地長了許多像雞冠的紅色肉塊，矗立在一個圓形的矮石台上，看起來真像一個人筆直地挺立著，在黑暗中給人一種極其古怪的感覺。

「這是什麼東西？」吳奇眉頭一皺，問道。此刻的他想不明白禁地裡杵著這個東西究竟有什麼用意，他平日接觸的藥材多了，此刻看著這東西，只把它當成是一朵巨大的肉芝。

鬼伍看了那東西兩眼，也產生了和吳奇一樣的看法：「這像是肉靈芝，從地下長出來的！」

吳奇不禁嘖嘖讚歎，靈芝是人間奇寶，千年靈芝更是可遇不可求，能孕育出這麼大塊頭的人形肉芝，那得要有多好的風水寶地啊！傳說中，人形靈芝食之可成仙，作爲醫者，有幸如此近距離地接觸這麼個寶物，實在不虛此行了。現在碗口大的肉芝都被稱做「太歲」，那按這個的塊頭，肯定是太歲中的太歲了！

莫伊看了兩眼，忽然「咦」了一聲，眨了兩眼，皺眉說道：「這……這難道是地芒胎？」

地芒胎？吳奇一怔，這個詞對他來說還是極爲敏感，歷經萬難來到這山中，正是爲了尋找地芒胎而來，難道所謂的地芒胎，就是這種肉芝？

吳奇向莫伊問道：「妳說的地芒胎是什麼東西？」

莫伊道：「我也是聽族長說的，我們這裡有塊冥王公祖神爺選中的風水寶地，他曾經在這裡修煉成仙，打坐的地方就長出地芒胎。地芒胎呈現人形，由地而生，每年只長三厘高，看現在的高度，已經長了有一千多年，和祖神爺成仙的時間很相近！」她說著，便感到萬分欣喜，激動虔誠地跪拜起來。

吳奇和鬼伍二人靜靜地看著她跪拜完畢起身，聽她繼續訴說起這裡的歷史。莫伊是族長選定的新一代聖女，有權知道比其他人更多的事情。

按著她的敘述，這裡很早就存在一批人，與世隔絕地生活著，肩負某種使命守護著，一代代地傳承下去，雖然他們並不知道世代守護的究竟是什麼，但從未有任何改變。

就這樣一直持續了一千多年，他們從未被打擾，直到清代道光年間，當地一個地方官發現這一帶非常隱蔽，於是藉著此地掩護，在荒山一處山洞裡，大量鑄造假銅幣。爲了滿足製幣的需要，又就地開採山中的黃銅礦。

在開採銅礦過程中，他們發現掩藏在山體中的巨大鐵門，想盡辦法地進入其內一探究竟，結果觸怒冥王公祖神爺，所有人無一生還。

吳奇聽到這，立即便想起石壁上雕刻的那些屠殺內容，疑心製造屠殺的正是鬼面馬猿。他們馴養那些怪猴，讓怪猴守護最後一道防線，並且教會牠們逼迫人吞服丹藥的本領，後來鬼面馬猿便將這樣的使命和技能一代代地遺傳下去，繼續爲他們守護。

想到這，吳奇又感到有些爲難，這東西怎麼用來做藥引子？難不成要把這麼大一棵東西連根拔起扛回去？他小心地伸出手摸了摸，感覺柔軟光滑，像是某種樹脂凝結而成，用力按壓，卻感到內部堅硬異常。

用火光一照，只見那半透明的肉質體內還有一層模糊的人影。他們這才明白，原來那人影是裡面的東西形成的，這些樹脂狀的外層只是個外包衣。

「嗯？」鬼伍一看，當即心中見疑，小心地用小刀從頂端刮下一小片，莫伊上前想阻止，被吳奇拉住。

接著，令人驚愕的一幕出現了，被刀片刮掉的一小片傷口裡，突然噴出一股紅色液體，朝鬼伍的臉部襲來。

鬼伍雖然動作敏銳，但這一下實在太快，躲避不及，被噴了一整臉。

鮮紅色的液體伴著陣陣白霧，順著鬼伍的臉淋了下來，像血一樣往下流淌。像血一般的鮮紅液體順著被刮開的傷口往下淋，不一會，肉芝渾身鮮血淋漓，就像一個渾身是血的人站立在那，極爲嚇人。

吳奇正半張著嘴，些許血液狀東西濺到他口中。他感到一陣噁心，慌亂之中想吐掉，但那東西的味道已經刺激到他的感知，這玩意兒又澀又辣，像嘴巴一下子被塞進一大顆明礬似地難受。他一怔，下意識地舔舐了幾下，頓時一種熟悉感從心中湧了上來。

吳奇的嘴巴是嘗遍百草練出來的，極爲靈敏，任何細微的差別都難逃過他口中之舌。眼下他肯定，這種液體的特殊味道絕不是第一次嘗到。

吳奇清楚地記得，剛拜牛老道爲師的時候，師父曾讓自己服用一顆紅色的藥丸，說是入門的規矩，自己還疑心老傢伙居心不良，搞什麼花樣來整自己，最後還是在鬼伍的武力下被迫就範。當時吃了差點難受得暈死過去，這種味道，他一輩子也不會忘記。

「這是地芒胎的胎血，是冥王公祖神爺的聖水！」莫伊面露喜色，但她阻止不了鬼伍的動作。

鬼伍毫不在意這些，迅速地手起刀落，在肉芝的身上快速地又割出幾道痕，用力地一扯，硬生生地撕下一大塊。

只見血紅的液體再次噴湧而出，隨著液體一點點流失殆盡，肉芝的顏色開始慢慢地變淡，也越來越硬，最後變成像冰塊一般的無色透明晶體，裡面的人影清晰可見，一眼望去，就像是一個人在安然地酣睡。

「裡面是什麼人？」吳奇疑心這是種特殊的葬制。聽三叔公說過，某些規格極爲特殊的葬制中，屍體並不是躺臥，而是呈站立狀放置，也有倒立放置的情況出現，誰也說不清楚這種葬制出於什麼目的。

在某些民間傳說中，這種放置方法被認爲是妖異的，更有利於保存屍體，屍體也更容易產生某種異變。

眼前這個人以部隊裡那種筆直的站姿挺立著，不知是死是活，在火光抖動之下，總感覺裡頭的人也跟著微微顫動，似乎隨時有可能躍出來。

就在這時候，只聽得「劈嚓」的一聲，那層如冰凍一般的結晶體，突然從頭部的位置開始碎裂，伴著「咯吱」的聲音，整個身子都出現龜裂紋，似乎它的內部出現膨脹，裡面的東西想要出來一般。

幾個人嚇了一跳，趕忙往後退好幾步，突然「嘩」地一聲清脆的巨響，整塊晶體坍塌下來，裡面的人露出最終的面目。

眾人定了定神，待騰起的白霧慢慢地散去，再定睛一看，頓時又困惑無比。裡面的人既不是眞身乾屍，也不是石製雕像，居然是一具銅鑄的人俑！

這具人俑比常人高出尺餘，身形肥碩，渾身光滑，泛出古銅特有的黃褐色，渾身赤裸，直挺挺地站立著，雙臂手面朝上傾斜伸展開來，面部鑄得尤其細緻，雙耳垂肩，嘴角微微向上咧開，一副似笑非笑的表情。

「怎麼是個銅人？」吳奇心裡咯噔一下，當下第一想到的是人形棺，或許銅人的內部有盛裝屍身，對於站立放置的葬制來說，這種棺最適合不過了。

但他圍著銅人轉了一圈，仔細掃視了銅人全身，發現整個銅人鑄造得異常緊密，並沒有任何接縫，倒是銅人渾身無規律地密佈許許多多的芝麻粒大小的黑點，像是某種標識。黑點很細小，不湊近仔細看根本看不出來，銅人的渾身幾乎都有分佈，看起來就像是某種星相圖。

莫伊萬萬沒想到所謂的地芒胎，居然是這種東西，想必一定是那些古怪的野生肉芝依附銅人而生，天長日久的，最後將銅人完全包裹起來。

「難道傳說有錯嗎？地芒胎不是由地而生嗎？怎麼會是這樣一個東西！」莫伊驚詫地道，表情也跟著慌亂起來，將求助的目光投向吳奇和鬼伍。

第4章

常天井

莫伊瞪著杏眼回道：「在我們的傳說中，祖神爺可以同神鬼通靈，萬事都可以求助於鬼神，甚至能操縱鬼神。在我們的記憶中，祖神爺能呼風喚雨，是萬事皆能的神靈！」

此刻，吳奇也感到無助，《六壬奇方》上記載的地芒胎，居然只是具銅人俑，這光禿禿的裸體人俑上能有什麼東西可供入藥呢？

他的目光呆呆地凝聚在銅人上，當下有些愁眉不展，找到千古奇方卻不知如何使用，對一個大夫來說無疑是極其難受的。

突然，吳奇眼前一亮，一道靈光從腦中閃過，猛地一怔，再次湊近那銅人，快速地將它身上的那些像星象圖的黑點掃視一遍，當下恍然大悟，驚喜地望著鬼伍。

此時，鬼伍的眼中也發出光芒，幡然醒悟一般，指著那銅人道：「我也想到了，原來是這個樣子！」

莫伊不明所以，睜大眼睛詫異地望著二人。銅人身上排列的黑點，對於旁人來說，也許是極難理解的抽象圖形組合，但吳奇是大夫，黑點的標述位置自然逃不過他的眼睛，黑點所標識的，分明是人體的每個穴位！

吳奇察看過，除了腳底的幾處穴位無法看到外，銅人全身的任何一處穴位都被標識出來，穴位異常的準確，按著吳奇的觀察，根本找不到一處有任何位置偏差的地方。他暗暗讚嘆，由衷地佩服鑄造者的細心嚴密。

看到這尊銅人，吳奇立即想起古代的鑄銅人練習針灸的法子，他們製造與常人體型相似的空心銅人，在相關的穴位打上小孔。做測驗時，將銅人全身塗滿蠟，空心的內部注滿水，人用針刺穴位，一旦方位正確，蠟就會破水出。這種訓練吳奇也經歷過，只不過用的是小銅人，大多數情況下用的則是布藝人偶。

眼前這具銅人，全身穴眼卻是封死的，針刺根本無法貫通，顯然不是出於測驗用途。

吳奇不解，倒是鬼伍目光犀利，發現有幾處穴眼有些不同之處。鬼伍告知吳奇，這些穴眼僅有細微的差別，從外觀上看，這幾處穴眼比其稍微大了一些，有小綠豆那般大小，不明白爲什麼這幾處穴位與其他穴位並存有何差別。

吳奇看了看這些穴位，判定出這是：陽關、肩貞、勞宮等穴，大吃一驚，腦中又一道靈光閃現，趕忙繼續找。

他迅速地找到曲澤、內關、中沖等穴，一共找到十三處，不出他所料，這十三處穴眼都大於其他穴位一些。

「鬼門十三針！」吳奇望著鬼伍，驚愕地道。

很明顯，這十三處穴眼出現這樣的情況，絕不會是巧合，鑄造者就是要凸顯出這十三處穴位。

難道要對付行屍走肉症，得從這十三處穴位上找突破點？可這十三處穴單獨來說雖然不算雷區，一旦組合起來，稍有不慎後果會極其嚴重。

趙拐僅僅是用初級的引釋法釋放體內業火，都因此廢了一條腿，更厲害點的能直接要人性命。

可以說，這是一種不到萬不得已的情況下，絕不可輕易嘗試的法子。

莫伊對醫術不懂，不明白他們在說什麼，她將注意力轉向四周，突然發現銅人身後矗立的一塊像高牆的巨大石碑，石碑上刻滿了字。在荒山中生活的人，自然不會有人教習他們識文斷字，莫伊只得再次求助於吳奇。

石碑上刻的是漢字，和另一種奇怪的文字，應該是互譯的作用，吳奇翻閱過大量醫書，其中不乏少數民族的著作，對文字也有些許瞭解，判斷出那是鮮卑文。

北魏自孝文帝遷都洛陽後，極其重視民族融合，推行漢化，所以無論是文獻還是雕刻記載，經常出現漢文和鮮卑文兩種文字互譯。從那些漢字記述的內容上理解，吳奇驚奇地發現，這居然是有關北魏著名醫師常天井的生平記載。

上面載道：常天井為北魏朝著名醫師，此人不僅醫術高超，而且極其擅長巫蠱之術，故被世人稱做「鬼醫」。他本為坐店醫師，年過不惑後行遊四方，搜集素材以完成自己的一部醫學著作。而在行醫的過程中，遭遇一段奇遇，以至於他後半生的人生軌跡發生翻天覆地的改變。

石碑上用短短數十個字描述這段奇遇：行醫四方，偶獲神農點化，習上古地石之法，煉求眞丹，永世於年也……

按字面上的理解，常天井行遊四方，在一個偶然的機會，得到上古神農氏的點化，在遠古地石中學習到至高的上古奇術，使得他呼風喚雨、無所不能，最後，他淡出世界，潛入深山之中努力煉製成眞丹，終於流芳百世。

這些敘述自然有誇張的成分在，不過，遠古地石吳奇倒不陌生，他隨身佩戴的定魂石，據說正是遠古地石冶煉而成的，具有辟邪作用。

記載中，常天井得上古神農氏點化，自然是無稽之談，如果這是常天井自己立的碑文，自然不排除往自己臉上貼金。

接下來的敘述仍是常天井的豐功偉績，但吳奇越看越覺得有點摸不著頭緒，因爲碑上記載，常天井效忠於北魏王朝，曾爲北魏立下不少戰功，僅碑上記載的，就有北魏滅大夏的統萬城之戰，以及北魏滅燕之戰。

讓吳奇摸不著頭緒的，正是所謂的戰功，常天井乃一介醫師，怎麼會和戰功二字扯上關係？

吳奇問道：「莫伊，妳大概不知道，妳們的冥王公祖神爺，連兵法都研究！」

說完暗自失笑，心道總不會是常天井這傢伙在後方擔任後勤醫療隊負責人吧？也許常天井超越他所在的那個時代，許多本該逝去的生命從他手中被搶救回來，即便如此，也達不到論戰功來嘉獎的程度。當時的戰功衡量標準，絕不是指你能救多少人，而是你能殺多少人。

莫伊瞪著杏眼，回道：「在我們的傳說中，祖神爺可以同神鬼通靈，萬事都可以求助於鬼神，甚至能操縱鬼神。在我們的記憶中，祖神爺能呼風喚雨，是萬事皆能的神靈！」

吳奇無奈地點頭，並不與她爭辯，推翻某人的某種堅定信仰，是極難做到的事情，看來常天井的影響力著實駭人，不但在古代唬弄人，到現在還能唬弄一幫無知的山民。

鬼伍盯著石碑，一直沒有說話，忽然抬頭看吳奇，冷冷地回一句，「我覺得她說的都是可能的，能與神鬼通靈，駕馭鬼神呼風喚雨，常天井是能夠做到的，因爲他的身份特殊！」

「身份特殊？」吳奇疑道：「什麼身份特殊？難道他是個巫師，就是傳說中的巫術高手？」

鬼伍回道：「在古代，如果沒有這類的渲染，是無法凌駕於人之上的，那時的人所敬畏的並不是手中的刀槍，而是特殊的強大力量！」

吳奇將信將疑，北魏朝歷代帝王拓跋氏，皆文韜武略，當屬曠世之傑，爲五胡中最傑出者。他們領導下的軍隊驍勇善戰，開疆拓土，勵精圖治，促進民族融合……一系列豐功偉績，雖說是用無數人的屍體壘起來的，但並不影響他們成爲一世雄主。

但這一切，怎麼也無法和巫術聯繫起來。

吳奇表述自己的疑惑，鬼伍眉頭一皺道：「看來你並不了解古代的戰爭，要知道，一場戰爭就像是一齣戲一樣，爲了他們的風光演出，需要多少幕後的犧牲！一將功成萬骨枯，絕對不是僅僅指那些死在戰場上的人。」

鬼伍表情依舊凝重，當下眼神迷離，有些黯然神傷，這些話從他嘴裡說出來，透著一股無奈的惆悵。

吳奇聽出言外之意，試探性地問道：「你指的是常天井的巫術害人？」

「其實，巫術不見得盡是毫無根據的神鬼故事！」鬼伍望向吳奇，嚴肅地道：「我剛才說的常天井的身份特殊，並不是指他是巫師，他號稱鬼醫，所以和我們一樣，是一位醫師！」

吳奇聽完一怔，這才恍然大悟，所有的困惑煙消雲散，一下子明朗起來。

三教九流，實則同出一源，巫蠱藥理實屬一家，所謂的巫術蠱術，同樣還是依靠藥物蠱蟲對人的控制，照此理解，常天井能與鬼神通靈的高深巫術，不過是賣狗皮膏藥江湖郎中騙人的把戲。

吳奇道：「照這樣看，常天井能取得戰功，得歸功於他深厚的醫術功底！」

「醫術？」莫伊不解地皺眉。

一旁的鬼伍走近，接著道：「確切地說，應該是藥物，常天井此人偶然學習到奇術，掌握某種用藥物控制人的方法，他的巫術來源於醫術，這才是他能駕馭一切的原因！」

「藥物控制人？你指的是……」吳奇有些吃驚，鬼伍異常肯定的語氣讓他無所適從，警覺地又問道：「你指的是那些怪猴餵我們吃的丹藥嗎？」

鬼伍一愣，接著猛點頭，繼而又苦笑一聲糾正道：「你錯了，那些不是什麼猴子，而是人！」

第5章

神農地石

深淵底端被切成一塊近似五邊形的區域，五塊巨石分別位於五個角上，排列十分齊整。吳奇很快明白這不是偶然，而是有意為之，五塊巨石被排成五行陣，分就金、木、水、火、土之位。

鬼伍的話剛說完，不只是吳奇，就連一旁的莫伊也嚇一跳，有些不敢相信。她疑惑地說道：「那些是仙人馴養的靈猴，用來守護祖神爺的秘密，怎麼可能是人！」

吳奇也不太相信，他可是領教過那些東西的厲害，無論從外表、力度和行爲上，都沒法看出那是人所能達到的。光那恐怖的面相看一眼，都能夠讓人連續好幾天做噩夢，要是能稱爲人，豬八戒都能算美男了。

鬼伍也意識到他們不會相信，繼續對吳奇道：「那些人失去面貌、意識和人的一切能力，最後變成別人的看門獸，還記得在我們在周家那回嗎？你看到我一個人在房間裡，卻投出兩個影子！」

吳奇大駭，不可思議地望著鬼伍，一幕幕場景從腦中拂過，讓他立即意識到什麼。鬼伍點頭道：「十年之前的一天，我的身子出現一些問題，突然間全身脹得厲害，好像千萬條蟻蟲在體內啃咬，接著全身開始崩裂脫皮。脫皮之後，我發現我的膚色起了變化，變成現在這種赤紅色！」

鬼伍身子微微顫慄，聲音也帶著一絲顫抖。

吳奇今天才發現，鬼伍並不是無所畏懼，世上還是有令他感到恐怖的東西，不難想像，他所承受的是常人難以忍受的痛苦。

「後來每年到入夏，就會出現一次脫皮，你看到的那次，已經是第十次。師父對於我這種怪異病症也束手無策，只能用蠍子、蜘蛛、守宮等毒物進行壓制。」鬼伍恢復平靜，略一停頓又淡然道：「你們所說的那種猴子，就是我最終的模樣！」

「什麼？」吳奇急問道：「你是說那種猴子眞的是人變的？而且你最終也會變成那樣的？」

鬼伍回道：「不止是我，所有服用丹藥的人都會，這些年我跟隨師父，一直都在調查這件事情。我們親眼見到那些人一層層地脫皮、臉部變形，直到失去人的長相，在極度痛苦中變成無皮怪物！」

吳奇和莫伊聽得額頭直冒汗，很難想像好端端的一個人，居然變成沒有思想、任人擺佈的怪物，心中感到極度的恐慌，自己已經被迫服用那些丹丸，難不成結局也是那樣嗎？

莫伊想到這幾乎要暈倒，一個如花似玉的女孩遇到這種恐怖遭遇，必須在極度擔憂中等待自己容顏盡毀，感覺比死還要難受。

她緊張地道：「這是眞的嗎？祖神爺會這樣對我們？」

鬼伍解釋常天井研製出這種秘方，初衷在於致幻，以方便對人加以控制，但偶然發現這種秘方有更強大的特殊功能，於是沉迷於不斷加以改進，最終煉製成這種丹丸。丹丸使常天井統帥下的軍隊擁有極強的戰鬥力，能夠不知疲倦地瘋狂廝殺，它們沒有靈魂，在戰場上表現的盡是野獸嗜殺的本性。

鬼伍的話，吳奇自然相信，因爲根據他的了解，古今中外強大的帝國中，都會存在一類戰鬥力極其恐怖的人，他們沒有靈魂，殺戮是唯一的樂趣。

行屍走肉，這才是名副其實的行屍走肉！吳奇當下終於明白常天井的赫赫戰功是如何取得的了。

聯想起鬼伍的嗜殺，吳奇禁不住又出了一頭汗，試探著問道：「這種變化的週期是多少？也就是服用丹丸後，要經過多長時間才能變成那種怪猴！」吳奇問得極其小心，彷彿鬼伍的回答就是死神給自己的期限。

鬼伍淒然道：「我不知道期限，十年前這裡的人要把我當妖孽處決掉時，我就已經死了，現在的時間無論多少都對我沒有意義。」

他忽然又轉換口氣，接著說道：「十年裡我每年都要脫一層皮，雖然過程十分的痛苦，但除了身體一如既往的赤紅外，相貌並沒有任何異常的變化，我依然是人的模樣！」

吳奇聽到微微鬆口氣，還好怪症得許多年後才病發，這麼多年時間，夠尋醫問藥了。憑著他的自信，相信世上一物降一物，常天井這種心思縝密的人，做事一定留有餘地，既然研製這種丹丸，必定有相應的解救秘方。

吳奇向二人說出想法，莫伊困惑地點頭，注意力又回到銅人身上。

鬼伍則道：「如果是這樣，我們要搜尋的東西應該就在這裡。」說完，舉起火把向更深的洞內探去。

沒走多遠，就抵達通道的盡頭，正如先前所料，這個山洞的洞口呈喇叭口狀，現在已經抵達末端位置，原本開闊的山洞被一條如走廊般的狹道取代。

狹道大約三尺多寬，但因為稜角分明，只能勉強供兩個人並排前行，狹道內佈滿爬藤類植物，而且崎嶇不平、落差極大，前進起來十分費力。

鬼伍走在最前面，邊走邊揮刀砍，才清理出一條勉強順暢的通道。

這條並不算太長的狹道，三人足足走了十多分鐘才走盡，穿過狹道，四周陡然增加些許的亮光，空氣也清新許多，四周的空間又恢復之前的寬闊。

三人一抬頭，等他們發現亮光其實是頂上瀉下的月光時，不由地吃了一驚。

穿過狹道抵達的地方，居然通著外界，不再是密閉的山洞，三人甚至能感覺到陣陣夜風吹在臉上。

抬起頭便是一片窄小的夜空，此時他們正處在萬丈深淵的最底端。

「咦，這些是什麼東西？」吳奇舉著火把觀察著，忽然發現四周聳立許多高大的怪影，定睛一看，所謂的怪影居然是一株株聳天的樹木。

這裡居然有樹木存在，讓三人有些驚訝，顯然低估植物適應環境的能力。

他們再仔細一看，原來這些樹木並非少數，幾乎就要擠滿不寬敞的深淵，在這底下行走，與行走在叢林裡無異。

「所有的樹都是一樣的，除了槐樹，沒有其他的樹種！」吳奇很快就發現了這一點，一種奇特的預感湧上心頭。他現在對槐樹尤其的敏感，一下子在這樣的深淵底端看到這麼多，不得不產生想法。

槐樹依附著山岩峭壁，頑強地生長著，一個個枝繁葉茂，陣陣淡淡的樹脂味夾雜槐花的香氣，如鬼魅般若有似無。

隨著槐樹一起聳立的，還有幾個黝黑粗壯的身影高聳排列著，像是五個巨大的雕像，又像是巨人岔開五指的手，槐樹就生長在他的手掌之中。

走近才發現是五塊高聳的黑石，它們緊倚山壁孤零零地矗立著，和槐樹一樣，出現在這裡似乎有點不合情理，也不知道這些巨石是怎麼形成的。

巨石表面大多稜角不平，佈滿許許多多像蜂巢的小洞。

小洞的內徑只有針孔粗細，而向外的一面卻平滑得像鏡面一般，幽幽地反射月光，映照出三個人的模糊身影。

用手一摸，鏡面寒冷如冰，讓人止不住直打哆嗦。

深淵底端被切成一塊近似五邊形的區域，五塊巨石分別位於五個角上，排列十分齊整。吳奇很快明白這不是偶然，而是有意為之，五塊巨石被排成五行陣，分就金、木、水、火、土之位。

「這些是地石！」鬼伍很肯定地道：「應該就是常天井所說的神農地石，他雲遊四方，偶然在深山中發現，原來這些東西被他運來藏在這裡！」

「哦？」吳奇聽到這裡，趕忙就著巨石平滑的表面觀看起來。

巨石皆稜角不平，唯有向外的一面極其光滑，傳說中，這些都是盤古開天闢地巨斧的餘威所致。很明顯的，平滑的表面正是為了刻上文字用，奇怪的是，表面光滑一片，沒有任何凸凹，並沒有任何雕刻的文字之類。

莫伊在一旁看了，眼珠一轉道：「我聽族長說過，上古地石具備靈性，要用人血才能顯靈！」

鬼伍聽了，便毫不猶豫地伸出左手食指，用匕首割破，擠出血直接滴在巨石的鏡面上。果然，鮮血所過之處，騰起一陣白霧，接著隱約地顯出幾個紅色的字元。字元模模糊糊的，沒等吳奇看清，很快隨著鮮血的流過而隱去。

這可是救命的玩意兒，他們誰也不敢輕忽，都用匕首割破自己的手指，分別滴在幾塊巨石的鏡面上抹開。鮮血被抹均勻後，巨石的鏡面就像是變成警戒的紅燈，幽幽地泛著紅光，一個個奇異的字元清晰地顯現出來，紅光映照下彷彿在跳動。

幾人一看又傻眼，字元極爲冷僻，根本不是正常的文字，吳奇掃了一眼，幾乎沒有一個字元能識別。他一拍腦袋，或許早該想到上古神石上的篇章，自然不會像尋常的文字記載那樣容易識別，這便是某些所謂的天書的由來。

但事到如今，也只有想辦法將文字記載下來，待回去再找法子慢慢翻譯。

「好像不對！」莫伊將自己的鮮血灑到一塊巨石鏡面上抹開，忽然皺眉搖頭，接著抬起頭來，很困惑地望著吳奇和鬼伍，說道：「爲什麼會出現這樣的事，難道你們……」

「既然是上古地石，上面的東西沒法識別沒有什麼奇怪的，至少現在我們懂得怎麼啓開上面的字元！」吳奇見莫伊如此詫異又有些失望，帶著一絲安慰道。

莫伊搖了搖頭，回道：「不是這個，我奇怪的是，爲什麼我的血滴在上面沒有反應，非得你們的才可以顯出字？」

第6章

鬼醫密碼

最可能的情況是，常天井覺得用特殊的方法磨掉那些字元，再塗上特製的保護層。吳奇的推測無懈可擊，鬼伍聽完略一點頭，接著皺眉沉思起來。

吳奇一怔，之前一陣忙亂，使得他無暇顧及其他，還真沒注意到有這樣的異常存在。莫伊找了一塊新的巨石，迅速地又擠出一滴血滴上，果然如她所說的那樣，鮮血從光滑的鏡面上流淌而過，除了一道淺淺的痕跡，什麼也沒有。

吳奇和鬼伍感到詫異，再將自己的血滴上去，鏡面上起了白霧，字元卻立刻顯現出來。

「真的是這樣！怎麼會這樣呢？」

眼前的事實讓吳奇呆若木雞，感覺上古先人們和自己開了莫大的玩笑，難道這些地石真的有靈性，只對選定的人公開秘密？

頓時，莫伊看二人的眼色起了變化，受禁錮思想束縛的人，很容易盲目崇拜。吳奇和鬼伍的與眾不同，讓她確信他們是上天選中的人。但吳奇是受過教育的人，雖然神神鬼鬼的也見識不少，但在有科學解釋的餘地下，絕不會偏向鬼神之說。眼下這樣的情形，讓他更相信是常天井早早設下的局。

「這是祖神爺安排好的，你們就是祖神爺選中的人！」莫伊有些興奮，雙手合十道：「祖神爺要將這上古奇方傳授給你們，還不快快叩謝！」說完就要跪拜。

吳奇拉住她道：「沒什麼值得奇怪的，不是像妳說的那樣！」說著目光又轉向鬼伍，繼續道：「這可能是常天井預先設計好的！」

鬼伍還沒明白吳奇的意思，挑眉問道：「他是一千多年前的人，有這樣的能力？」

吳奇很肯定地答道：「我認為他有！根據我們粗略的了解，常天井世稱鬼醫，並不只是因為他有精湛的醫術。我們可以確定，他不但通曉醫術，還有個更重要的身份！」

鬼伍一怔，和莫伊相視一望，問道：「什麼身份？」

「煉丹家！」吳奇很肯定地道：「常天井應該是個很高超的煉丹家，掌握多種丹丸的煉製方法，我懷疑我們之前見過的沉香丸，就是他煉製的其中一種丹藥中。」

吳奇會有這樣的看法並不奇怪，他覺得沉香丸用很精緻的龍紋盒盛裝，一定是用來敬獻的，而且極可能是直接敬獻予天子。

吳奇繼續解釋：「古代優秀的煉丹家，同時也是優秀的化學家，常天井擅長煉製各類丹藥，必定是精通各類物質特性的人。地石鏡面上出現的反應，應該是鏡面上的某種元素，與血液中的成分發生化學反應，從而顯出字元。也就是說，我們的血液中，存在某種成分，是莫伊和平常人身上不具有的，只有特定的人才有機會窺得地石中的天機。」

最可能的情況是，常天井偶然發現地石上的字元，通過種種努力，最終翻譯它們，地石成爲他今後成功的基石。

他覺得如此天機不可輕易洩漏，遂用特殊的方法磨掉那些字元，只到勉強能辨認的程度，再塗上特製的保護層，只有吳奇和鬼伍血液中的這種成分與其反應，才可腐蝕那層保護層，顯出字元。

保護層的化學性質極爲穩定，可以保存上千年都不損毀。另一種情況便是定期會有人進來這裡，繼續爲地石的鏡面塗抹上特製的化學保護層，而做這件工作的，自然是村寨中的族長和儺師。

吳奇的推測無懈可擊，鬼伍聽完略一點頭，接著皺眉沉思起來。莫伊對化學反應一竅不通，聽了半天依舊似懂非懂，困惑地望著二人。

鬼伍突然說道：「或許，你說得對，我們的血都有特殊，因爲我們都吃過一樣東西！」

「什麼東西？」吳奇大吃一驚。努力回憶自己和鬼伍一同生活兩年，吃住都在一起，相同的東西吃這麼多，一時也想不起來哪些吃下的東西有異常。

鬼伍正色說道：「一種紅色的藥丸，你與師父鬥法失敗，拜師吞下的那種藥丸！」

吳奇大腦猛然清醒，對鬼伍問道：「師父當年說投他的門下必須先吃那種藥丸，你肯定也不會壞這個規矩，一定也吃了！」

提起呑服藥丸這回事，吳奇至今仍感到哭笑不得，那藥丸著實難吃，苦澀得直想讓人把整條舌頭都扯下來。要不是鬼伍強行把這藥丸逼他呑下去，實在沒勇氣往肚子裡嚥。

那種味道留給吳奇的印象太深了，回想到這，他又猛然想起包裹著銅人的那棵大肉芝，滲出宛如血水一樣的液體。

他清楚地感覺到，液體的味道和自己服食的紅色藥丸味道極像，只是淡了許多，他相信，那種藥丸或許就是用肉芝的體液煉製出來的。

鬼伍點頭，目光犀利地盯著地面道：「如果眞是這樣，那這些又是什麼東西？」地上是一灘灘的血漬，間斷地綿延到未知深處，血漬已經乾涸，從位置上看肯定不是他們留下的。

鬼伍眉頭一皺，順著那些血漬走，直到地上的血漬就此消失，對面一棵粗大的槐樹主幹上，依稀可見零星的幾滴。

他下意識地抬頭看，忽見一個模糊的黑影橫在槐樹幹的枝頭，扭曲著身軀，以奇特的姿勢蜷縮在槐樹的枝幹上一動也不動，好像在盯著他們看。

那東西所在的位置極高，夜色下根本無法看清模樣，但從輪廓上看，就像是黑夜裡準備伏擊獵物的野獸。

鬼伍一打手勢，三人迅速就著一旁的地石隱藏起來，小心地觀察那東西的動靜。許久，那東西沒有絲毫反應，吳奇疑心是死物，但鬼伍認爲之前自己明明看到這東西有些動作，難道是看花眼？他邊想著邊站起身，小心地將火把往那地方靠近，同時保持戒備心理。

「你們不要亂動，我上去看一下，有什麼情況立即通知你們！」鬼伍說道，沒等吳奇來得及道一聲「小心」，已經右手舉著火把，綁著袖箭盒的左手攀住樹幹，「嗖」一聲便竄上去，僅見一簇火光在頂端晃動閃爍著。

荒蕪的深淵底原本就靜謐得嚇人，這一下又少了一人，莫名的壓迫感不由得湧上來。穿梭在槐樹下，吳奇直覺得那些樹枝就像一隻隻觸手，隨時可以將他們揪住撕裂，一眼望去，每棵樹都有種說不出的妖異。

就在這時，樹頂那簇火光忽閃了兩下，接著傳來鬼伍的聲音：「你們快上來一下，這裡有東西！」

底下二人一聽，不敢怠慢，趕忙順著樹幹爬上去。爬樹對於二人來說是件幸苦活兒，等勉強爬到，已經累得喘不上氣了。

鬼伍早已經清理出一大片空間，將火把綁在一棵枝椏上，自己抱著一個人，小心翼翼地探著他的鼻息，看來是個受了傷的人。

原來之前發現的怪影居然是一個人，吳奇很詫異，除了自己幾個不要命的，還有什麼人會來這種地方？

他小心地湊上前，想看看到底是什麼人，順便檢視這個人的傷勢。火光抖動下，照著那個人的衣著面貌。

吳奇發覺此人很面熟，再定睛一看，頓時頭皮一熱，驚愕得說不出話來。

「這不是趙拐嗎？怎麼會是他！」吳奇驚道：「他怎麼也到這裡了？」

還真是這老狐狸，幾天不見，現在又在這裡遇上！他此時的情況顯然很不好，頭髮蓬亂，灰眉土臉的滿身污穢，渾身都是擦傷和抓傷，一探鼻息，只覺得氣息微弱，再不及時發現，肯定就在這樹上圓滿了。

趙拐顯然還有意識，微微睜開眼，認出是吳奇他們時，原本昏暗的瞳孔立即有了神采，也不知從哪來的氣力，突然猛地坐起身，揪住吳奇的衣領，將嘴巴往前湊，吃力地叫道：「十三！十三……」

吳奇一愣，心道什麼十三？

第7章

貓驚屍

女屍安詳地閉目，兩片嘴唇微微露出一絲詭異的笑。離奇的是，她的左右臉頰上分別長著幾根手指長的鬍鬚，整張臉看起來就像是貓臉。莫伊一看，立即大驚道：「貓驚屍？」

趙拐依舊緊緊揪住他不放，更加費力地道：「藥！十三……藥！十三！」一邊說，一邊指著鬼伍身後，說完猛地一陣咳嗽，上氣不接下氣。

鬼伍指著一旁如斷手一般的紅色蛇藤，「我剛發現他的時候，他全身都被鬼血蛇藤纏得不能動彈，有的還鑽進他嘴裡，我們不來的話肯定就困死在這裡了！」

趙拐緩過了一口氣，依舊指著鬼伍身後，努力想說話，可是受傷太重，氣總是接不上來，當下一激動便暈死過去。

「什麼藥？什麼十三？」吳奇掐住他的人中追問著，接著又抬頭對鬼伍道：「他好像在指你的身後！」

鬼伍聽罷一轉身，揮手便掰開幾根枝葉，再伸手往裡一探，當下臉色一沉，驚駭地向後退。

莫伊一見此情知不妙，問道：「怎麼了？是不是碰到了什麼？如果是蜂巢的話不用擔心，我的簫聲可以對付黃金鬼蜂！」

吳奇敏銳地意識到，問題可能比遇上黃金鬼還要蹊蹺，真要是那些怪蜂，鬼伍反倒不用畏懼，況且自己也察看過四周，並沒有發現那種像燈籠掛立的蜂巢。

鬼伍朝他們揮了揮手，示意他們後退，自己則小心地撥開掩蓋的枝葉。

吳奇將火把向前一伸，看到枝葉裡有一個光滑的東西，泛著光澤，模糊地映照出三人的身影。

待鬼伍小心地將四周的枝葉清理完畢，那東西完全裸露出來，三人一看，都是一驚，居然是一個巨大的銅製箱子！

銅箱呈長方體，緊緊地卡在槐樹的枝椏上，箱體環繞幾圈紅色的蛇藤，大概是重量太重的緣故，那些枝椏都被壓得變形，扭曲成異狀畸形地生長著。

吳奇感到有些不對勁，待靠近至那銅箱子，近距離地看清楚它的模樣後，才恍然大悟，止不住又打了個哆嗦。

「這是棺材！」吳奇既吃驚又很肯定地對鬼伍道：「這種用銅製的棺材，是用來鎮屍，應付某些屍變！」

吳奇異常肯定，因爲三叔公奇特的葬制給他留下的印象太深，現在在這種地方再次見到，還是在樹上，一時之間讓他驚恐交加，有種不知所措的感覺。

莫伊道：「這沒什麼好奇怪的，我們這裡的人死後，都用木棺裝了葬在樹上，族長命令必須得這樣做，因爲有些人不能夠入土！」

「那這個爲什麼要用銅棺？」吳奇問道。

莫伊回道：「我還沒見過族人用過銅棺，不過，在我們的傳說中，銅棺只有身份地位高的人才可以用，而且就像你說，它的作用是爲了應對屍變！」

吳奇聽得額頭直冒汗，怪症他見過，奇蟲異蛇也見過，唯獨屍變沒領教過，誰知道這古怪的棺材裡會發生些什麼？更可怖的是，銅棺居然並不是密閉的，棺蓋朝自己的一邊被掀開，向左有些偏移，顯然被人打開過。

吳奇知道，這很可能是趙拐的傑作，便在心底暗罵這老傢伙老毛病又犯了，甩開其他人就是爲了自己跑到這邊來開棺材！而他現在出現這樣的情況，定然是開棺的時候發生什麼變故。

鬼伍沿著銅棺棺蓋被啓開的縫隙，輕輕地向一邊抽，將棺蓋抽到半開的位置，三人小心地探出腦袋，往棺內一看，一具紅裝素裹的女屍赫然出現在眼前。

剛看到這張臉，吳奇即皺了皺眉頭。

從她全身的裝束來看，的確是一具女屍，只是這人的臉部生得太奇怪。他聽趙拐形容過這種奇特的長相，只見她滿臉煞白，濃妝艷抹，似乎吹彈可破，頭髮環繞著盤起，打扮得與日本藝伎一樣。

女屍安詳地閉目，兩片嘴唇微微露出一絲詭異的笑。離奇的是，她的左右臉頰上分別長著幾根手指長的鬍鬚，整張臉看起來就像是貓臉。

趙拐遭遇過一次這種東西，差點就要了他的小命，這次又遇上簡直是奇聞，怎麼他的運氣就這麼背，每次都被這鬼東西找上？或許，趙拐找這種東西是有意的，而且帶有很強的目的性。

這時候，吳奇又突然想起趙拐剛才所說的話，當下更加確定他是來搜尋某種東西的。他聽得很清楚，趙拐當時說的是藥。之前聽趙拐提過，他也曾被怪猴強迫服用丹丸，難道他來這裡，是爲了找什麼解藥嗎？

莫伊一看，立即大驚道：「貓驚屍？這不可能，這種東西怎麼會在這裡？」

看吳奇二人毫不知情的樣子，莫伊對他們解釋這種東西叫貓驚屍，和血信紅一樣，是極其邪惡的東西，會給村寨裡帶來災難，都是村寨裡驅逐剷除的物件，貓驚屍正是某種屍變形成的。

吳奇一聽，立即又困惑不已，不是說這種高規格的銅棺就是爲了應對屍變的嗎？怎麼還會屍變成這東西？是使用者在使用的過程中出了問題，還是他們特意用這種密閉的銅棺，來封死這種屍變的產物？

鬼伍輕聲問道：「趙拐對你說了什麼？」

吳奇如實回道：「他說藥，還有什麼十三！」

「十三？」鬼伍一怔，將目光又瞄向棺內。「你肯定他說的是十三？」

吳奇點頭，鬼伍的反應出乎他的意料，完全搞不懂趙拐所謂的數字，在眼下這個時候再次出現，有什麼不尋常的意義。只知道，這絕不會是個巧合！

鬼伍朝他們使了個眼色，示意他們退後，自己湊近那女屍的臉部，輕輕地伸出手，按在那女屍盤起的髮髻上，小心地按壓著，似乎在摸索什麼。

突然，鬼伍的手定住，好像觸摸到什麼東西，用雙指夾住，猛地一抽手，手收回來時，左手的食指和中指間多了一枚像髮簪一樣的東西。

那東西也是銅質的，約有十公分長，模樣還算得上精細，一頭呈扁平狀，一頭是如鐵釘一般的尖頭，看上去就像是帶著劍柄的圓筒劍一般。

吳奇疑心是髮簪，但髮簪屬於飾物，和其他的飾物一樣，一般金質的，銀質的和玉質的最常見，幾乎沒有銅質的。

而且，這種廉價的飾物和棺主的身份不太匹配。

鬼伍繼續在她的髮間搜尋，一個接一個地將那些東西取出來，當最後一根被取出來時，吳奇驚訝地點了點數目，正好是十三根，當即大駭不已，難道趙拐來找的就是這些東西？

這些像髮簪一樣的金屬棍狀物造型相同，但長短不一，很像是頭髮上的裝飾物。莫伊一看，立即睜大眼睛，惶恐地道：「怎麼會是這個？這是族長說的十三釘魂針！只有本族的聖女才能有，難道這裡面的也是……」

莫伊一邊說，一邊解開自己的髮簪，從頭髮裡取出十三枚和那些金屬棍狀物一模一樣的東西，唯一不同的是她的那些是玉質的。

鬼伍道：「名副其實的十三釘魂針，我是從她的頭裡面拔出來這些東西的！這種釘子才是真正起到鎮屍作用的東西！」

莫伊一聽，下意識地摸了自己的頭皮，一想到這種東西居然直接扎在人的腦子裡，不由得一陣哆嗦，手中的那些東西也不敢再戴回頭上。

吳奇咧了咧嘴，望了一眼棺內那具長著詭異貓臉的女屍，驚愕地道：「靠這東西扎進人腦裡鎮屍？這方法有些……」

話沒說完，吳奇心裡便咯噔一下，一種奇異的感覺湧上心頭。

不對！好像有些不對！

吳奇哆嗦地扭過頭，再次瞅了那女屍一眼，頓時腦門一熱，心一下子跳到嗓子眼堵住了呼吸：媽的！那具女屍的樣子好像變了，原來她明明是平躺著閉著眼睛，現在她的雙眼居然睜開了，嘴角也隨之咧開，歪著臉，瞪著一雙綠幽幽的眼睛，直勾勾地盯著自己看。

第8章

開鎖吐丹

「鬼門十三針，鬼門十三針！我明白了，我明白究竟是怎麼一回事了！」吳奇像發現新大陸一般，興奮地從銅棺中躍了出來，他這一失態，把鬼伍和莫伊嚇了個夠嗆，以為這小子掉棺材裡中邪了。

吳奇被她這麼一瞪，嚇得腳底打滑，險些從樹上栽下去。

那女屍晃了晃腦袋，嘴巴緩緩地張開，原本煞白的臉變成淡綠色，不一會，綠色越來越深，一種像絨毛的綠毛緩緩地從她頭上長出來，順著臉往下蔓延，很快就將女屍的殮服撐起來。女屍的肚子也越脹越大，很快便高高隆起，似乎有什麼東西要出來。

鬼伍臉色一變，大叫了一聲不好，伸手就把棺蓋抽過來，試圖將銅棺蓋住。可是棺蓋實在太沉重，鬼伍還沒來得及蓋到棺首，女屍就猛然坐起來，整個上半身探出銅棺外，用力擠壓掙脫著。

吳奇此刻也顧不得害怕，趕緊上前幫忙，鬼伍使力大聲道：「快！火！快燒掉這東西！讓她出來就麻煩了！」

話剛說完，女屍猛一伸手，一把掐住鬼伍的脖子，死死地抓住不鬆手。

鬼伍被女屍緊緊卡住脖子，腦門都滲出了汗，但他依舊毫不鬆懈，用棺蓋將女屍的身子牢牢頂住。

吳奇不敢怠慢，吼了一嗓子便舉起火把，朝著女屍的臉孔燙上去。

女屍的頭顱一沾火，立即像引燃的油球，「嗖」地騰了起來，伴著那女屍的聲聲淒厲的慘叫，火勢迅速順勢往下蔓延。女屍身上的殮服和綠毛極其易燃，使得整個銅棺都著了火，一股嗆人的焦臭伴著濃煙瀰漫開來。

女屍劇烈地掙扎，伸出引燃的雙手四處亂抓，鬼伍結結實實挨了幾下，十幾道血痕立即劃在身上。

女屍一陣慘叫中，猛地將棺蓋掀開，身子挺立從棺中站立起來，在猛烈的火勢下，拼了命地揪著鬼伍死死不鬆手，不知道是想出來，還是想拉著鬼伍給她殉葬。

銅棺的棺蓋被火一烤，不一會便燙得不得了，讓人無法觸摸，鬼伍緊緊抱住棺蓋，絲毫不肯鬆懈，灼熱劇痛之下，豆大的汗珠順著他的臉頰流淌下來。

女屍的腦袋都快燒成黑炭了，哀號聲響徹山谷，淒厲刺耳，此刻她還不死心，使出全身的氣力，用力地將棺蓋頂得噔噔作響，身子一點一點挺立著往外鑽。

莫伊看這情形，急得幾乎要哭出來，吳奇也熬不住，索性發狠，拾起鬼伍的馬刀，大喝一聲，朝著女屍的腦門橫掃過去。

女屍的腦袋經過灼燒，已經變得脆弱不堪，這一刀下去，直接讓腦袋搬家，只見一個火球逕直彈起，順著槐樹的間隙直掉下去。

這一下，女屍終於漸漸停止掙扎，隨著火勢的越來越弱，最終沒了動靜。

鬼伍長舒了一口氣，趕忙鬆開滾燙的棺蓋，一個勁地甩著手。

忽然，一陣像貓叫的怪異聲音從燒焦的女屍腹中傳來。

吳奇一聽，心立即蹦到嗓子眼，莫伊更是驚恐地睜大眼睛，伸手捂住了自己的口鼻，努力讓自己鎮定下來。對於差點要了自己性命的東西來說，他們的第一反應還是恐懼。

三人往棺內一探，女屍已經成了一副焦炭，只是腹部依舊不住地蠕動著，忽然，腹部破了一個裂口，一個血紅的東西從裡面鑽出來，吳奇一看，當即傻住。

眞是怕什麼來什麼，竟然是之前那隻受傷的血信紅！血信紅腦袋朝上，半個身子還卡在女屍的腹中，猛地抬起頭，一個疾步竄到一棵槐樹的枝椏上，張嘴一叫，雙眼放射出怨怒的紅光。

「它受傷了，受了傷的血信紅攻擊力很強的，不殺死看到的活物誓不甘休！」莫伊有些擔憂地望向四周，接著緊盯著眼前這個可怕的對手。

對於鬼伍的身手，吳奇倒不擔心，他擔心的是眼前這隻殺紅了眼的妖物，誰能預料到這難纏的傢伙居然如此狡猾，居然把這銅棺當成自己的避難所。

吳奇小心地往後退，轉頭吩咐二人注意戒備。

說時遲，那時快，血信紅似乎打算孤注一擲，猛地將嘴巴張大到極限，怒嚎一聲，腦袋一縮便朝著吳奇的臉部躍了過去。

血信紅的可怕之處並不是利爪獠牙，而是它體內的毒素，一旦被咬傷，毒素很快便會侵害腦神經，使人精神失控，像瘋狗一般地咬人，直到癲狂至死。

血信紅的速度奇快，別說在樹上，就是在平坦的大道上，閃避也是不可能的，只見紅光一閃，吳奇感到臉部一陣涼，腥風撲面而來，幾乎感覺到血信紅尖利的牙齒已經深深扎進自己的臉龐，當下控制不住地大叫起來。

不過，這一切僅僅是錯覺，吳奇出了一身汗，但疼痛遲遲沒有到來。一睜眼，只見血信紅在距離自己半尺距離的空中定格住，一隻紅色的大手牢牢攢住它的半個身子，鮮血順著指間流淌出來。

「鬼伍？」莫伊愣了一愣，還好她已經習慣鬼伍的神勇，只輕聲道聲小心。

血信紅被鬼伍大手猛地攢住，一下子失去攻擊力，甚至連掙扎的力氣也沒了，先前還氣勢洶洶的它，現在只有慘叫的份兒。

鬼伍右手握住它，左手伸進它的嘴裡猛地一拔，一條血淋淋的舌頭被扯了出來，頓時，血信紅原本血紅的眼珠子黯淡下來，變成烏黑色，整個身子的紅色也迅速地變淺。

鬼伍道：「今後別再害人了」，便伸手將它甩出去。

「爲什麼不殺掉它？它會給村裡帶來禍害的！」莫伊對鬼伍的行爲表示不解，心有餘悸地問道。

鬼伍冷冷地回了一句：「隨它自生自滅吧！我已經斷了它的毒腺，以後它沒法再害人了。」

鬼伍頓了頓，接著道了一句，讓吳奇他們聽了脊樑直冒冷汗的話，「我是不會對同類下毒手的！」

吳奇因為躲避血信紅動作太劇烈，一個趔趄沒站穩，竟然直愣愣地栽進銅棺裡。銅棺內一片狼藉，被剛才的大火薰得漆黑，還有些發燙，吳奇碰了一身的黑灰，踉蹌著站起身。就在這時，銅棺內壁上的雕刻引起他的注意。

先前他根本沒機會注意銅棺的內部，現在一看還真有些吃驚，銅棺的內壁上居然不是平整光滑的，而是佈滿紋飾。

要是尋常的紋飾，或許不會引起吳奇太大的好奇，但茫然間，吳奇竟覺得那些紋飾有些面熟。他用袖子擦去大火薰烤的黑色煙漬，四周的紋飾才清楚顯現出來，掃了一眼，很快就明白為什麼這些紋飾似曾相識。

紋飾描繪的，分別是從不同的角度和位置展示人體的某個位置，人體圖一共有十三幅，每一幅上面都會有一個豌豆大小的黑點，標識得十分醒目，與之向對應的還有一個之前發現的那種像髮簪一樣的金屬棍。

這些圖樣對於平常人來說，也許就是天書，不知所云，但吳奇靠著作為醫者的敏銳度，第一眼便瞅出了端倪。

那些黑點所標識的，分明是人體的穴位，吳奇只掃了一眼，便很快確定那些穴位的名稱，由左向右環繞，人體圖上黑點所標識的分別爲：陽關、肩貞、鬼壘、鬼障、中府、天泉、鬼壁、勞宮、曲澤、鬼門、內關、鬼府、中沖等剛好十三穴。

「鬼門十三針，鬼門十三針！我明白了，我明白究竟是怎麼一回事了！」吳奇像發現新大陸一般，興奮地從銅棺中躍了出來，這一失態，把鬼伍和莫伊嚇了個夠嗆，以爲這小子掉進棺材裡中邪了。

吳奇來不及解釋，便伸手向鬼伍要之前從女屍頭上拔下的十三根小銅釘，不管三七二十一地轉身爬下樹，馬不停蹄地穿過狹道，返回之前銅人所在的喇叭口石洞裡。鬼伍和莫伊實在擔心這傢伙是不是眞的得了失心瘋，趕忙尾隨而至。

銅人依舊矗立在那裡，吳奇深吸了一口氣，憑著剛才的記憶，小心地將那些小銅釘插入相關的穴位標識黑洞裡。待十三枚銅釘盡數插完，忽然，銅人的肚子裡發出一陣「霍霍」的聲響，接著原本緊閉的嘴巴往上張了張，咯噔一聲，吐出一粒紅色的丹丸。

緊接著，那銅人的嘴巴不住地開啓閉合，反反覆覆，一粒粒丹丸源源不斷地從它嘴裡被吐了出來。

誰能想到，這些銅釘會是鑰匙，是開啓生命之門的鑰匙？

三人先是一愣，緊接著，幾縷淡淡的笑容便在幾人的臉色綻放開來，一種前所未有的輕鬆愉悅，隨著那些丹丸一粒粒落下的齊整節奏，湧上了各自的心頭！

吳奇他們取回丹丸，讓所有人服用了之後，一連串曾經讓他們感到恐怖的症狀從此煙消雲散。

至於村寨中的人壓抑多年，沉重的包袱卸下後，一群人憤怒地燒毀整個村寨，還聚集在一起，準備砸毀後山禁地，在吳奇他們的勸說下才罷休。

無論如何，後山都屬於國家歷史文化遺址，理應受到保護。

尾聲

吳奇一看，便覺得一種奇異的感覺撲面而來！俯下身湊近仔細一看，頓時腦門一熱，不敢相信地搖著腦袋：這張臉自己實在太熟悉了，槐樹上的屍骸從臉部輪廓來看，居然和鬼伍一模一樣！

村寨中除了那雲深不知處的族長，所有人都走出深山，因為長期生活在深山，已經與外界社會嚴重脫節，所以當地政府集中將他們規劃在一片區域，集中進行教育訓導，過不了多久，這些人都能夠自食其力，融入社會中。

考古隊的人全部安全返回，取回的丹藥也被考古部門拿去做系統性深入研究。杜凡因為中了妖蜂的毒，腦部受到不小的損傷，回去後一直進行著康復治療。趙拐受傷較嚴重，原本殘廢的左腿又受了一次重創，加上毒素的侵蝕，不得不做小腿截肢手術，看來是上天想強迫他必須得安分守己。

趙拐康復出院後，依舊任職於省文物局文物鑑定科，並作為資深專家和孤老殘障人員，享受國家特殊照顧。

鬼伍在事後直接淡出，選擇行遊山野之間，吳奇曾設法找尋他，但一直沒有消息。吳奇可以理解他的心境，也許因為相貌的緣故，鬼伍不願踏進外面的世界，或許茫茫大山才是他最好的歸宿！

再說吳奇經歷了這一切，對生命的看法改變了許多。

遙想一千餘年前，常天井殫精竭力煉製丹藥，試圖掌控別人的生命，他或許並不知道，生命是所有人自己掌控的東西，沒有人有權力掌控自己以外的生命，而就算是掌控，終有一天，枷鎖還是會被掙脫的。

尊重生命、愛護生命，不僅是醫者要做到的，也是每個人都要努力做到的。

吳奇堅信，中醫依舊是世界上最神奇最實用的醫學，他結束深山中的生活，進入中醫學院繼續深造。

在霓虹燈閃爍的都市中，他常常想起大山深處那群樸實的村民，那高深莫測的老道人，那美麗的山裡姑娘，還有那張如紅日一般赤紅的臉龐。

又是一年清明，幾年沒來給三叔公上墳，今年該給三叔公掃掃墓了！

吳奇趕著清明時分回了鄉，直奔三叔公的墓地。去那一看，頓時驚呆了，幾年時間沒來，墓地忽然多出一棵大樹，當吳奇發現那居然是一棵槐樹時，頓時有種不安的感覺。

吳奇清楚地記得，幾年前來的時候，這裡什麼樹也沒有，很難想像短短幾年時間，居然長出這麼一棵枝繁葉茂的槐樹。

三叔公曾告誡過，自己的墓地裡不允許出現槐樹，有了就必須砍掉！這話一開始還不怎麼信，經歷了這一切，他沒有什麼東西不信了。

伴著電鋸刺耳的聲響，那棵巨大的槐樹轟然倒下，眾人收拾著各自的傢伙，準備按著吳奇的意思，砍斷那些枝幹，將之付之一炬。突然，一個黑乎乎的像人一般東西從茂密的枝葉中跌出來，一行人被嚇得魂飛魄散。

一眼望去，那東西很像是一具被大火燒焦的人類屍骸，懸掛在槐枝上，十分的詭異。吳奇不由得想起大山裡經歷的種種詭異，很難想像在三叔公的墓地裡居然也碰到這東西。

他小心地走近，撥開槐樹的枝葉望向那東西，屍骸渾身一片黝黑，就像是用炭雕出來的人似的，實在搞不懂人怎麼會以這種奇特的方式在樹上死亡。

吳奇皺起眉頭，望著那屍骸的面部，屍骸的面部尚且清晰，輪廓很明顯地顯現，讓人一眼便能辨別。

吳奇一看，便覺得一種奇異的感覺撲面而來。咦！這死人怎麼看起來這麼面熟？好像是自己認識的人！

俯下身湊近仔細一看，頓時腦門一熱，不敢相信地搖著腦袋：這張臉自己實在太熟悉了，槐樹上的屍骸從臉部輪廓來看，居然和鬼伍一模一樣！

吳奇只覺得鼻子一酸，心中也跟著酸楚起來，無奈地歎口氣，他不敢相信，自己苦苦尋找鬼伍幾年，最終竟以這樣的方式見面。

往事歷歷在目，曾經燈影閃爍，二人一同研習醫術，並肩作戰，共同對付可怕的對手。他無論如何也接受不了，那個身手不凡、堅定勇敢熱心的人，最終居然會是這樣的結局。

天上忽然飄起了毛毛細雨，似乎上天也為這樣的場面抽泣，吳奇讓衆人先離開，自己獨自一人淋著清明的雨，無限惆悵。

忽然，身後傳來一個熟悉的聲音，聲音很小，但吳奇感覺就像猛然聽到天上的一陣炸雷一般。

「這個人很像我！」那聲音道。吳奇猛一回頭，只見一張熟悉的紅色臉龐，掛著略顯頑皮的笑容，靜靜地盯著他看。

・全書完

飛行城堡

150

鬼剝皮全集

作　　者　西秦邪少
社　　長　陳維都
藝術總監　黃聖文
編輯總監　王　凌
出 版 者　普天出版家族有限公司
新北市汐止區康寧街 169 巷 25 號 6 樓
TEL / (02) 26921935 (代表號)
FAX / (02) 26959332
E-mail：popular.press@msa.hinet.net
http://www.popu.com.tw/
郵政劃撥 19091443 陳維都帳戶
總 經 銷　旭昇圖書有限公司
新北市中和區中山路二段 352 號 2F
TEL / (02) 22451480 (代表號)
FAX / (02) 22451479
E-mail：s1686688@ms31.hinet.net
法律顧問　西華律師事務所・黃憲男律師
電腦排版　巨新電腦排版有限公司
印製裝訂　久裕印刷事業有限公司
出 版 日　2018 (民 107) 年 9 月第 1 版
ISBN◉978-986-96524-3-8　　條碼 9789869652438

國家圖書館出版品預行編目資料

鬼剝皮全集
西秦邪少著.—第 1 版.—：新北市,普天出版
民 107.09 面； 公分. - (飛行城堡；150)
ISBN◉978-986-96524-3-8 (平裝)

普天之下・盡是好書
普天出版家族 Popular Press Family
湊雲文創 A-Plus Creative Company